中國語言文字研究輯刊

十一編

許錟輝 主編

第3冊

秦封泥文字研究

朱 晨 著

花木蘭文化出版社

國家圖書館出版品預行編目資料

秦封泥文字研究／朱晨 著 -- 初版 -- 新北市：花木蘭文化出
版社，2016〔民 105〕
目 2+338 面：21×29.7 公分
（中國語言文字研究輯刊 十一編；第 3 冊）
ISBN 978-986-404-730-7（精裝）
1. 中國文字 2. 秦代
802.08   105013761

ISBN-978-986-404-730-7

中國語言文字研究輯刊
十一編　　第 三 冊　　　　ISBN：978-986-404-730-7

秦封泥文字研究

作　　者　朱　晨
主　　編　許錟輝
總 編 輯　杜潔祥
副總編輯　楊嘉樂
編　　輯　許郁翎、王筑　美術編輯　陳逸婷
出　　版　花木蘭文化出版社
社　　長　高小娟
聯絡地址　235　新北市中和區中安街七二號十三樓
　　　　　電話：02-2923-1455／傳眞：02-2923-1452
網　　址　http://www.huamulan.tw 信箱 hml810518@gmail.com
印　　刷　普羅文化出版廣告事業
初　　版　2016 年 9 月
全書字數　155021 字
定　　價　十一編 17 冊（精裝）　台幣 42,000 元

秦封泥文字研究

朱晨 著

作者簡介

朱晨，女，1981 年 6 月生於安徽蕪湖。1998 － 2005 年在安徽大學中文系學習，先後獲得學士、碩士學位；2007-2011 年在安徽大學中文系學習，獲得博士學位。2005 年 7 月至今，任教於安徽農業大學人文社會科學學院。2008 年 9 月至 2009 年 5 月，2010 年 1 月至 2010 年 5 月兩次赴美國罕布什爾學院任訪問學者，教授中文，並學習語言文化課程。現爲安徽農業大學人文學院講師，主要研究方向爲漢語言文字學、對外漢語，發表相關論文多篇，主持省級科研項目 2 項，校級教科研項目 4 項。

提　要

　　本書主要分爲兩個部分，上編是秦封泥文字研究，二是秦封泥文字編。

　　上編第一章詳細介紹了秦封泥的著錄和研究情況，包括秦封泥的釋讀、秦封泥的時代確認、秦封泥出土地地望的研究、秦封泥與秦漢史研究、與秦封泥相關的其它研究、以及關於秦封泥研究的思考等內容，這讓我們瞭解到已出土秦封泥的著錄、秦封泥的研究情況、秦封泥研究的意義和價值。

　　第二章主要研究秦封泥文字的形體演變，從簡化與繁化、替換與訛變的角度對其進行了分類研究。此外，還將秦封泥文字與《說文》小篆以及古文、籀文、或體等進行了比較。

　　第三章是對秦封泥文字的釋讀，雖然封泥文字比較工整規範，但仍有未釋或誤釋字，其中里耶秦封泥出土數量較少，沒有引起學者太多的注意，故而作者對里耶秦封泥的個別字形進行了一些釋讀，如「鹽」和「陵」；對「洞庭司馬」、「酉陽丞印」封泥進行了簡單的解釋。秦封泥中的一些姓名印，一直不太被重視，我們考釋了兩枚姓名封泥，「上官檻」和「新癰」。

　　下編秦封泥文字編，按照《說文解字》分了十四卷，另加合文、待考各一卷，共收錄了480 個左右的字頭，收錄的字形上萬，每個字形列於相應的小篆字頭之下，按照著錄時間的先後排列，並附注了出處和辭例，爲以後各項研究的開展提供了最基礎的資料。

安徽省教育廳人文社科重點項目 SK2016A033

目次

上編　秦封泥文字研究

緒　論 ……………………………………………………………… 3

第一章　秦封泥的著錄和研究情況 …………………………… 7

　第一節　秦封泥的著錄情況 ………………………………… 7

　　一、早期秦封泥的著錄情況 ……………………………… 8

　　二、二十世紀九十年以後秦封泥的著錄情況 ………… 9

　第二節　秦封泥的研究情況 ……………………………… 15

　　一、秦封泥的釋讀 ………………………………………… 15

　　二、秦封泥的時代 ………………………………………… 21

　　三、秦封泥出土地的性質 ………………………………… 23

　　四、秦封泥與秦漢史研究 ………………………………… 24

　　五、與秦封泥相關的其它研究 ………………………… 26

　　六、關於秦封泥研究的思考 …………………………… 28

第二章　秦封泥文字形體研究 ……………………………… 29

　第一節　秦封泥文字形體的簡化與繁化 ……………… 29

　　一、簡化 ……………………………………………………… 29

　　二、繁化 ……………………………………………………… 33

　第二節　秦封泥文字形體的替換與訛變 ……………… 36

　　一、替換 ……………………………………………………… 36

　　二、訛變 ……………………………………………………… 40

第三節　秦封泥文字形體與《說文解字》所輯字形的
　　　　對比 ……………………………………………… 46
　一、與《說文》小篆的對比研究 ………………………… 46
　二、與《說文》古文、籀文、或體的對比研究 …… 58
第三章　秦封泥文字考釋 ……………………………………… 61
　第一節　里耶秦封泥初探 ………………………………… 61
　第二節　姓名印考釋兩則 ………………………………… 66

下編　秦封泥文字編
凡　例 ……………………………………………………………… 73
書目簡稱 ………………………………………………………… 75
秦封泥文字編 …………………………………………………… 77
　卷一 ……………………………………………………………… 77
　卷二 ……………………………………………………………… 90
　卷三 …………………………………………………………… 104
　卷四 …………………………………………………………… 148
　卷五 …………………………………………………………… 154
　卷六 …………………………………………………………… 169
　卷七 …………………………………………………………… 201
　卷八 …………………………………………………………… 220
　卷九 …………………………………………………………… 230
　卷十 …………………………………………………………… 280
　卷十一 ………………………………………………………… 288
　卷十二 ………………………………………………………… 297
　卷十三 ………………………………………………………… 305
　卷十四 ………………………………………………………… 311
　合文 …………………………………………………………… 328
　待考 …………………………………………………………… 329
參考文獻 ………………………………………………………… 331

上　編
秦封泥文字研究

緒　論

秦封泥文字是秦文字的重要分支之一，也是古文字研究的重要組成部分。隨著出土秦封泥文字資料的逐漸面世，學者對其研究也不斷地深入，從而形成了對秦封泥文字進行集中、專門研究的局面。這些資料的研究不僅對古文字學本體研究有重要的促進作用，也有力地推動了其間反映的古歷史、地理的研究。

綜觀目前的秦封泥研究，大多集中在內容方面，具體到字形方面的研究則比較少見，其實秦封泥的字形可以同秦金文、秦陶文、石鼓文、詛楚文、秦印、秦簡、秦詔版文字以及《說文解字》等結合起來研究，這對於我們瞭解和明確秦文字以及古文字的發展史應該具有一定的意義，本文將力圖在這方面進行進一步的深入探索。此外，秦封泥是秦文字的重要載體，對秦封泥文字的研究，不僅有助於我們瞭解秦代的歷史文化，更重要的是，通過對文字形體的分析，可以明確它的字形特點，進而有助於我們研究小篆的字體來源，並進一步確定秦文字在古文字發展史中的重要性。

一、研究思路

首先，全面收集秦封泥的文字資料，將所有搜集到的拓片資料掃描到電腦中，再逐方逐字進行處理，然後按照《說文》的順序對所有的字進行歸類，編纂《秦封泥文字編》。在《字編》編纂的過程中，繼續收集秦封泥內容和文字研究的資料、其它秦文字的資料以及秦代歷史地理研究的資料，爲下一步的研究

做充分的準備。

其次，在充分佔有材料並熟悉材料後，完成綜述部分，即秦封泥的著錄與研究情況，對秦封泥的發現、著錄和研究，從歷時的角度，進行全面的介紹和梳理，還原十多年來秦封泥研究的全貌。

再次，從文字本身出發，將秦封泥文字與《說文解字》以及其它載體的秦文字作比較，如秦陶文、秦銅器銘文、秦簡等，找出它們的異同和產生這種異同的原因，在此基礎上，確定秦封泥文字的形體特點。同時，對秦封泥的用字情況進行初步的分析。

最後，對本課題的研究做最後的總結。

二、研究方法

本文主要採用歸納法、比較法和二重證據法。

1·歸納法

歸納法主要指的是對搜集到的所有封泥拓片資料中的每個字，按照不同的字頭，進行歸納，在每個字頭下列出該字的不同形體。分析秦封泥文字的形體特點時，在將秦封泥文字與其它載體的秦文字進行字形上的對勘後，運用歸納法總結出秦文字的形體特徵。

2·比較法

這裡所說的比較法包括共時的比較和歷時的比較。

我們知道，漢字形體有一個不斷演變發展的過程，秦文字是古文字的終結形態，通過對某些特殊字形的分析，我們可以瞭解到漢字發展演變的規律，這是十分重要的。而這，必然要靠歷時的比較得出結論。

共時的比較主要指的是秦封泥文字與其它載體的秦文字的比較。不同的載體，文字會呈現出不同的特點。加上戰國時期「文字異形」、「言語異聲」，秦文字必然也會受到其它地域文字的影響，產生一些形體上的變化。所以，通過共時的比較分析，才能更全面地得出秦封泥文字的特點。

3·二重證據法

秦封泥屬於地下出土的第一手資料，在研究其形體、確定其字形和釋義時，不僅要和同屬秦文字的秦璽印、秦陶文、秦銅器銘文、秦簡等出土資料進行比

對，還要將它與《說文解字》以及其它傳世文獻資料進行對勘，如《漢書・百官公卿表》、《漢書・地理志》等。同時，秦封泥中反映的豐富內容，也是對秦代歷史地理資料的補充，爲我們瞭解秦文化提供了一個很好的契機。

三、研究內容

本書以「秦封泥文字研究」爲題，主要研究內容有：

一、全面收集和秦封泥有關的資料，系統介紹秦封泥發現至今的著錄和研究情況，分析說明秦文字本身的形體特徵和秦封泥的一些用字現象。同時將秦封泥的字形、字體與其它載體的秦文字進行比較分析，確定秦封泥文字的字形特點，爲我們更好地認識秦文字的特點提供參考；將其與《說文解字》的小篆形體進行對比分析，幫助我們確定小篆字體的形體來源，以期有助於我們總結古文字發展的規律、今文字的來源依據，對漢語文字學史的研究具有參考價值。

二、運用古文字學知識，在分析和比對秦封泥文字形體的基礎上，結合傳世文獻對秦封泥文字的某些形體重新進行考釋，形成自己的觀點，爲古文字研究提供新的參考。

三、從文字學的角度出發編纂《秦封泥文字編》，形成迄今爲止發現的秦封泥文字資料的彙編，爲以後的研究提供一定參考和幫助。

四、關於本書的幾點說明

首先，本書討論的是秦封泥，所以對「秦」的概念必須明確。這裡的「秦」不僅指春秋戰國時期的秦國，同時也指秦朝。秦王朝享國日短，只有短短的十五年，其前後兩段的規章制度、文字風格不可能有太大的改變，我們無法準確區別出秦統一前和統一後的封泥，加上目前所見大多秦封泥的年代大致爲戰國晚期至秦代，所以我們這裡說的「秦封泥」是指戰國秦至秦代的封泥。

其次，在材料運用方面，本文所採用的秦封泥的字形和編號均來自於作者所編纂的《秦封泥文字編》；文中所用到的其它文字資料大多數來自於《古文字譜系疏證》，字形與編號均與《疏證》相同，個別字體因原拓更爲精準而採用了原拓，但編號仍本《疏證》。

另外，本文所用的文字材料上至甲骨金文，下至小篆，基本涵蓋了古文

字的全部，這是由於秦文字是在西周金文的基礎上發展而來，又與小篆一脈相承，在其發展過程中又與六國古文互相影響，所以所涉及的材料較爲廣泛，本文的分析也重在字形的比對，而非內容的釋讀。

第一章　秦封泥的著錄和研究情況

第一節　秦封泥的著錄情況

　　封泥是古代抑印於膠質黏土，用以封緘，作爲目驗璽印施用，以防奸宄私揭竊拆的遺跡〔註1〕。「封泥」最早見於《後漢書・百官志》：「守宮令一人，六百石。本注曰：主御紙筆墨，及尚書財用諸物及封泥。」在此之前，雖沒有「封泥」一詞，但關於其使用的記載卻較多。早在《周禮・秋官・職金》中即有：「辨其物之媺（美）惡與其數量，楬而璽之。」鄭玄注云：「璽者，印也。既楬書揥其數量，又以印封之……有所表識謂之楬櫫。」這間接的表明古代以泥封物。又如《左傳・襄公二十九年》：「季武子取卞，使公冶問，璽書追而予之。」此處的「璽書」蓋指以璽封書，當然也即以封泥封書了。《呂氏春秋・離俗覽・適威》說：「民之於上也，若璽之於塗也，抑之以方則方，抑之以圓則圓。」這裡的「塗」即封泥的泥塊，《說文》：「塗，泥也。」

　　現在所見最早的封泥大概屬於西周晚期。《山東泗水尹家城出土封泥考略》〔註2〕中著錄了一枚封泥「獸虞」，考釋者讀爲「獸虞」，認爲「是魯國的虞官之

〔註1〕周曉陸，路東之：《秦封泥集》，三秦出版社，2000年5月，頁7。

〔註2〕馬良民，張守林：《山東泗水尹家城出土封泥考略》，《考古》1997年第3期，頁77～79。

一，掌獵鳥獸之禁令」。

一、早期秦封泥的著錄情況

封泥的發現與甲骨文的發現有異曲同工之妙，清代道光二年（1822 年），四川的一位農民在挖山藥時偶然掘得一些泥塊，上有文字，後輾轉為各位金石學家所得。但當時並不知其為封泥，吳榮光《筠清館金石》最先著錄了其中的六枚，但稱「此漢世印範子也」〔註3〕，並不清楚其性質。直至劉鶚編《鐵雲藏陶》中有《鐵雲藏封泥》一卷，他才在自序中說：「泥封者，古人封苞苴之泥而加印者也。」〔註4〕此後關於封泥的著錄越來越多，1904 年，吳式芬、陳介祺的《封泥考略》出版發行，該書收錄封泥 846 枚，可謂洋洋大觀。其後又有羅振玉輯的《齊魯封泥集存》，收錄 449 枚〔註5〕；陳寶琛輯的《澄秋館藏古封泥》四冊，收錄 242 枚〔註6〕；周明泰輯的《續封泥考略》六冊，收錄 454 枚〔註7〕和《再續封泥考略》，收錄 323 枚〔註8〕；山東省立圖書館拓歷年入藏的封泥輯的《臨淄封泥文字》十冊，收錄 464 枚〔註9〕。至 1931 年，吳幼潛印行《封泥彙編》，此書綜合《考略》及周氏《續考》、《再續考》三書，淘汰其重複及殘損過甚者，共收錄 1115 枚〔註10〕，此書是早期封泥著錄的巨著。近年遼寧、山東、陝西、江蘇、湖北等省又發掘出一些封泥，大多發表在考古學期刊及考古發掘報告中，但材料較為零散。1994 年，孫慰祖先生彙集出版《古封泥集成》〔註11〕巨著，幾乎囊括了九十年代之前面世的所有封泥資料，達 2642 枚，真可以說是遑遑巨製，是我們研究封泥的一本重要工具書。

　　然而在這些已發現的封泥中，秦封泥卻為數甚少，真正能指認其確為秦

〔註 3〕吳榮光，《筠清館金石》，道光二十二年（1842），南海吳氏家刻本。

〔註 4〕劉鶚：《鐵雲藏陶·鐵雲藏封泥》，江蘇廣陵古籍刻印社，1998 年影印本。

〔註 5〕孫慰祖：《封泥發現與研究》，頁 27，上海書店出版社，2002 年 11 月。

〔註 6〕同上。

〔註 7〕同上：頁 28。

〔註 8〕同上：頁 28。

〔註 9〕同上：頁 28。

〔註 10〕周曉陸，路東之：《秦封泥集》，三秦出版社，2000 年 5 月，頁 10。

〔註 11〕孫慰祖：《古封泥集成》，上海書店出版社，1994 年。

的不足十枚，如《封泥考略》指出的「參川尉印」、「趙郡左田」、「懷令之印」、「重泉丞印」等，王輝先生在《秦印探述》〔註12〕中指出「皇帝信璽」、「信宮車府」、「北宮宦□」、「軍假司馬」為秦封泥，《古封泥集成》則將秦漢六朝封泥合編，沒有作明確的斷代。這是由於出土秦封泥太少，且不是經過科學發掘所得，同時《史記》、《漢書》中對於秦史的論述並不十分詳細，故無法根據職官、地理等記載做出準確的判斷。

直到 1998 年，周曉陸、劉瑞發表了《90 年代之前所獲秦式封泥》，文章根據學術界當時已建立起的「秦式封泥」的客觀標準，對 90 年代之前的「秦式封泥」做了詳細的介紹，指出「可得中央職官（包括如橘鹽、橘印、發弩、傳舍等可能為地方內容者）21 種，另有舊著錄而新出土秦封泥中亦有之 6 種。可得地方及職官 80 種，另有舊著錄而新出土秦封泥中亦有之 4 種。加之本文未錄，而見於舊有著錄的秦式鄉亭印、私印，所得數量已遠超過了 1 百種。」〔註13〕

可見，早期還是著錄了相當數量的秦封泥的，只是囿於當時的條件，各家未能做出明確的斷代，故而也就沒有著作進行集中著錄，現在這一空白已經得到填補，這些秦式封泥已經有了明確的斷定，被學者研究、著錄。

二、二十世紀九十年以後秦封泥的著錄情況

1995 年春，在陝西西安北郊的相家巷村發現了大量秦封泥，總計達 2000 多枚，堪稱封泥發現之最。後期又進行了搶救性發掘，但截至目前，未見材料公佈，所以我們目前所見的秦封泥大多為早期出土的那一批，但即使如此，這些秦封泥的公佈和著錄也是經歷了較長時間的，下面將進行梳理，並做簡單總結。

這批秦封泥是西安市北郊相家巷村村民在農田無意間發現的，因其不是科學發掘，故而有大批流失到了民間，並輾轉流散。1995 年夏天，路東之在北京民間文物市場獲得大批相家巷出土封泥，並認定其年代早於此前收藏的西漢封

〔註12〕 王輝：《秦印探述》，《文博》1990 年第 5 期。

〔註13〕 周曉陸、劉瑞：《90 年代之前所獲秦式封泥》，《西北大學學報（哲學社會科學版）》1998 年第 1 期，頁 82。

泥。1995 年秋，路東之將陸續得獲的幾批數百枚封泥初步整理，並持其品類目錄及部分實物往西安求教，初識西北大學歷史博物館周曉陸。周曉陸、路東之共同研究並確認此批封泥爲秦物，提出「秦封泥」概念，確立「秦封泥研究課題」。

1996 年 6 月 1 日，路東之受邀於中國印刷博物館舉辦《路東之收藏瓦當封泥展》，分別展出路東之夢齋收藏瓦當、封泥近百枚。此即相家巷遺址秦封泥首次展出，但展出數量較少，範圍較窄，並未引起廣泛關注。

1996 年 7 月，孫慰祖的《新見秦官印封泥考略》〔註 14〕在《大公報》上發表，這是首次公開發表的秦封泥學術文章，可惜《大公報》非學術媒體，未引起國內學術界的注意。但是，孫慰祖將其所見的海外流散的相家巷秦封泥在《古封泥集成》（增訂版）〔註 15〕中進行了收錄。

1996 年 12 月 26 日，路東之向西北大學捐贈 20 品秦封泥，由西北大學文博學院主持召開「首屆新發現秦封泥學術研討會」，以古陶文明博物館和西北大學歷史博物館的名義，正式向社會公開秦封泥的重大發現。這是秦封泥發現一年半後，首次向社會正式公開。同時在研討會上，李學勤等多位專家學者發表了研究秦封泥的學術文章，刊載於《西北大學學報》（哲社版）1997 年第 1 期。同年，《考古與文物》第 1 期也刊載了周曉陸、路東之、龐睿的《秦代封泥的重大發現——夢齋藏秦封泥的初步研究》〔註 16〕。這是秦封泥的著錄和研究之始。此後，研究日盛，成果迭出，詳見下節「秦封泥的研究情況」。

1997 年春，西安市書法藝術博物館傅嘉儀又從民間獲得約 700 枚相家巷遺址出土秦封泥。之後傅嘉儀協同西安市文物園林局、西安市公安局使秦封泥出賣者指認了秦封泥出土處，又根據散落於地表的零星封泥渣的情況，確定了出土地點——西安市未央區漢長安城遺址內六村堡鄉相家巷村田地。隨即，西安市文物園林局在此遺址進行了搶救性的發掘，得獲大批秦封泥，具體情況至今未見集中公佈。

1997 年 4 月 9 日，《書法報》總 665 期發表倪志俊《空前的考古發現·豐

〔註 14〕 孫慰祖：《新見秦漢封泥官印考略》，《大公報》1996 年 7 月 12 日藝林版。

〔註 15〕 孫慰祖：《古封泥集成》（增訂版），上海書店出版社，1996 年。

〔註 16〕 周曉陸、路東之、龐睿：《秦代封泥的重大發現——夢齋藏秦封泥的初步研究》，《考古與文物》1997 年第 1 期，頁 35～49。

富的瑰寶收藏——記西安北郊新出土封泥出土地點的發現及西安中國書法藝術博物館新入藏的大批封泥精品》，批露相關情況，但對此批封泥的時代未作明確說明。同時發表了《西安北郊新出土封泥選拓》，對該批封泥進行了部分著錄。

1997 年 6 月，《收藏》當年第 6 期發表傅嘉儀、羅小紅《漢長安城新出土秦封泥——西安中國書法藝術博物館藏封泥初探》，《秦陵秦俑研究動態》當年第 3 期發表史黨社《新發現秦封泥叢考》、任隆《秦封泥官印考》，《秦陵秦俑研究動態》當年第 4 期發表任隆《秦封泥官印續考》，分別公佈西安中國書法藝術博物館藏相家巷遺址秦封泥部分內容。

1997 年冬，受中國西安發現大批秦封泥及其相關事件影響，日本東京國立博物館重新審視其館藏封泥，由谷豐信整理全部館藏封泥 634 枚（主要是 1935 年阿部房次郎捐贈陳介祺舊藏部分，其中有秦封泥近 20 枚）編成《中國の封泥》，於 1998 年 5 月出版。

1998 年 1 月，日本現代中國藝術中心出版雞肋室輯《秦官印封泥聚》，收入相家巷遺址秦官印封泥二百品。

1998 年 2 月，《考古與文物》第 2 期發表周曉陸、路東之、龐睿《西安出土秦封泥補讀》，對後續發現及他文發表的相家巷遺址秦封泥 67 品進行考釋。

1998 年 9 月，《路東之夢齋秦封泥留眞》出版，該書由 100 品秦封泥原器拓本構成主體。

1998 年 10 月，日本篆刻美術館舉辦「封じる——封印 7000 年の歷史」專題展，展出篆刻美術館收藏的相家巷遺址秦封泥 80 品。

1999 年 12 月，重慶出版社出版「中國歷代印風系列」，傅嘉儀主編的《歷代印陶封泥印風》卷以印譜形式，無考釋文字，收入秦封泥 258 枚。

2000 年，楊廣泰主編的《原器拓本·秦官印封泥聚》由北京文雅堂出版，收入相家巷遺址秦官印封泥 89 品。

2000 年 4 月 27 日至 5 月 18 日，中國社科院考古研究所漢長安城工作隊對相家巷遺址進行科學發掘，再次得獲秦封泥 325 枚，其中無字封泥三枚，字跡不清者九枚。值得高興的是，這次發掘首次確認相家巷遺址出土秦封泥的地層

關係屬於戰國末期至秦代。

2000 年 5 月，《秦封泥集》〔註17〕由三秦出版社出版。該書囊括了 1997年之前各種著錄、報刊、發掘報告及澳門珍秦齋所藏全部資料，和相家巷出土以及流散的封泥資料，包括古陶文明博物館、西北大學歷史博物館、陝西歷史博物館、日本篆刻美術館和西安書法藝術博物館（部分）所藏，共收錄秦封泥 388 種，1473 枚。該書圖版清楚、分類明晰、釋讀詳細，是西安相家巷秦封泥出土以來最集中、最全面的一次著錄，價值極大。

2000 年 10 月，古陶文明博物館與文雅堂合作《古陶文明博物館新獲瓦當封泥掇英》原拓本 60 部，收入相家巷遺址秦封泥 50 品。

2000 年 12 月，日本東京國立博物館展出全部館藏封泥（其中秦封泥近 20枚），布展及展出期間邀請上海博物館孫慰祖參與工作並做學術交流。

2001 年，上海博物館入藏海外回流相家巷遺址秦封泥 178 枚。

2001 年 10 月，《考古學報》2001 年第 4 期發表劉慶柱、李毓芳《西安相家巷址秦封泥考略》及中國社會科學院考古研究所漢長安城工作隊《西安相家巷遺址秦封泥的發掘》。公佈本次發掘所得 325 枚、100 多個品種秦封泥全部資料及其中文字清晰、保存基本完整的 116 枚的考釋內容。

2001 年 11 月，文雅堂編輯的《原拓新出土秦封泥》20 部完成。該書一函十二冊，收入相家巷遺址秦封泥 648 件，261 個品類。

2001 年 12 月，周曉陸的《新見秦封泥中的地理內容》〔註18〕著錄了秦封泥屬於地理範疇的一些新品種，約 38 枚。

2002 年 7 月，周曉陸的《新見秦封泥中的中央職官印》〔註19〕著錄了秦封泥中一些中央職官類的新見品種約 10 種。

2002 年 8 月，周曉陸在《秦封泥的考古學發現與初步研究》〔註20〕中公

〔註17〕 周曉陸、路東之：《秦封泥集》，三秦出版社，2000 年 5 月。

〔註18〕 周曉陸、劉瑞：《新見秦封泥中的地理內容》，《秦陵秦俑研究動態》2001 年第 4期，頁 24～28。

〔註19〕 周曉陸、陳曉捷：《新見秦封泥中的中央職官印》，《秦文化論叢》第 9 輯，頁 263～273。

〔註20〕 周曉陸：《秦封泥的考古學發現與初步研究》，《史學論衡——慶祝北京師範大學百年校慶歷史系論文集》，北京師範大學出版社，2002 年 8 月，頁 330～341。

佈了《秦式封泥品種目錄》，資料截至 2000 年 2 月，收錄秦封泥資料 583 種。

同時，周天遊、劉瑞發表《西安相家巷出土秦封泥簡讀》〔註 21〕，將散見於各雜誌著作的 419 種秦封泥做了總結和釋讀，並於文後附《西安相家巷遺址出土封泥圖錄》，給所錄的每種封泥都加了圖釋。

2002 年 10 月，傅嘉儀編著的《新出土秦代封泥印集》〔註 22〕出版，共錄封泥 432 品，其中西安中國書法藝術博物館 341 品，北京古陶文明博物館 34 品，均爲西安市北郊相家巷同批出土的秦封泥，附錄 57 品，內容涉及官職、地理、姓名等。

2002 年 12 月，孫慰祖編著的《中國古代封泥》〔註 23〕作爲「上海博物館藏品研究大系」中的第一部著作出版。該書收錄了上海博物館收藏的千餘枚古代封泥，包括 100 多枚相家巷遺址出土的秦封泥。

2004 年 9 月 23 日，日本收藏家太田博史將他收藏的 250 枚秦代封泥捐贈給南京藝蘭齋美術館。該批封泥中有中央官印 100 多種，郡縣官印 20 餘種，特設官 6 種，此外還有一些未見於著錄的新資料。這批資料於同年 12 月 30 日由日本藝文書院發行，書名《新出相家巷秦封泥》〔註 24〕。

2005 年 7 月，周曉陸《于京新見秦封泥中的地理內容》〔註 25〕，同年 10 月，周曉陸《在京新見秦封泥中的中央職官內容》〔註 26〕均著錄了北京文雅堂入藏的新見秦封泥，共約百餘種。

2005 年 12 月 7 日，《中國文物報》刊載了馬冀的《西安新見秦封泥及其斷代探討》，文章公佈了西安私家所藏的 21 枚相家巷出土秦封泥。

2006 年 6 月，陳曉捷、周曉陸的《新見秦封泥五十例考略──爲秦封泥發

〔註 21〕　周天遊、劉瑞：《西安相家巷出土秦封泥簡讀》，《文史》2002 年第 3 期（總第 60期），頁 19～58。

〔註 22〕　傅嘉儀：《新出土秦代封泥印集》，西泠印社，2002 年 1 月。

〔註 23〕　孫慰祖：《中國古代封泥》，上海人民出版社，2002 年 12 月。

〔註 24〕　平出秀俊〔日〕：《新出相家巷秦封泥》，藝文書院，2004 年 12 月。

〔註 25〕　周曉陸、陳曉捷、湯超、李凱：《于京新見秦封泥中的地理內容》，《西北大學學報（哲社版）》2005 年第 4 期，頁 116～125。

〔註 26〕　周曉陸、劉瑞、李凱、湯超：《在京新見秦封泥中的中央職官內容》，《考古與文物》，2005 年第 5 期，頁 3～15。

現十週年而作》〔註27〕公佈了文雅堂所藏秦封泥五十品，可惜無圖。

2007 年 1 月，《里耶發掘報告》〔註28〕中公佈了里耶出土的秦封泥 10 枚。

2007 年 8 月，傅嘉儀的《秦封泥彙考》〔註 29〕出版。該書完成於 2001 年，收錄了秦封泥 1637 品，其中西安中國書法藝術博物館 633 品，古陶文明博物館 947 品，附錄 57 品，共涉及官職、地理、姓名印 432 個品種。該書是繼《秦封泥集》之後對相家巷秦封泥的一次集中的著錄，但其中有與《秦封泥集》重複的品種。

2008 年 3 月，路東之編著的《問陶之旅——古陶文明博物館藏品掇英》〔註30〕中披露了六村堡秦封泥的部分內容，輯錄了 30 枚秦封泥的圖片資料。

綜合來說，目前所見的秦封泥資料主要著錄於《秦封泥集》和《秦封泥彙考》，兩書所收秦封泥略有重複，在《秦封泥文字編》部分將具體指出，此不贅述。其它較爲集中地著錄封泥資料的主要見於《秦官印封泥聚》、《西安相家巷秦封泥遺址的發掘》、《新見秦封泥中的地理內容》、《新見秦封泥中的中央職官印》、《中國古代封泥》、《新出相家巷秦封泥》、《于京新見秦封泥中的地理內容》、《在京新見秦封泥中的中央職官內容》、《西安新見秦封泥及其斷代探討》、《新見秦封泥五十例考略——爲秦封泥發現十週年而作》、《里耶發掘報告》、《問陶之旅——古陶文明博物館藏品掇英》等論著。此外，還有散見於各家文章或著作中的資料，包括周曉陸的《新蔡東周城址發現「秦式」封泥》〔註 31〕、趙平安的《秦西漢誤釋未釋官印考》〔註 32〕、孫慰祖的《孫慰祖論印文稿》〔註33〕和《中國古代封泥》〔註34〕、趙宏《寓石齋璽印考》〔註35〕、

〔註27〕 陳曉捷、周曉陸：《新見秦封泥五十例考略——爲秦封泥發現十週年而作》，《秦陵秦俑研究動態》2006 年第 2 期。

〔註28〕 湖南省文物考古研究所：《里耶發掘報告》，嶽麓書社，2007 年 1 月。

〔註29〕 傅嘉儀：《秦封泥彙考》，上海書店出版社，2007 年 8 月。

〔註30〕 路東之：《問陶之旅——古陶文明博物館藏品掇英》，紫禁城出版社，2008 年 3 月。

〔註31〕 周曉陸：《新蔡東周城址發現「秦式」封泥》，《秦文化論叢》第十輯，三秦出版社，頁 173～176。

〔註32〕 趙平安：《秦西漢誤釋未釋官印考》，《歷史研究》1999 年第 1 期，頁 50～63。

〔註33〕 孫慰祖：《孫慰祖論印文稿》，上海書店出版社，1999 年。

〔註34〕 孫慰祖：《中國古代封泥》，上海人民出版社，2002 年 12 月。

《中國璽印類編》（卷十二）〔註 36〕和《珍秦齋藏印》（秦印篇）〔註 37〕。目前未見刊佈的資料是西安市文物園林局「搶救性發掘」所得的大批秦封泥，據知，只有少量陳列於西安市文物保護考古研究所博物館（西安博物院）的展廳內。

至此，目前所見秦封泥的主要部分均已著錄發表，這爲我們展開秦封泥的研究提供了極大的方便。

第二節　秦封泥的研究情況

自 1996 年 12 月 26 日西北大學召開秦封泥研討會以來，關於秦封泥的研究成果如雨後春筍般湧現，從秦封泥的釋讀到時代的確認，從出土地的爭論到與秦史相關的研究，不斷刊佈出的秦封泥不斷激發著學者們的研究熱情，一時間熱潮迭起，短短十幾年的時間裏，對秦封泥的研究呈現出了一片繁榮的景象，下面將從幾個方面進行全方位的梳理和介紹。

一、秦封泥的釋讀

秦封泥上的文字大多較爲規整，字體接近小篆，相對而言比較好認讀，所以在秦封泥刊佈之初，學者們大多已經做出了釋讀。最早的釋讀文章是孫慰祖的《新見秦官印封泥考略》〔註 38〕，對在澳門見到的七枚秦封泥進行了斷代和釋讀，分別爲「中車府丞」、「中廐丞印」、「郡右邸印」、「中羞丞印」、「左司空丞」、「高章宦丞」和「寺從丞印」，但因未發表於學術期刊，未能引起學者們的注意，後來此文收入《孫慰祖論印文稿》〔註 39〕中。

1996 年《考古與文物》刊載了吳鎮烽的《陝西歷史博物館館藏封泥考》（上）（下）〔註 40〕，文中釋讀的封泥有幾枚從印面風格和文字形體上看，應

〔註 35〕　趙宏：《寓石齋璽印考》，《考古與文物》2005 年增刊《古文字論集（三）》，頁 145～147。

〔註 36〕　小林斗盦〔日〕：《中國璽印類編》（卷十二），天津人民美術出版社，2004 年。

〔註 37〕　馬承源：《珍秦齋藏印》（秦印篇），臨時澳門市政局，2001 年。

〔註 38〕　孫慰祖：《新見秦官印封泥考略》，香港《大公報》1996 年 7 月 12 日藝林版。

〔註 39〕　孫慰祖：《孫慰祖論印文稿》，上海書店出版社，1999 年。

〔註 40〕　吳鎮烽：《陝西歷史博物館館藏封泥考》（上）（下）分別刊載於《考古與文物》1996 年第 4 期及第 6 期，頁 49～59，頁 53～61。

屬秦代遺物，如「戲丞之印」、「右中馬丞」等。

　　1997 年，周曉陸、路東之、龐睿的《秦代封泥的重大發現──夢齋藏秦封泥的初步研究》〔註41〕對夢齋藏秦封泥的精粹部分進行了披露，共錄圖例 154 枚，每枚均做了簡單的釋讀。此後在《西安出土秦封泥補讀》〔註42〕中對新見的 67 品進行了釋讀，對最初的誤釋進行了糾正。

　　周偉洲的《新發現的秦封泥與秦代郡縣制》〔註43〕對所見的 11 方秦郡封泥、42 方縣及其屬吏的封泥進行了詳細考釋，並且指出「新出土的秦封泥可以補充和豐富秦郡縣制的一些內容和史實」。任隆的《秦封泥官印考》〔註44〕和《秦封泥官印續考》〔註45〕對西安中國書法藝術博物館藏的相家巷近 180 枚秦封泥，分為「三公九卿類」、「都邑郡縣類」和「宮殿苑囿類」進行了釋讀。史黨社、田靜的《新發現秦封泥叢考》〔註46〕對 33 枚相家巷秦封泥進行了考釋，發表了自己的新觀點，並在文中提出了六條新證據證明「這批封泥時代應即戰國晚期──秦末」。王輝的《新出秦封泥選釋（二十則）》〔註47〕輯錄了 20 枚秦封泥，做了較為詳細的考釋。

　　秦封泥的大批出土為封泥的斷代提供了客觀標準，在此基礎上，周曉陸、劉瑞的《90 年代之前所獲秦式封泥》〔註48〕將清代至二十世紀八十年代出土或著錄的「秦式封泥」（只輯錄了公印中的中央職官與郡、縣兩級職官內容）

〔註41〕周曉陸、路東之、龐睿：《秦代封泥的重大發現──夢齋藏秦封泥的初步研究》，《考古與文物》1997 年第 1 期，頁 35〜49。

〔註42〕周曉陸、路東之、龐睿：《西安出土秦封泥補讀》，《考古與文物》1998 年第 2 期，頁 50〜59。

〔註43〕周偉洲：《新發現的秦封泥與秦代郡縣制》，《西北大學學報（哲社版）》1997 年第 1 期，頁 80〜87。

〔註44〕任隆：《秦封泥官印考》，《秦陵秦俑研究動態》1997 年第 3 期，頁 17〜33。

〔註45〕任隆：《秦封泥官印續考》，《秦陵秦俑研究動態》1998 年第 3 期，頁 22〜24。

〔註46〕史黨社、田靜：《新發現秦封泥叢考》，《秦陵秦俑研究動態》1997 年第 3 期，頁 7〜16。

〔註47〕王輝：《新出秦封泥選釋（二十則）》，《秦文化論叢》（第六輯），西北大學出版社，頁 217〜230。

〔註48〕周曉陸、劉瑞：《90 年代之前所獲秦式封泥》，《西北大學學報（哲學社會科學版）》1998 年第 1 期，頁 75〜82。

進行了整理研究，共計約百餘種。孫慰祖《新發現的秦漢官印、封泥資料彙釋》〔註49〕對上海博物館藏的兩枚秦封泥「御廷府印」和「薋陽宮印」進行了考釋。趙平安的《秦西漢誤釋未釋官印考》〔註50〕對古陶文明博物館藏的 10 枚秦封泥進行了釋讀。王輝的《秦文字集證》〔註51〕在第四章《秦印通論》中對 170 枚相家巷出土秦封泥進行了考釋，觀點明確，頗有見地，其中 20 枚已提前發表。

2000 年，《秦封泥集》〔註52〕出版，該書對當時所見的大部分秦封泥進行了集中整理，上編論述了秦封泥的發現、斷代以及科學價值等方面的內容，下編是對秦封泥的釋讀，分爲「中央及職官」、「地理及地方職官」、「姓名」三個部分，釋文和考釋都比較詳細和精確。另有「殘碎品」一章，著錄了殘碎的秦封泥。

2001～2002 年，周曉陸、劉瑞的《新見秦封泥中的地理內容》〔註53〕對 38 枚地理類秦封泥進行了簡單釋讀；周曉陸、路東之、劉瑞、陳曉捷的《秦封泥再讀》〔註54〕對 70 多枚中央及地方性職官進行了釋讀，並糾正了以前的一些錯誤釋讀。周曉陸、陳曉捷的《新見秦封泥中的中央職官印》〔註55〕則對一些中央職官類秦封泥做了考釋。以上各篇考釋的秦封泥均存於西安中國書法藝術博物館。

2005～2006 年，周曉陸、陳曉捷、湯超、李凱的《于京新見秦封泥中的地理內容》〔註56〕，周曉陸、劉瑞、李凱、湯超的《在京新見秦封泥中的中央

〔註49〕　孫慰祖：《新發現的秦漢官印、封泥資料彙釋》，《孫慰祖論印文稿》，上海書店出版社，1999 年，頁 71～77。

〔註50〕　趙平安：《秦西漢誤釋未釋官印考》，《歷史研究》1999 年第 1 期，頁 50～63。

〔註51〕　王輝：《秦文字集證》，臺灣藝文印書局，1999。

〔註52〕　周曉陸、路東之：《秦封泥集》，三秦出版社，2000 年 5 月。

〔註53〕　周曉陸、劉瑞：《新見秦封泥中的地理內容》，《秦陵秦俑研究動態》2001 年第 4 期，頁 24～28。

〔註54〕　周曉陸、路東之、劉瑞、陳曉捷的《秦封泥再讀》，《考古與文物》2002 年第 5 期，頁 68～75。

〔註55〕　周曉陸、陳曉捷：《新見秦封泥中的中央職官印》，《秦文化論叢》第 9 輯，頁 263～273。

〔註56〕　周曉陸、陳曉捷、湯超、李凱：《于京新見秦封泥中的地理內容》，《西北大學學報（哲社版）》2005 年第 4 期，頁 116～125。

職官內容——紀念相家巷秦封泥發現十週年》〔註57〕，披露了北京文雅堂所藏的秦封泥新資料並進行了略考，其中地理內容 77 種，包括首都及故都 5 種、郡級 16 種、縣級 54 種、鄉級及其它 2 種；中央職官內容 100 種，包括三公九卿 40 種、諸廄 4 種、宮苑 22 種、貴族「家」印 5 種、待考 29 種。陳曉捷、周曉陸的《新見秦封泥五十例考略——爲秦封泥發現十週年而作》〔註58〕沒有圖例，只有考釋，但均爲首次面世的新品，頗有價值。

2001 年，中國社科院考古研究所漢長安城考古隊《西安相家巷遺址秦封泥的發掘》〔註59〕發表，對相家巷秦遺址的發掘工作和出土封泥做了詳細介紹，同時劉慶柱、李毓芳的《西安相家巷遺址秦封泥考略》〔註60〕對其中 116 枚文字清晰可辨、保存完整的封泥進行了初步考釋。

隨後，周天遊、劉瑞的《西安相家巷出土秦封泥簡讀》〔註61〕對當時散見於各雜誌著作的 419 種秦封泥進行了研究。

馬冀的《西安新見秦封泥及其斷代探討》〔註62〕對西安某私家所藏的 21 枚秦封泥進行了釋讀。「樂府丞印」、「都船丞印」、「寺車丞印」、「內官丞印」、「太倉丞印」、「宮司空丞」未作詳考，只指出「六枚官印的文字風格與已見者有顯著區別，筆劃呈圓轉之意，特別是『丞印』二字。文字排列有大小不一現象，如樂府丞印的『印』字小於前三字。六印均無界格，內官丞印甚至沒有邊欄。與常見秦式封泥不同。」〔註63〕其它各枚做了簡單考釋，其中「太匠」、「太匠丞印」、「請璽」等爲首見，頗具研究價值。

〔註57〕 周曉陸、劉瑞、李凱、湯超：《在京新見秦封泥中的中央職官內容》，《考古與文物》，2005 年第 5 期，頁 3～15。

〔註58〕 陳曉捷、周曉陸：《新見秦封泥五十例考略——爲秦封泥發現十週年而作》，《秦陵秦俑研究動態》2006 年第 2 期。

〔註59〕 中國社科院考古研究所漢長安城考古隊：《西安相家巷遺址秦封泥的發掘》，《考古學報》2001 年第 4 期，頁 509～544。

〔註60〕 劉慶柱、李毓芳：《西安相家巷遺址秦封泥考略》，《考古學報》2001 年第 4 期，頁 427～452。

〔註61〕 周天遊、劉瑞：《西安相家巷出土秦封泥簡讀》，《文史》2002 年第 3 期（總第 60 期），頁 19～58。

〔註62〕 馬冀：《西安新見秦封泥及其斷代探討》，《中國文物報》2005 年 12 月 7 日 7 版。

〔註63〕 馬冀：《西安新見秦封泥及其斷代探討》，《中國文物報》2005 年 12 月 7 日 7 版。

　　與此同時，王輝先生也繼續發表了一系列與秦封泥釋讀相關的文章，《秦印考釋三則》〔註 64〕釋讀了封泥「弄陽御印」、「弄陰御印」，並結合陰陽這一哲學觀念進行了闡釋；釋讀了封泥「募人」，並通過分析認爲「募人」是一種機構。《出土文字所見秦苑囿》〔註 65〕則結合對「上林丞印」、「杜南苑丞」、「鼎湖苑丞」、「陽陵禁丞」、「壽陵丞印」、「平阿禁丞」等秦封泥的釋讀討論了秦苑囿的佈局與規模、職官、與縣道的關係、職能、廣築苑囿與秦之短祚等問題。《西安中國書法藝術博物館藏秦封泥選釋》〔註 66〕和《西安中國書法藝術博物館藏秦封泥選釋續》〔註 67〕共釋讀了西安中國書法藝術博物館藏的秦封泥 70 多枚，意見都頗有見地。《秦印封泥考釋（五十則）》〔註 68〕中較爲詳細地釋讀了秦封泥 16 枚。《秦封泥的發現及其研究》〔註 69〕主要討論了秦封泥的發現以及秦封泥研究的意義所在。《釋秦封泥中的三個地名》〔註 70〕對秦封泥「旮猷丞印」、「郭丞□□」、「豐璽」中的三個地名旮猷、郭和豐進行了考察。王輝先生的這些文章對出土秦封泥資料內容、意義及價值等均作了很好的釋讀和研究，論說詳實，結論可信。

　　2002 年，傅嘉儀先生的《新出土秦代封泥印集》〔註 71〕對西安書法藝術博物館所藏的 341 枚和北京古陶文明博物館藏的 34 枚秦封泥，及附錄 57 品，作了簡單的釋讀。2007 年，傅先生的《秦封泥彙考》〔註 72〕出版，該書涵蓋

〔註 64〕　王輝：《秦印考釋三則》，《中國古璽印國際研討會論文集》，香港中文大學博物館，2000 年，頁 49～57。

〔註 65〕　王輝：《出土文字所見秦苑囿》，《古文字論集》（二）（考古與文物叢刊第 4 號），2001 年，頁 180～192。

〔註 66〕　王輝：《西安中國書法藝術博物館藏秦封泥選釋》，《文物》2001 年第 12 期，頁 66～70。

〔註 67〕　王輝：《西安中國書法藝術博物館藏秦封泥選釋續》，《陝西歷史博物館館刊》第 8 輯，2001 年，頁 42～54。

〔註 68〕　王輝：《秦印封泥考釋（五十則）》，《四川大學考古專業創建四十週年暨馮漢驥教授百年誕辰紀念文集》，四川大學出版社，2001 年，頁 295～311。

〔註 69〕　王輝：《秦封泥的發現及其研究》，《文物世界》2002 年第 2 期，頁 26～28。

〔註 70〕　王輝：《釋秦封泥中的三個地名》，《秦文化論叢》第 10 輯，三秦出版社，2003 年 7 月。

〔註 71〕　傅嘉儀：《新出土秦代封泥印集》，西泠印社，2002 年 1 月。

〔註 72〕　傅嘉儀：《秦封泥彙考》，上海書店出版社，2007 年 8 月。

了《印集》所錄的所有封泥，並有較大數量的擴充，共收錄 1637 枚，其中西安書法藝術博物館 633 枚，古陶文明博物館 947 枚，附錄 57 枚，該書釋讀比前書詳細的多，並且收錄了陶文、印章、瓦當等與所錄秦封泥有關的輔助資料，爲學者的研究提供了很大便利。

2007 年出版的《里耶發掘報告》〔註73〕對 10 枚出土秦封泥進行了刊錄，並做了簡單的文字釋讀。同年，李曉峰、楊冬梅的《濟南市博物館藏界格封泥考釋》〔註74〕對濟南市博物館藏的數枚曾著錄於《齊魯封泥集存》和《再續封泥考略》兩書中的界格封泥進行了較爲詳細的考釋，並指出其中的 26 枚爲秦封泥。

近年在復旦大學出土文獻與古文字研究中心的網站上亦有一篇《古陶文明博物館藏封泥補釋五則》〔註75〕，對《問陶之旅——古陶文明博物館藏品掇英》中的一枚六村堡秦封泥「御府帑府」進行了釋讀。

除了以上專家學者的集中釋讀外，還有一些文章對單個品種的封泥進行了深入釋讀，如周雪東的《秦漢內官、造工考》〔註76〕以秦封泥「內官丞印」、「邯鄲工丞」、「邯鄲造工」爲例，簡述了「內官」和「造工」這兩個職官的發展脈絡。劉瑞的《「左田」新釋》〔註77〕根據秦封泥「左田之印」、「郎中左田」以及其它的一些出土資料證明「左田」當爲田獵之官·隸屬於少府，爲史籍漏載，由郎中令屬官郎中擔任，地方上因時、因事而設。他的《秦工室考略》〔註78〕則根據秦封泥中「工室」封泥的內容以及秦器上與「工室」有關的銘文討論了

〔註73〕 湖南省文物考古研究所：《里耶發掘報告》，嶽麓書社，2007 年 1 月。

〔註74〕 李曉峰、楊冬梅：《濟南市博物館藏界格封泥考釋》，《中國書畫》，2007 年第 4 期，頁 56～60。

〔註75〕 大丙：《古陶文明博物館藏封泥補釋五則》：http://wenku.baidu.com/view/681455c608a1284ac85043c1.html

〔註76〕 周雪東：《秦漢內官、造工考》，《西北大學學報（哲社版）》1998 年第 2 期，頁 112～114。

〔註77〕 劉瑞：《「左田」新釋》，《周秦漢唐研究》（第一冊），三秦出版社，1998 年，頁 149～154。

〔註78〕 劉瑞：《秦工室考略》，《古文字論集》（二）（考古與文物叢刊第 4 號），2001 年，頁 193～196。

「工室」的機構職責、隸屬、消失時間等問題。陳曉捷的《「走士」考》〔註79〕根據秦「走士」、「走士丞印」封泥，輔以其它考古文獻資料認爲，走士爲周官，有丞，屬吏有廄嗇夫、走馬、皂嗇夫。秦代及漢諸侯國沿襲不廢。他的《學金小箚》〔註80〕對《秦封泥集》中的「方輿丞印」、「安臺」、「具園」封泥的的釋讀進行了糾正和補充。周天遊的《秦樂府新議》〔註81〕對「樂府丞印」、「左樂丞印」、「雍樂左鍾」這三枚秦樂府封泥進行了釋讀，並探討了「樂府」這一職官的更迭。陳瑞泉的《秦「樂府」小考》〔註82〕指出：通過對「樂府鍾」、「秦封泥」等文物及相關文獻的考察，我們對秦「樂府」機構的設置、職能及其作用有了較明確的認識。據此可知，秦王朝的音樂機構存有兩套系統：即奉常所屬的「太樂」和少府所轄的「樂府」。兩套系統分工明確，各司其職。「太樂」主要掌管宗廟祭祀、典禮儀式音樂（爲雅樂）；「樂府」主要掌管供帝王享樂的音樂（爲俗樂）。

綜上所述，上引諸文，或對秦封泥中的疑難字進行考釋，或對秦封泥中涉及的官制進行探討，或對秦封泥中涉及的地理進行考索，均做出了貢獻。

二、秦封泥的時代

1996 年底，秦封泥大量公佈於世的時候，學者們對於其年代的確認是非常模糊的，因爲這批秦封泥屬於流散品，非科學發掘所得，具體的出土地點也是幾經周折才最後得知，故對這批秦封泥的時代的判定主要是根據封泥的內容參照相關的文獻和出土遺物。

周曉陸、路東之認爲「它上可達秦統一前，主要行用於秦始皇帝時，亦有一些爲秦二世時遺泥，但沒有漢代甚至漢初的遺物。」〔註83〕李學勤認爲「今

〔註79〕陳曉捷：《「走士」考》，《周秦漢唐研究》（第一冊），三秦出版社，1998 年，頁 155～157。

〔註80〕陳曉捷：《學金小箚》，《古文字論集》（二）（考古與文物叢刊第 4 號），2001 年，頁 197～200。

〔註81〕周天遊：《秦樂府新議》，《西北大學學報（哲社版）》1997 年第 1 期，頁 43～45。

〔註82〕陳瑞泉：《秦「樂府」小考》，《天津音樂學院學報》2005 年第 4 期，頁 26～32。

〔註83〕周曉陸、路東之：《空前的收穫　重大的課題——古陶文明博物館藏秦封泥綜述》，《西北大學學報（哲社版）》1997 年第 1 期，頁 9。

天我們說秦印、秦封泥，應理解爲年代可有上溯下延，以不遠於秦代爲近是」〔註84〕，這一界定比較寬泛，但同意下限不晚於秦代。張懋鎔則「贊成將這批封泥的下限定在秦二世，秦朝滅亡之前，至於上限，我們認爲在戰國晚期，大約不會早到呂不韋執政時期。」〔註85〕對此，李陵提出了不同的意見，認爲這批秦封泥「上限起自惠帝即位的公元前 195 年，下限止於文帝二年即公元前 178 年，前後共 18 年。」〔註86〕然而王輝和劉瑞隨即提出了駁議。王輝指出「李文斷封泥爲漢的幾條理由都成問題。相反，有很多例證卻證明這批封泥年代只能是秦。」〔註87〕史黨社也對秦封泥的時代進行了補充論證，提出了六條證據，補充證明「這批秦封泥時代應即戰國晚期——秦末。」〔註88〕孫慰祖在《封泥發現與研究》中也說：「西安相家巷新出的秦封泥，根據筆者的觀察，其中有少量屬於秦統一之前，即戰國之秦的遺物。……但進一步的確認還有待更多的材料論證。」〔註89〕

2001 年春，中國社會科學院考古研究所漢長安城工作隊運用科學的考古方法，從地層關係上證明了這批秦封泥的時代「應屬戰國晚期或秦代」。而同時出土的 300 多枚秦封泥中有「寺工丞璽」、「豐璽」等封泥，再次用實物證明了秦封泥中存在戰國秦遺物的認識，解決了關於秦封泥所屬年代的爭議。

2003 年，湖南里耶戰國—秦代古城一號井出土了數枚秦封泥，其中「酉陽丞印」、「洞庭司馬」從印面風格和文字形體上看，都與相家巷秦封泥一致，這爲印證秦封泥的時代提供了佐證。近年在相家巷遺址附近的六村堡又出土了多枚秦封泥，內容與相家巷秦封泥有相重亦有相異的部分，爲我們最終確定秦封泥的具體時代又提供了更多的出土資料。但是目前還缺乏對單個秦封泥的具體年代的研究，如果能根據已有秦封泥的資料確認出戰國秦和秦代秦封泥的判斷依據，那麼對於我們研究秦代歷史和社會文化將有更大的價值。

〔註84〕 李學勤：《秦封泥與秦印》，《西北大學學報（哲社版）》1997 年第 1 期，頁 29。

〔註85〕 張懋鎔：《試論西安北郊出土封泥的年代與意義》，《西北大學學報（哲社版）》1997 年第 1 期，頁 15。

〔註86〕 李陵：《漢長安城遺址出土印泥的斷代與用途》，《中國文物報》，1997 年 11 月 9 日。

〔註87〕 王輝：《也談西安北郊出土印泥的斷代與用途》，《中國文物報》1998 年 1 月 7 日。

〔註88〕 史黨社：《新發現秦封泥叢考》，《秦陵秦俑研究動態》1997 年第 3 期，頁 16。

〔註89〕 孫慰祖：《封泥發現與研究》，上海書店出版社，2002 年 11 月，頁 94。

三、秦封泥出土地的性質

秦封泥公佈之初，因非科學集中性發掘，乃多從賈人手中收購，故對其確切的出土地點有疑問，周曉陸、路東之起初以爲「出土於陝西省西安市北郊，秦阿房宮遺址偏東北，比較靠近秦章臺遺址」〔註90〕，後來這一認識得到糾正，真正的出土地點是陝西西安北郊的相家巷村。2001 年，中國社會科學院考古研究所漢長安城工作隊又在此發現了大量秦封泥，讓我們可以確定該出土地點是真實可信的。我們所討論的秦封泥，大部分是出土於此的，少量是前代的留存，還有少量是六村堡遺址發現的，少數幾枚是湖南里耶遺址所得，所以我們這裡所謂對秦封泥出土地地望的研究，主要指的就是相家巷遺址。

關於秦封泥出土地的地望，目前學術界仍沒有明確的定論，陳根遠認爲秦封泥的出土地在秦甘泉宮〔註91〕；田靜、史黨社認爲「南宮」即「甘泉宮」，在渭河以南，秦封泥中出土的「南宮」封泥即指此〔註92〕；劉瑞在徵引了大量材料後認爲出土地在秦「信宮」〔註93〕；周曉陸、路東之認爲在「北宮」〔註94〕；劉慶柱、李毓芳認爲「西安相家巷遺址位於漢長安城遺址西北部和秦都咸陽遺址的『渭南』宮苑區北部」〔註95〕；王偉經過對秦代宮室位置的分析，排除了北宮的可能性，認爲「從新出土秦封泥中數量巨大、品種豐富的後宮私官和禁苑、園囿、臺觀名稱來看，此處不是帝王處理政事的朝宮，而極可能是秦甘泉宮，即秦太后所居之南宮。」〔註96〕

在離相家巷村很近的六村堡遺址出土的秦封泥中有首次出現的「西宮苑

〔註90〕周曉陸、路東之：《空前的收穫　重大的課題——古陶文明博物館藏秦封泥綜述》，《西北大學學報（哲社版）》1997 年第 1 期，頁 3。

〔註91〕陳根遠：《西安秦封泥出土地在秦地望芻議》，《秦陵秦俑研究動態》1998 年第 1 期，頁 21～22。

〔註92〕田靜、史黨社：《新發現秦封泥中的「上澭」及「南宮」「北宮」問題》，《人文雜誌》1997 年第 6 期，頁 74～76。

〔註93〕劉瑞：《秦信宮考——試論秦封泥出土地的性質》，《陝西歷史博物館館刊》第 5 輯，西北大學出版社，1998 年 6 月，頁 37～44。

〔註94〕周曉陸、路東之：《秦封泥集》，三秦出版社，2000 年 5 月，頁 62。

〔註95〕劉慶柱、李毓芳：《西安相家巷遺址秦封泥考略》，《考古學報》2001 年第 4 期，頁 427～452。

〔註96〕王偉：《秦璽印封泥職官地理研究》，陝西師範大學 2010 年博士論文，頁 164。

印」在「南宮」、「北宮」的基礎上再添「西宮」，同時出土的多枚「御府」封
泥在文字上體現出了較早時代的風格，這爲我們解決秦封泥出土地的問題又
增加了一些變量。目前只能等待西安市文物局發掘資料的公佈，和更多秦文
字資料的出土，才能最終解決這一難題。

四、秦封泥與秦漢史研究

秦封泥的大量出土爲我們研究秦代職官和地理提供了非常有價值的材料，
使得秦史中的一些問題得到解決，而這些問題的解決又爲我們研究漢代官制、
地理等相關問題提供了依據，所以說，秦封泥的發現和研究對秦漢史的研究貢
獻巨大。

在相家巷秦封泥公佈之初，《西北大學學報》1997 年第 1 期就刊發了一組
與秦封泥研究密切相關的文章，將秦封泥的研究與秦漢史緊密地結合了起來。
周曉陸、路東之對秦封泥的研究提出了具體的規劃和展望，並稱「這批秦封泥
的內容，可以視爲中國漫長的封建社會職官志、地理志的開篇之作。」李學勤
先生將秦封泥和秦印放在一起研究，討論了秦封泥的斷代問題。張懋鎔深入論
述了這批秦封泥的年代和意義，並將相家巷秦封泥同其它出土秦文字資料做了
一個對比表，十分有參考價值。黃留珠則對秦的職官制度進行了研究，認爲這
批秦封泥的出土「印證了《漢書·百官公卿表》的基本正確性」，「補充訂正了
《百官表》的缺誤」，並「在較大範圍內，補充和完善了目前已獲得的秦考古資
料，二者相得益彰，加深了人們對秦史的認識與理解」，作者還將秦印和秦封泥
做了對照表，對其它學者的研究大有裨益。周偉洲對 53 枚秦郡縣封泥進行了釋
讀，並將之與秦代的郡縣制度研究緊密聯繫了起來，認爲「如果將秦、漢有關
郡縣封泥對照，漢承秦郡縣制的事實更加醒目，且結合文獻可找出秦至漢郡縣
發展、演變之軌跡。」余華青結合對秦封泥的釋讀，指出了這批資料對秦漢宦
官制度研究的意義；周天遊通過對三枚「樂府」封泥的釋讀，討論了樂府制度
的產生和發展；周曉陸、陳小潔通過秦漢封泥的對讀，認爲「這樣就可以建立
秦代、西漢、新朝、東漢等朝代璽印封泥的斷代標準，反過來又爲考古、歷史
的更多課題研究提供可信的時代依據。」〔註97〕

〔註97〕以上各篇文章均刊載於《西北大學學報》（哲社版）1997 年第 1 期，分別爲：

　　隨後，對秦封泥和秦漢史的研究進行深入闡述的有李學勤、袁仲一、余華青給《秦封泥集》寫的序跋，而《秦封泥集》的上編《秦封泥簡論》則將秦封泥與秦帝室研究、秦職官研究、秦地理研究、秦璽印研究結合，做了深入的探討，並對秦封泥研究做了展望，其中著重指出的就是秦封泥研究對秦漢史研究的意義。此外，周曉陸、路東之的《秦封泥的發現與研究》〔註98〕、周曉陸的《秦封泥的考古學發現與初步研究》〔註99〕都對秦封泥與秦漢史的研究做了很好的闡述。周曉陸更是寫了一系列文章，結合秦封泥和其它文獻資料，對江蘇、安徽、河南、河北和甘肅等地的相關歷史地理問題進行了探討，視角獨特，頗有新意〔註100〕。

　　田靜、史黨社對秦封泥中的「上瀆」、「南宮」、「北宮」問題進行了研究，主要探討了秦代各宮殿的名稱和地理位置問題〔註101〕；劉瑞討論了秦漢時期的「將作大匠」以及與之相關的歷史問題，包括秦「屬邦」、「臣邦」和「典屬

　　　　周曉陸、路東之：《空前的收穫　重大的課題——古陶文明博物館藏秦封泥綜述》；

　　　　李學勤：《秦封泥與秦印》；

　　　　張懋鎔：《試論西安北郊出土封泥的年代與意義》；

　　　　黃留珠：《秦封泥窺管》；

　　　　周偉洲：《新發現的秦封泥與秦代郡縣志》；

　　　　余華青：《新發現的封泥資料與秦漢宦官制度研究》；

　　　　周天遊：《秦樂府新議》；

　　　　周曉陸、陳小潔：《秦漢封泥對讀》。

〔註98〕　周曉陸、路東之：《秦封泥的發現與研究》，《周秦漢唐研究》（1），三秦出版社，1998 年，頁 112～148。

〔註99〕　周曉陸：《秦封泥的考古學發現與初步研究》，《史學論衡》（下），北京師範大學出版社，頁 330～341。

〔註100〕周曉陸：《秦封泥所見江蘇史料考》，《江蘇社會科學》，2003 年第 2 期，頁 192～196；《秦封泥所見安徽史料考》，《安徽大學學報》（哲社版），2003 年第 3 期 P89～95；《秦封泥與中原古史》，《中州學刊》，2003 年第 6 期，頁 110～115；周曉陸，孫聞博：《秦封泥與河北古史研究》，《文物春秋》，2005 年第 5 期，頁 44～48；《秦封泥與甘肅古史研究》，《甘肅社會科學》，2005 年第 6 期，頁 117～118。

〔註101〕田靜、史黨社：《新發現秦封泥中的「上瀆」及「南宮」「北宮」問題》，《人文雜誌》1997 年第 6 期，頁 74～76。

國」之間的關係〔註102〕；任隆結合秦封泥資料總結了秦工官體系封泥的類型及特點，討論了由秦封泥反映出的秦的五大手工業門類及其發展狀況〔註103〕；王輝結合秦封泥討論了秦苑囿的相關設置情況〔註104〕；樊如霞討論了秦封泥反映的秦政文化〔註105〕；劉慶柱、李毓芳結合秦封泥研究了秦都咸陽宮苑及都城的佈局情況〔註106〕；孫慰祖則結合封泥討論了秦漢官制與郡國縣邑沿革〔註107〕；陳四海結合秦樂府封泥討論了秦始皇建立樂府的音樂思想〔註108〕；徐衛民結合秦封泥等資料討論了秦內史置縣的情況〔註109〕；后曉榮結合秦封泥和其它秦出土文獻資料對秦統一初年的置郡情況、秦薛郡、河東郡、燕地五郡的置縣情況進行了集中探討〔註110〕；

五、與秦封泥相關的其它研究

關於封泥本體的研究，任隆一連發表了多篇文章，結合秦封泥官印的考釋，討論秦官印及其藝術特色，隨後又討論了秦封泥文字的書法價值，秦封泥的印學價值，秦封泥的文化價值和秦封泥的發現對當代文書檔案的啓示〔註111〕；陳

〔註102〕劉瑞：《秦漢時期的將作大匠》，《中國史研究》，1998 年第 4 期，頁 168～170。

〔註103〕任隆：《從秦封泥的發現看秦手工業的發展》，《秦俑秦文化研究》，陝西人民出版社，2000 年，頁 354～358。

〔註104〕王輝：《出土文字所見秦苑囿》，《古文字論集》（二）（考古與文物叢刊第 4 號），2001 年，頁 180～192。

〔註105〕樊如霞：《「封泥」檔案與秦政文化》，《檔案與建設》，2001 年第 4 期，頁 57；《「封泥」與秦政文化》，《蘭臺世界》，2001 年第 3 期，頁 45。

〔註106〕劉慶柱、李毓芳：《秦封泥與秦都咸陽宮苑及都城分佈研究》，《21 世紀中國考古學與世界考古學》，中國社會科學出版社，2002 年，頁 411～424。

〔註107〕孫慰祖：《封泥所見秦漢官制與郡國縣邑沿革》，《篆刻》2003 年第 3 期，頁 22～31。

〔註108〕陳四海：《從秦樂府鍾秦封泥的出土談秦始皇建立樂府的音樂思想》，《中國音樂學》（季刊）2004 年第 1 期 52～57 頁。

〔註109〕徐衛民：《秦內史置縣研究》，《中國歷史地理論叢》，2005 年第 1 期，頁 42～48。

〔註110〕后曉榮：《秦統一初年置三十六郡考》，《殷都學刊》，2006 年第 1 期，頁 19～25；《秦薛郡置縣考》，《中國歷史文物》，2007 年第 5 期，頁 84～88；《秦河東郡置縣考》，《晉陽學刊》，2008 年第 4 期，頁 26～30；《秦代燕地五郡置縣考》，《古代文明》，2009 年第 2 期，頁 71～77。

〔註111〕任隆：《秦章臺封泥官印考——再論秦官印及其藝術特色（上）》，《篆刻》，1997

菽玲討論了秦封泥的篆刻藝術〔註112〕；王月兵則討論了封泥研究與篆刻創作〔註113〕。

斯路首先提出了秦封泥的辨僞問題，作者首先總結了秦式封泥的斷代標準，並在此基礎上披露了西安及北京民間文物市場出現的秦封泥的贗品〔註114〕；孫慰祖也對這個問題進行了探討，並結合新公佈的實物資料總結出一些斷代和辨僞的原則，隨後又研究了封泥和古代的封緘方式〔註115〕。

此外，還有結合秦封泥文字的字形對古文字中的一些疑難問題進行研究的，如徐在國老師結合封泥中的「巷」字釋讀了包山楚簡中的「巷」字〔註116〕，李學勤結合秦封泥討論了齊陶文中的「巷」字〔註117〕，趙平安較早從文字學的角度對秦封泥的字體進行了考察〔註118〕，葉玉英結合秦封泥的用字討論了程度

年第 2 期；《秦章臺封泥官印考——再論秦官印及其藝術特色（下）》，《篆刻》，1997
年第 4 期；《秦章臺封泥官印考——再論秦官印及其藝術特色（又續）》，《篆刻》，
1998 年第 1 期；《西安北郊新出土的秦封泥的印學意義》，《中國書法》，1998 年第
6 期，頁 49～51；《秦封泥文字的書法價值》，第三屆全國「書法學」暨書法發展
戰略研討會論文，1998 年；《陝西秦封泥的出土給當代文書檔案的啓示》，《陝西
檔案》1999 年第 3 期，頁 28～29；《略論西安北郊新出土的秦封泥的文化價值》，
《秦陵秦俑研究動態》1999 年第 3 期，頁 32～34。

〔註112〕陳菽玲：《從秦封泥看篆刻藝術》，《中國文化月刊》，第 260 期，2001 年，頁 102
　　　　～109。

〔註113〕王月兵：《封泥研究與篆刻創作》，《三峽大學學報》（人文社科版），2009 年第 1
　　　　期，頁 106～107。

〔註114〕斯路：《秦式封泥的斷代與辨僞》，《秦俑秦文化研究》，陝西人民出版社，2000 年，
　　　　頁 700～708。

〔註115〕孫慰祖：《封泥的斷代與辨僞》，《上海博物館集刊》第 8 期，2000 年，頁 187～201；
　　　　《封泥和古代封緘方式的研究》，《可齋論印新稿》，上海辭書出版社，2003 年，
　　　　頁 119～126。

〔註116〕徐在國：《古文字考釋四則》，《隸定古文疏證》，安徽大學出版社，2002 年，頁 306
　　　　～311。

〔註117〕李學勤：《秦封泥與齊陶文中的「巷」字》，《陝西歷史博物館館刊（8）》，2001 年，
　　　　頁 24～26。

〔註118〕趙平安：《秦西漢印的文字學考察》，《康樂集——曾憲通教授七十壽慶論文集》，
　　　　中山大學出版社，2006 年，頁 84～91。

副詞「太」出現的時代及其與「太」、「大」、「泰」的關係〔註119〕。

近年來以秦封泥爲題的碩士、博士論文有國立臺灣師範大學國文研究所林立卿的《秦封泥地名研究》〔註120〕，本人碩士論文《秦封泥集釋（中央官印部分）》〔註121〕，南昌大學徐海斌的《秦漢璽印封泥字體研究》〔註122〕，東北師範大學張強的《古璽與封泥考略》（英文）〔註123〕，陝西師範大學王偉的《秦璽印封泥職官地理研究》〔註124〕，河北大學徐冬梅的《秦封泥文字字形研究》〔註125〕，安徽大學單曉偉的《秦文字疏證》。這些碩博士論文有的資料搜集得全面詳盡，有的切入角度比較恰當，都爲秦封泥的研究做出來一定的貢獻。

六、關於秦封泥研究的思考

從秦封泥的公佈到 2002 年，秦封泥的研究可以說如火如荼，那一時期發表的文章數量龐大，質量較高，對推動秦漢歷史地理的研究做出了巨大貢獻。然而 2002 年以後發表的文章數量銳減，學者的研究熱情漸漸轉移到了對封泥所反映的單個問題的探索之上，可以說是從宏觀轉向了微觀，這一轉變值得我們關注和深思，因爲只有微觀的問題解決了，研究透徹了，才能更好地把握宏觀的問題。因此，我們有理由認爲，秦封泥的研究現在處於厚積而薄發的階段，隨著越來越多的新資料的出土和公佈，隨著學者研究的深入和全面，秦封泥的研究前景還是相當廣闊的。

但是我們不得不承認，目前對秦封泥的研究，更多地還是集中在內容的釋讀上，集中在職官和地理的研究上，關於秦封泥形體的研究不是很多，這方面還應該做的更細密一些。

〔註119〕葉玉英：《論程度副詞{太}出現的時代及其與「太」、「大」、「泰」的關係》，《福建師範大學學報》（哲社版），2009 年第 3 期，頁 127～131。

〔註120〕國立臺灣師範大學國文研究所在職進修碩士學位班論文，2002 年 8 月。

〔註121〕安徽大學碩士論文，2005 年 4 月。

〔註122〕南昌大學碩士論文，2005 年 5 月。

〔註123〕東北師範大學碩士論文，1992 年。

〔註124〕陝西師範大學博士論文，2008 年。

〔註125〕河北大學碩士論文，2010 年。

第二章　秦封泥文字形體研究

　　秦封泥文字屬於秦系文字，唐蘭先生認爲「秦系文字，大體是承兩周」〔註1〕，裘先生認爲「秦系文字指春秋戰國時代秦國文字以及小篆」〔註2〕。黃德寬老師認爲「秦系文字，包括戰國時期的秦篆和秦始皇時經過整理的小篆，還應當包括秦隸或古隸」〔註3〕。綜而言之，秦封泥文字上承西周、春秋文字，下啓漢隸書。其形體演變有簡化、繁化、替換、訛變等。下面分別論述。

第一節　秦封泥文字形體的簡化與繁化

一、簡　化

　　省簡，又稱簡化，是文字發展過程中普遍存在的現象。文字是一種書寫符號，是人們交流的工具，爲了追求簡潔，提高效率而對文字進行簡化是人的一種共通心理，甲骨文時期就已經出現了簡化字，如「甲」、「子」、「獸」等字均有簡化形體。而文字由甲骨文時期到金文時期，再到小篆、隸書、楷書，每一

〔註1〕唐蘭：《古文字學導論》，齊魯書社，1981年。

〔註2〕裘錫圭：《文字學概要》，59頁，商務印書館，1988年。

〔註3〕黃德寬、陳秉新：《漢語文字學史》，頁226，安徽教育出版社，2006年。

次可以說都是一次簡化，不論是形體偏旁上的，還是筆畫結構上的，都經歷了一系列的省簡，更不要說建國以後進行的簡化漢字的改革。但是，漢字的變化與發展是有其內部規律，不是可以任由人隨便的刪減和省改的，所以我們必然可以從文字的發展過程中找到省簡的類型，總結出省簡的規律。

就古文字階段的漢字簡化問題，多位學者進行了討論，如唐蘭先生〔註4〕、林澐先生〔註5〕、裘錫圭先生〔註6〕、高明先生〔註7〕、何琳儀先生〔註8〕、湯餘惠先生〔註9〕等，各位學者對省簡的分類都有自己的看法，但對於省簡內涵的理解沒有太大差別，即認為省簡是文字在形體上省略或簡化某些部件或筆畫，但是文字的音義不發生改變，原因多是為了書寫簡便。下面將進行簡單分析。

中　　　　（秦集一·二·87·9中府丞印）

中　　　　（秦集一·二·72·3中羞丞印）

「中」字早期金文作（中婦鼎），象旗幟迎風飄揚之形，後來在旗杆中加「口」表方位在正中，作（合集7363正），（盂鼎），這些寫法與秦封泥第一種寫法相同，石鼓文也作（石鼓·吳人），應是對早期寫法的繼承。

在殷周文字中，也已經出現省去了旗杆上表示旗幟的短橫，只留表示旗杆的豎筆的寫法，如中（合集26933），中（散盤），詛楚文繼承了這種寫法，作中，秦簡作中（雲夢·為吏七），秦封泥中第二種寫法亦本此。可

〔註4〕唐蘭：《古文字學導論》，齊魯書社，1981年。

〔註5〕林澐：《古文字研究簡論》，吉林大學出版社，1986年9月。

〔註6〕裘錫圭：《文字學概要》，商務印書館，1988年。

〔註7〕高明：《中國古文字學通論》，北京大學出版社，1996年。

〔註8〕何琳儀：《戰國文字通論（訂補）》，江蘇教育出版社，2003年。

〔註9〕湯餘惠：《略論戰國文字形體研究中的幾個問題》，《古文字研究》第十五輯，頁3～100，中華書局，1986年6月。

見，「中」乃「」之簡化。

匠　　　　（在京中央圖一 10 太匠丞印）

　　　　　（秦集一・二・85・2 泰匠丞印）

「匠」字從匚從斤，第一種字形相對較古，「匠」字的這種寫法在古文字中只見一例，作（璽彙 0234），但其部件「匚」的寫法在甲骨和金文中常見，甲骨文作（合集 6）、金文作（乃孫作且己鼎），《說文》籀文作，可見第一種寫法是對早期形體的繼承。後一個寫法所從的「匚」已經變爲三根線條，原來的象形意味大大減少，筆畫也大有減少，與秦陶文（秦陶 785）、秦簡（雲夢・秦律 123）寫法相同，而這種寫法也爲小篆所本。可見，「」乃「」之簡化。

宜　　　　（于京地理 32 宜陽丞印）

　　　　　（新見中央 34 宜春禁丞）

「宜」字甲骨文作（合集 318），西周金文作（天亡簋）、春秋金文作（秦公簋），均從且從二肉，象肉在俎上之形，第一種寫法是對西周春秋金文的繼承，秦陶文亦有此種寫法，作（秦陶 1230），只是所從之「肉」省簡成了「夕」。第二種寫法所從之「且」中的橫筆已省略，所從的兩肉亦已省簡成一肉，與戰國秦金文（宜安戈）相同，此亦小篆所本。可見，「」乃「」之簡化。

弁　　　　（秦集三・一・2・1 弁胡）

　　　　　（秦集三・一・3・1 弁疾）

「弁」是「覍」的或體，「覍」金文作（師酉簋），象以手持冠冕之形。

秦封泥文字研究

秦封泥第一個形體上部所從的部件已經省簡，只留下所從的兩手，且兩手上部筆畫相連，這是進一步的簡省；第二個形體未作省簡，但所從部件發生了改變，從一填實的方形，與秦印 （十鍾 3‧27 弁平）同。

大夫　　（新出 29 籧大夫）

　　　　（彙考 1148 籧大夫）

「大夫」是合文，秦封泥中「大」字的整個形體已經與「夫」相融合，換言之，「大」的形體包含於「夫」的形體之中，「夫」的形體借用了「大」的形體，這屬於合文合用部件，是省簡的一種。旁邊的兩小點是合文符號。合文這種形式在甲骨文中已經出現了，金文中應用較多，如「子子孫孫」常寫成合文的形式，秦封泥中出現合文的形式，在整個古文字階段來看，並不特殊，但是就秦封泥用字本身來說，卻是比較特別的，在我們所見的秦封泥中，「大夫」是唯一的合文，因此略加闡述。

廷　　　（新出 8 廷尉之印）

　　　　（秦集二‧三‧63‧1 廷陵丞印）

秦封泥中的「廷」有兩種形體，它們最大的區別在於「壬」的寫法，第一種寫法中「壬」字所從的一點在第二種寫法中變成了一短橫，這在古文字形體演變中屬於線條化，是筆畫省簡的一種。秦簡「廷」作 （雲夢‧為吏 28），與第二種寫法略同。

邸　　　（秦集一‧二‧61‧14 郡左邸印）

　　　　（彙考 317 郡左邸印）

「邸」字在秦封泥中出現多次，寫法沒有太大變化，主要的不同體現在所從的「氐」的形體，前一種「氐」上是一點，後一種「氐」上的一點變成了一短橫，這在古文字形體演變中是省簡的一種，即線條化，與「廷」字屬於同一種省簡方式。

平　　　　　　（秦集二・四・50・5 安平鄉印）

　　　　　　　（秦集二・四・39・2 西平鄉印）

　　秦封泥中「平」字的第一種寫法下部是曲筆，蓋小篆所本；第二種寫法曲筆變直，是簡化的一種方式，同時也蘊含了秦隸的特點。

　　秦封泥文字的簡化更多地是筆畫的省簡，而不是部件的變化，在筆畫的省簡中，既有曲筆變直，也有線條化，還有單字借筆，這些都是比較細微的字形變化，引起變化的原因常常是爲了使字形更規範、更美觀。

二、繁　化

　　增繁是指一個字在既有的字形上增添新的構形要素（部件或筆劃）而該字的記詞功能並未發生改變的形體演變現象〔註 10〕。古文字階段，字體的增繁是一個普遍現象，多位學者都進行過研究，如唐蘭先生〔註 11〕、裘錫圭先生〔註 12〕、何琳儀先生〔註 13〕等，這些學者或揭示歸納了增繁的具體條例，或對某類文字形體的增繁現象進行細緻的分析，都對我們深入瞭解漢字的繁化現象打下了堅實的理論基礎，提供了豐富的實例支撐。總之，增繁主要分爲兩種，一種是有義的，即增加義符或聲符，一種是無義的，即增加同形或一些贅筆。下面將討論秦封泥文字中的繁化現象。

齊　　　　　　（秦集二・二・19・1 齊中尉印）

　　　　　　　（秦集二・二・21・1 齊□尉印）

　　「齊」字甲骨文作（合集 36493），金文作（齊卣），象穀粒形。後來穀粒下豎筆拉長，寫作（齊侯匜），或加一到兩個小短橫，作（曾侯乙鍾 290.4），正是小篆所本。秦封泥的字形也是在穀粒下多了一個和兩個短

〔註10〕　吳國升：《春秋文字研究》，安徽大學 2005 年博士學位論文，頁 51。

〔註11〕　唐蘭：《古文字學導論》，頁 223～229，齊魯書社，1981 年。

〔註12〕　裘錫圭：《文字學概要》，頁 29～30，商務印書館，1988 年。

〔註13〕　何琳儀：《戰國文字通論（訂補）》，頁 213～226，江蘇教育出版社，2003 年。

橫，屬於飾筆，是增繁的一種，但是穀粒上的豎筆略有增長，使得整個形體看起來與雲夢秦簡 （雲夢・日甲 43 正）不太相同。

濟　　　（秦集二・二・18・1 濟北太守）

　　　　（彙考 1418 濟陰丞印）

秦封泥中的「濟」字所從的「齊」下兩短橫爲飾筆，與「齊」同。

西　　　（秦集二・四・38・1 西昌鄉印）

　　　　（彙考 409 西鹽）

　　　　（秦集二・一・4・3 西共丞印）

　　　　（秦集二・四・8・2 西鄉）

「西」是假借字，本義不明。甲骨文中作 （合集 9741）、（合集 25169），金文作 （禹鼎）、（多友鼎），或上面有一小豎出頭，或於上面加飾筆。秦封泥「西」字出現較多，主要有四種形體，第一種上無飾筆，中有三斜筆，比金文多一斜筆，略有繁化；第二種上有一短飾筆，中間還是三斜筆，與西周金文略同，與石鼓文 （石鼓・吳人）相同；第三種上加一短橫作飾筆，與下部相連；第四種在上部加了接近「弓」的形體，蓋《說文》小篆所本。可以說，封泥中的後三種形體是在第一種形體之上的不斷繁化的結果。

綿　　　（于京地理 55 綿諸丞印）

秦封泥字當隸定爲「緜」，「緜」是「綿」的異文，《玉篇》：「緜，同綿。」「綿諸」是一地名，《漢書・地理志》有載，秦屬隴西郡，在今甘肅天水市東。甲骨金文中無「綿」字，楚簡中有「綿」字，作 （信陽二・〇五）。考秦封泥中的字形，右邊從「系」，左邊從「帛」，但是「帛」字所從的「巾」旁

上面多了一橫劃，當是飾筆，無義。

承　　　　（秦集二・三・31・1 承丞之印）

　　（彙考 1381 承印）

「承」甲骨文作（合集 4094），金文作（追承卣），上從卩，下從兩手。《集韻》：「承，奉也，受也，或作丞。」秦封泥「承」字均在「卩」下增加了「手」旁，屬於疊加意符繁化。

奉　　　　（彙考 封 奉常丞印）

秦封泥中「奉」上從「豐」，中間從兩手，下再從「手」。考「奉」字早期寫法，金文作（散盤），可知「手」乃是繁化的意符。但該寫法卻爲小篆所本。

畫　　　　（秦集二・四・14・1 畫鄉）

金文中「畫」字作（吳方彝），從聿從乂從田，或謂「田」乃從「周」省或訛變而來，封泥寫法與此相似，上部從「聿」，中間與「乂」相連，下部從「田」，「田」下有一橫，應爲飾筆。秦簡中「畫」下亦有一橫，作（雲夢・爲吏一），此應爲小篆所本。

奴　　　　（秦集一・五・22・1 奴盧之印）

甲骨文「奴」字作（英 8251 正），金文作（弗奴父鼎），均從女從又，但甲骨文形體「又」旁有小小的飾筆。戰國晚期秦國高奴權和高奴矛上亦有「奴」字，分別作、，「又」字形中間加了飾筆。秦封泥「奴」字與高奴權和高奴矛上的「奴」字相似，只是飾筆增加，變成了兩小點，加在「又」形中間。

弩　　　（秦集一・五・24・1 弩工室印）

　　　　（秦集一・五・25・2 發弩）

　　秦封泥中「弩」字均從「奴」從「弓」，第一個形體所從的「奴」字「又」旁有兩飾筆，與前文討論的「奴」字情況相同；後一個形體所從的「奴」字與高奴權的「奴」字如出一轍，在「又」上加了一飾筆，但飾筆與「又」筆畫相連，形成一體。

離　　　（新見地理 28 符離）

　　　　（彙考 1424 符離）

　　甲骨文作 （合集 16），從離從隹，以網捕鳥，會意。秦封泥作 ，兩字字形左邊均從「離」無異，但右邊「隹」上多出一部分。

新　　　（秦集二・三・27・1 新安丞印）

　　　　（秦集二・四・35・4 新息鄉印）

　　秦封泥中「新」有兩種寫法，均從辛從木從斤，後一種形體「辛」和「木」共享了一個橫筆，該寫法與甲骨和金文中的「新」的左邊寫法接近，一脈相承。而第一種寫法略微繁複，與新郪虎符 ，詛楚文 ，秦陶文 （陶彙 9・29），秦簡 （雲夢・效律 20）寫法相同。

　　秦封泥文字的繁化或增添飾筆，或增添偏旁。

第二節　秦封泥文字形體的替換與訛變

一、替　換

　　替換是古文形體演變中比較常見的一種形式，文字在產生之初，由於書寫工具、書寫材料的局限，使用範圍的狹窄等原因，文字的形體體現出隨意性，如偏旁位置的不固定，所用聲符或形符的隨意更換等等，隨著文字形體的逐漸

固定，替換的現象也逐漸減少，直至消失。但是我們不能忽視漢字發展演變過程中的這一現象，聲符的替換爲我們保留了漢字的古音，形符的替換爲我們研究漢字的古義保存了資料，這些是特別值得重視的。

　　關於替換這一現象，唐蘭先生將替換稱爲「字形通轉」〔註14〕，林澐先生將替換稱爲「異構」〔註15〕，裘錫圭先生在《文字學概要》中討論到形聲字的時候提到了替換的現象，稱之爲「代換」〔註16〕，何琳儀先生將替換稱爲「異化」，認爲「方位互作」、「形符互作」、「音符互作」、「置換形符」，均屬於替換現象〔註17〕。可見，學者們對文字的替換現象都有自己的看法，並賦予其不同的名稱，但主要觀點沒有太大出入，我們暫且將之稱爲「替換」，並分爲方位替換、形符替換和聲符替換，下面將具體分析。

　　社　　　　　　　　　　（彙考 1352 長社丞印）

　　秦封泥中「社」字所從的「示」在右，「土」在左，與望山簡中的　（望山 1・125）相同，但是與常見的秦文字的「社」字寫法不同，如　（詛楚文）、　（雲夢・日乙 164），這是左右位置替換。

　　舒　　　　　　　　　　（于京地理 38 舒丞之印）

　　秦封泥中「舒」字從舍從予，但兩部件位置與常見的「舒」字形體不同。「舒」字金文作　（十一年佲荅戈），楚璽作　（璽彙 3694），均「舍」在上，「予」在下，秦封泥中的形體「予」在左，「舍」在右，從上下結構變成了左右結構，屬於位置替換，該形可能也是小篆所本。

　　秋　　　　　　　　　　（秦集二・三・108・1 秋城之印）

〔註14〕　唐蘭：《古文字學導論》，頁 231～241，齊魯書社，1981 年。

〔註15〕　林澐：《古文字研究簡論》，頁 98，吉林大學出版社，1986 年。

〔註16〕　裘錫圭：《文字學概要》，頁 168，商務印書館，1988 年。

〔註17〕　何琳儀：《戰國文字通論（訂補）》，頁 226，江蘇教育出版社，2003 年。

秦封泥中「秋」字左從「禾」，右從「火」。考古文字中的「秋」字，甲骨文作（合集6352），象動物形，可能是假借過來表示「秋天」的「秋」，說文籀文作，故戰國文字蓋是從籀文省變而來，如（侯馬子表318），或加「日」旁表示季節（璽彙4430），陶文作（陶徵174），秦系文字作（青川木牘）、（雲夢・秦律120），可見兩部件位置變動不居，小篆中固定下來，「火」在右，「禾」在左。

臨　　　　（秦集二・二・22・1臨菑司馬）

　　　　（彙考上　臨晉丞印）

秦封泥中「臨」字寫法有兩種，區別在於所從三口位置的不同。金文中「臨」作（盂鼎），從見，參聲。後來字形發生訛變，作（毛公鼎），從臥從三口之形，顯而易見。詛楚文作，與秦封泥第一種寫法相似，「臣」下三「口」排列略有不同。秦簡中「臨」作（雲夢・日乙237），陶文作（秦陶1229），所從三「口」均轉移到了「人」下。值得注意的是還有一陶文作（陶彙3・689），與封泥中第二種寫法完全相同，三個「口」，一個在「臣」下，兩個在「人」下，蓋即小篆所本。可見「臨」所從的「口」旁變動不居，位置不固定，常常發生位置上的替換。

墍　　　　（秦集一・四・19・1安臺左墍）

秦封泥中的「墍」字，其它文字材料中未見。《說文》有「墍」字，「仰塗也」，有塗飾、修補意。「左墍」可能是負責修飾宮室的工官。因此該字與封泥中的「墍」當為一字，唯所從「土」旁位置不一樣。

好　　　　（新見地理7好畤）

　　　　（彙考1329好畤丞印）

　　秦封泥中「好」字均從女從子，只是「女」和「子」的位置發生了左右替換。「好」字所從的「女」和「子」的位置常常不固定，在甲骨文中作 （合集 154）、（合集 6948 正），在金文中作 （中卣）、（杜伯盨），楚簡中亦有作 （老甲 32），小篆形體才固定爲「女」在左，「子」在右。

蔡　　　　　　（秦集三・一・32・2 蔡即）

　　　　　　　（新見地理 22 新蔡丞印）

　　秦封泥中「蔡」字均從艸從祭，只是「祭」在寫法上略有不同。前一個「蔡」字字形與 （十鍾三・三七）同，上從「艸」，下部「肉」旁在左，「攴」和「示」在右，與「祭」的常見寫法「肉」和「又」在上，「示」在下，如 （郘公華鍾）不同，這屬於偏旁位置的替換。此外，封泥字形從「攴」不從「又」屬於形符的替換，古文字中以「攴」代「又」的情況比較常見，此不贅舉例證。封泥第二種形體與小篆完全相同。另秦封泥中有一枚「祭陽丞印」，字作 （問陶 P173），原書隸定爲「蔡」，但該字上部並無「艸」頭，故應隸定作「祭」，可以讀爲「蔡」。《漢書・地理志》有蔡陽縣，屬南陽郡，故城在今湖北棗陽縣西南。

圈　　　　　　（彙考 1021 纍圈）

　　秦封泥中有「圈」字，與秦簡中「圈」作 （雲夢・日甲 19 背）不同，秦簡中「圈」字從囗從卷，與小篆一致。但秦封泥「圈」字裏面的部件，下部所從爲「土」，不是「卩」，故而應隸定爲𡇒，《說文》無。該字應從土，关聲，疑爲「埢」的省文，《集韻》：「埢，冢土圍牆也。」那麼，𡇒在「圈」中即是聲符，同時也部分表意，因爲「圈」是養牲口的地方，有圍牆是理所當然的。所以，秦封泥中的「圈」字是替換了聲符。

邦　　　　　　（秦集二・三・4・1 下邦丞印）

（于京地理 46 下郖）

秦封泥中「郖」前一形體從圭從邑，與小篆相同；後一形體從圭從卩。這裡「卩」當是「邑」的替換，替換了形符，因兩字形形近，故而互爲替換。何琳儀先生曾談到這種現象，認爲是「形近互作」，並舉了例證〔註18〕。

旟　　　　　（新出 29 旟大夫）

秦封泥「旟」從𣃦從遂，但「遂」並不從「辵」旁而從「止」旁，與秦印 （夭旟）、秦簡 （雲夢・雜抄 26）的寫法不同，應屬於部分形符的替換，古文字中「止」旁與「辵」旁常常混用，此不舉例贅述。

秦封泥中文字形體位置替換的情況不多，可見秦文字的穩定性。形聲字的形符和聲符發生替換的也不多，但是「圈」字聲符的替換值得注意和進一步的關注；「郖」字因形近而發生的形符替換則在其它六國文字中也有出現，可見秦系文字與六國文字並不是完全沒有交集的。

二、訛　變

文字在發展演變的過程中，不可避免地會發生一些書寫上的訛誤和變化，有些是書寫者無意造成的，有些則是有意爲之。歷史上文字從篆體變爲隸書，在一定程度上，就是一次大規模的有意訛變，隸變使文字由古文字階段進入到了今文字階段，由線條化的文字變成了筆畫式的文字，圖畫性減弱，符號性增強。

唐蘭先生把訛變稱爲「字形的混淆和錯誤」，並認爲「混淆錯誤的由來，仍逃不出演變和通轉的規律。」〔註19〕張桂光先生專門討論了古文字中的形體訛變現象，認爲「所謂古文字中的形體訛變，指的是古文字演變過程中，由於使用文字的人誤解了字形與原義的關係，而將它的某些部件誤寫成與它意義不同的其它部件，以致造成字形結構上的錯誤的現象。」舉例分析了不同歷史時期的漢字訛變現象，並對其進行了分類研究，分爲八種情況。他認爲訛變實際上

〔註18〕 何琳儀：《戰國文字通論（訂補）》，頁 236～237，江蘇教育出版社，2003 年。

〔註19〕 唐蘭：《古文字學導論》，頁 245，齊魯書社，1981 年。

是以特殊的方式，推動古文字朝簡化、聲化、規範化的方向前進，並總結了研究古文字形體訛變的現實意義〔註 20〕。這是對古文字形體訛變現象的首次深入的分析，具有深刻的意義。

　　秦封泥文字發生訛變的字形不多，訛變的寫法也大多尋得到歷史脈絡，主要都屬於無意訛變，下面將略加分析。

盧　　　　　　（秦集一・五・22・1 奴盧之印）

　　　　　　　　（秦集二・三・84・1 盧丞之印）

　　秦封泥中「盧」上從「虍」頭，中間部分不明，下從「皿」。金文中「盧」作（伯公父簠），戰國文字作（貨係 1215）、（璽彙 3416），秦印作（十鍾三・四四），這些字形，從「虍」從「皿」均一致，但中間所從部分屢生訛變，封泥中「盧」字第一個字形與秦印的寫法較爲接近，第二字字形中間所從訛變爲從「口」從「工」，這可能是小篆形體的來源。

慮　　　　　　（新見地理 29 取慮丞印）

　　秦封泥「慮」字上從「虍」，下從「心」，中間部分與上述「盧」字的第二個形體所從完全一致，亦屬於訛變。

　　「盧」和「慮」所從的中間發生較大訛變的部分其實應是「爐」的初文。該字在甲骨文中作（合集 19956），象火爐之形，後來加了「虍」頭作聲符，字形變爲（合集 28095），金文大多承接後一個形體，作（取盧盤），所從「爐」字形體發生了訛變，戰國文字中形體更多，前已論及，此不贅述。因此，「盧」字是從皿爐聲，「慮」是從心爐聲，二字皆是形聲字，《說文》小篆的寫法是在訛變基礎上產生的，因而也造成了許慎解釋上的錯誤。《說文》：「盧，飯器也，從皿，盧聲。」《說文》：「慮，謀思也，從思，虍聲。」

宣　　　　　　（秦集三・一・12・1 宣眜）

〔註20〕　張桂光：《古文字中的形體訛變》，《古文字研究》第十五輯，頁 153～184，中華書局，1986 年 6 月。

　　秦封泥「宣」字從宀從亙，「亙」字字形與「桓」字所從的「亙」相同，均爲隸書的寫法。「宣」金文作 ![圖] （虢季子白盤），石鼓文作 ![圖]，詛楚文作 ![圖]，秦印作 ![圖] （蘇宣），秦陶文作 ![圖] （秦陶 1388），由此我們可知，石鼓文形體是金文字形的訛變，本義表示迴旋的「亙」字在石鼓文中彎曲的筆勢不見，變成了像是相連的兩個「日」，中間還多了一橫，詛楚文又在此基礎上將兩個「日」分開，最終成了秦印中的寫法，秦陶文則是對秦印寫法的省簡，省去了一橫一日，最終作「宣」。封泥中「宣」字形體與秦陶文完全一致。

桓　　![圖]　　（彙考 1477 桓段）

　　秦封泥「桓」字均作 ![圖]，秦印中「桓」字也作 ![圖] （桓嬰），從木從亙，與隸書寫法一致，不同於小篆。所從「亙」字形體的演變可參見「宣」字的說解。

麋　　![圖]　　（彙考 1022 麋圈）

　　秦封泥中「麋」字從鹿，米聲，乃承襲石鼓文「麋」（![圖] 石鼓·田車）字的寫法，只是鹿頭與鹿身份離，部分筆畫平直而已。

道（導）　　![圖]　　（彙考 1432 昫衍導丞）

　　「導」是由「道」孳乳而來，「道」字金文作 ![圖] （散盤），從首從行從止，後來下面的「止」訛變成從「又」，作 ![圖] （曾伯{0x}匜），石鼓文中下面所從的「又」進一步訛變成了「寸」，作 ![圖] （石鼓·作原），從首從行從寸，這形體後來成爲「導」字的來源。秦封泥中「道」字均讀作「導」，與石鼓文一致。

雝　　![圖]　　（彙考 53 雍祠丞印）

　　　　![圖]　　（彙考 1320 雍丞之印）

　　　　![圖]　　（彙考 1326 雍工室丞）

　　「雝」字甲骨文作 （合集 37653），金文作 （毛公鼎），本爲從水從 從隹，秦封泥的第一種寫法即繼承了金文的形體，沒有大的變化。第二個形體從水從 從隹不變，但「隹」下部多了「卩」，秦金文中亦有此寫法，作 （二十一年相邦冉戈）。第三種寫法「卩」的位置發生改變，放到「」形下部，又省略了一個「○」，於是訛變成了「邑」旁，這也就是「雝」字的來源。

　　鄉　　　　　　　（秦集二・四・8・5 西鄉）

　　秦封泥中「鄉」字多見，「鄉」字所從「邑」乃是「卩」形的訛變。源於古文字中的 （卿，上博三・周 30）、（卿，上博三・周 54）字。

　　春　　　　　　　（新見中央 34 宜春禁丞）

　　　　　　　　　　（秦集二・四・29・1 宜春乡印）

　　秦封泥中「春」字，「艸」旁一般在上部，「屯」聲在中間，如封泥中的第一種寫法，此形乃承襲 （吳王光編鍾）、（包山 206）等形的寫法而來。關於 形，何琳儀先生認爲從奉從日，解釋爲「會興作出動之意。六國文字承襲商周文字，以旾、萅爲春。秦國文字則另造會意字春」[註21]。我們認爲此說可商，這個形體不是會意字，仍然是形聲字。只是偏旁位置發生了變化，即「艸」旁在中間，「屯」聲在上部，而「屯」又發生了訛變，中間的一短橫變成了一弧筆；「艸」旁由於放在了中間，略向左右傾斜，於是就訛變的像兩個手形。而「春」的這一形體又被秦簡承襲作 （雲夢・日乙 111）、（雲夢・秦律 4）等形，進一步訛變成「奉」形，所以導致是「會意字」的理解。幸賴秦封泥保留了「春」字篆文的這一形體，才使我們有了更加合理的解釋。

───────────

〔註21〕何琳儀：《戰國古文字典》（下冊），頁 1329，中華書局，2007 年。

　　總之，秦封泥文字的訛變現象有形體離析，也有形近而訛，也有的可能因爲書手風格不同造成，但是這些形體多爲小篆所本，有的則與隸書相同，從一個側面證明了文字是在不斷向簡化、規範化的方向前進。黃德寬老師說：「『訛形』、『訛聲』是古漢字演變過程中的特殊現象，它們既是漢字形體演進的自然結果，又是古漢字趨向符號化和表音化的表現。」〔註22〕

　　最後談一下秦封泥中新出現的一個形體，它的出現爲我們釋讀未釋古文字搭建了橋梁。這個字就是「巷」字，其形體如下：

　　　　　（秦集一・二・54・6永巷丞印）

　　秦封泥「巷」字，已經有多位學者寫文章討論了該字的構形和來歷，王輝先生比較全面地分析了「巷」字的形體來源，他說〔註23〕：

> 「巷」字作「　」，比較特殊。巷字《說文》作　，云：「里中道也。從　、共，言在邑中所共。巷，篆文從邑省。」段玉裁注：「里中之道曰巷，古文作　。《爾雅》作術。……道在邑之中，人所共由。胡絳切。共亦聲也。……爲小篆，則知　爲古文、籀文也。先古籀後篆者，亦丄部之例。巷今作巷。」《爾雅・釋宮》：「術門謂之閎。」郭璞注：「閎，術頭門。」陸德明《釋文》：「術，道也。《聲類》猶以爲巷字。」巷極可能是一形聲字，從　、邑或行得義，以共爲聲。巷字睡虎地秦簡《封診式・穴盜》「垣北即巷殹」作「　」，從邑省，共聲；《漢印文字微》「楚永巷丞」、陝西歷史博物館藏「長信永巷」封泥作「　」，與睡簡同；漢魯峻碑「休神家術」作「術」。此印「巷」字不與睡簡漢篆同，而與漢碑同，又「術」中「共」字作「　」，亦字書所不見，但由漢印「永巷丞」的例子看，其爲巷字應無疑問，大概是術字的異體，且時代可能爲戰國晚期，早於睡虎地簡。

　　李學勤先生認爲〔註24〕：

〔註22〕黃德寬：《形聲結構的動態分析》，《淮北煤炭師範學院學報》，1987年第1期。

〔註23〕王輝：《秦文字集證》，頁152，臺灣藝文印書館，1999年。

〔註24〕李學勤：《秦封泥與齊陶文中的「巷」字》，《陝西歷史博物館館刊》第8輯，頁25，三秦出版社，2001年。

　　相家巷秦封泥中「永巷」一詞的例子，讀者很容易在周曉陸等先生所編《秦封泥集》內找到。其「巷」字從「行」，中間上部作「帯」，下部作「↲↳」。這爲什麽是「巷」字，需要稍加説明。《説文》的「巷」字在「䢜」部，云：「里中道，從䢜從共，皆在邑中所共也。」這是説它是會意字。書中「巷」字篆文還有另一體，從「共」從「邑」，許慎認爲是「從䢜省」。《爾雅·釋宮》也有「巷」字，寫作從「行」的「衖」。由這個字的古音，以及字可從「䢜」，從「邑」，或者從「行」看，恐怕實際上是形聲字，段玉裁《説文解字注》講「共亦聲」，是太遷就許慎的説法了。「共」字，《説文》云：「從廿、↲↳。」「共」字何以從「廿」，研究《説文》的學者都有懷疑，可是西周金文中確切可定的「共」字，如善鼎「秉德共（恭）純」、禹鼎「賜共（恭）朕辟之命」，眞是從駢列兩個「十」字的「廿」，至於更早的，於「↲↳」上有圓圈形或「口」字形的字，是不是「共」，尚可討論。「廿」可以是駢列二「十」，也可以作「廿」形，因此秦封泥的「巷」字，中間應理解爲從「共」從「巾」。

可見，李先生的解釋更爲細緻，並指出封泥的形體爲從行，從共，從巾。

徐在國老師也對秦封泥中的「巷」字作了考釋：「釋慧琳《一切經音義》6.18下巷字古文作『衖』，魯峻碑巷字作衖，皆從『行』作。新近公佈的夢齋所藏秦代封泥『永巷丞印』之『巷』作衖，『永巷』之『巷』作衖，原文釋爲『巷』，無疑是正確的。」〔註25〕並據此形考釋了楚文字中誤釋的「巷」字。

趙平安先生、白於藍先生也都根據秦封泥的「巷」字，考釋出了楚文字中誤釋的「巷」字。〔註26〕

楚文字中的「巷」字或作：

　（包山 142）

　（包山 142）

〔註25〕　徐在國：《古文字考釋四則》，《隸定古文疏證》，頁 309，安徽大學出版社，2002年。

〔註26〕　趙平安：《釋包山楚簡中的「衖」和「迪」》，《考古》1998 年第 5 期，頁 81。

（郭店・緇衣 1）

（上博二・魯 3）

（上博三・周 32）

（上博一・緇 1）

很明顯秦封泥中的「 」就是承襲戰國楚文字「巷」字的形體而來，只是秦封泥中的「巷」字下部加了「廾」而已。

第三節　秦封泥文字形體與《說文解字》所輯字形的對比

一、與《說文》小篆的對比研究

秦封泥文字上承西周、春秋文字，下啓漢代隸書，大致與《說文解字》（下簡稱《說文》）所著錄的文字相始終，年代基本重合。有鑒於此，擬將秦封泥文字與《說文》所輯文字進行對比研究，以見其異同遞嬗之跡。本次共統計出秦封泥文字 473 個（其中有 7 個字不見於《說文》）。由於殘缺不全或磨滅漫漶而無法準確認定者有 51 個，其餘在字形、結構等方面與《說文》小篆兩相比較，基本相同的有 208 個，有所差異的有 217 個（由於一字異體或大同小異、既同且異等的複雜情況的存在，統計數據難免稍有出入）。

（一）與《說文》小篆相同者

秦封泥是秦印捺印在泥封上的，且官印居多，應爲標準的秦篆形體，爲《說文解字》小篆所從出。據統計，和《說文》小篆字形、結構等方面都基本相同的秦封泥文字共計 208 個，占統計總數的 466 的 44.6%，據以認定小篆是由秦篆發展而來當無疑議。由於字數較多，本文不擬進行一一對比，僅從總體趨勢的筆畫化和定型化兩個角度稍作探討。

1・筆畫化

張桂光先生在《漢字學簡論》中談及小篆的特點，分爲四個方面，一是線條化；二是簡省化；三是定型化；四是新的近似形符的產生及其區別標誌

〔註 27〕。這是從筆畫、形體、部件構成等方面對小篆的特點進行的總結，甚爲明晰。秦封泥文字形體已經呈現了這些特點。下面對筆畫化、定型化略作分析。

　　張桂光先生所謂的線條化，是指小篆把以前「隨體詰屈」的象形符號完全線條化了，變成全由圓轉均衡、粗細如一的線條組成的文字符號〔註 28〕。而我們認爲，小篆之前的象形符號也是由線條組成的，只不過這些線條還比較具象，曲折粗細，隨物體的形象而「詰屈」，文字符號化的特性較弱，所以我們改稱之爲筆畫化。筆畫是文字構成的基本要素，筆畫確定了，那麼字形就確定了。小篆確定了橫平豎直曲的筆畫，線條均衡，而且圓轉婉約，不同於甲骨文的凜然、金文的厚重，簡帛的飄逸，看起來舒適悅目，也體現出了脫離象形符號的特點，下面試舉幾例，封泥文字在前，小篆在後。

帝		秦集一・一・1・1 皇帝信璽		《說文》卷一
咸		新出 26 咸陽亭丞		《說文》卷二
右		秦集一・二・3・5 右丞相印		《說文》卷二
史		彙考 49 內史之印		《說文》卷三
相		秦集一・二・3・7 右丞相印		《說文》卷四
市		彙考 1591 定陽市丞		《說文》卷五
郡		秦集一・二・61・6 郡左邸印		《說文》卷六
宗		秦集一・二・24・4 宗正		《說文》卷七

〔註 27〕張桂光：《漢字學簡論》，頁 179～183，廣東高等教育出版社，2004 年。
〔註 28〕同註 27，頁 179。

丘		秦集二·三·10·1 廢丘		《說文》卷八
船		新出 19 都船丞印		《說文》卷八
府		秦集一·二·19·1 車府		《說文》卷九
底		于京地理 11 漢中底印		《說文》卷九

可以看出，小篆的筆畫、線條與封泥文字如出一轍，圓轉有致，工整端莊，一脈相承。

2·定型化

定型化是指「小篆把每個字的寫法和上下左右的位置固定下來，成爲整齊劃一的書體」，包括「偏旁形體的定型」、「偏旁構成的定型」以及「偏旁位置的定型」〔註29〕。這是對規範的小篆形體的總結，偏旁的定型使得文字的穩定性和規範性都得到了加強，在秦封泥文字中，我們也可以發現這一特點。

據不完全統計，秦封泥文字主要涉及的偏旁超過四十個〔註30〕，其中使用最多的分別是「邑」、「木」、「水」、「艸」，以這四個部件爲偏旁的字加起來接近九十個，再加上「宀」、「阜」和「人」旁的字，約有一百二十個之多，約占所有秦封泥用字的四分之一。這些偏旁之所以出現頻率如此之高，是因爲秦封泥的內容大多數涉及中央及地方職官，「邑」、「木」、「水」、「艸」旁的字幾乎都是地名，這從側面反映了地名用字的特點，其中比較特別的是「𨟅」，該字《說文》未收，周曉陸等先生將其隸定爲「隍」（隍採金印、隍採金丞），認爲「依採金職官體例，當爲地名」〔註31〕。這一隸定似不確，《說文》：「隍，池也。有水曰池，無水曰隍。從𨸏皇聲。《易》曰：城復於隍。」但是該字從「皇」從「邑」甚爲明確，不應爲「隍」，當隸定爲「𨟅」，是地名，具體地望不明。

〔註29〕 張桂光：《漢字學簡論》，頁180～181，廣東高等教育出版社，2004年。

〔註30〕 統計時，以某個偏旁的字至少有三個爲計入標準。

〔註31〕 周曉陸、劉瑞、李凱、湯超：《在京新見秦封泥中的中央職官內容——紀念相家巷秦封泥發現十週年》，《考古與文物》，2005年第5期，頁3～15。

　　仔細考察前文提及的七個偏旁的字形，偏旁的形體、構成和位置基本上都已經定型化了，如：

　　「邑「旁的字有（「邑」旁已殘或不清晰者未錄入，下同）：

邑		邦		郡		都	
鄸		邸		郁		酆	
鄭		邽		祁		邯	
鄆		鄗		鄧		鄒	
郎		邳		郯		邪	
邽		郎					

　　可見，「邑」旁形體均相同，且位置都固定在右側，均是義符。

　　「木」旁的字有：

橘		杏		桃		杜	
欒		櫟		柘		機	
朱		材		榦		柱	
桓		樂		橋		采	
休		東					

　　可見，「木」旁寫法大致相同，位置雖然並不是都固定在字的左邊，但是不論其在上還是在下，跟其早期寫法相比，均沒有發生變化，所以仍可以將其看作是定型的。值得注意的是「東」的形體還有作，「木」下兩筆與「日」相連，脫離了中間的豎筆，這可以看作是一種筆畫上的隨意處理。

「水」旁的字有：

水		河		江		溫	
沮		洮		涇		漆	
洛		汾		淮		湞	
汝		池		浸		濟	
溥		衍		浮		清	
澤		淦		潦		漢	
潘		浴		泰		瀨	

「水」旁一般在字的左邊，充當字的義符，從寫法上來說，已然非常穩定，與小篆區別不大，中間一筆彎曲，兩筆四個曲筆，並不相連，與「川」相區別。

「艸」旁的字：

蘇		藍		苣		夢	
著		莪		葉		芒	
薋		蔡		苑		菑	
芻		茶		蕃		菩	
莫		茜					

除了「芻」所從的「艸」以外，其它字的「艸」旁寫法都相同，位置也都很固定，與小篆一致。值得注意的是「茜」字，該字《說文》歸入「酉

部，《說文》：「禮祭，束茅，加於裸圭，而灌鬯酒，是爲茜。象神歆之也。一曰茜，櫊上塞也。從酉從艸。《春秋傳》曰：「爾貢包茅不入，王祭不供，無以縮酒。」許慎應是將其看作會意字，跟祭祀有關，故列於「酉」部下，但其所從「艸」的寫法和位置與其它「艸」部字無異。

當然，秦封泥中的構字偏旁還有很多，其寫法與位置也自有特別之處，但從大體上看，仍是體現了定型化的特點，這是毋庸置疑的。

（二）與《說文》小篆相異者

對與《說文》小篆不同的 217 字，我們可以從三個方面進行歸納，即構件不同、筆畫不同、繁簡不同。其中構件不同的字數量最多，約有 95 個，筆畫不同的字約有 99 個，繁簡不同的字數量最少，約有 25 個。當然這些字形內部還可以再細分出不同的類別，下面將逐一進行分析。

1. 構件不同

所謂構件不同，是指構成字形的部件有差異，具體分爲構件位置不同和構件替換兩種。

（1）構件位置不同

前文已述，小篆字形是比較固定的，而封泥文字尚處於定型化的過程之中，構件位置往往不定，時有上下左右等的差異。見下表：

字頭	社	蔡	春	御	舒	辨	秋	望	臨
小篆字形	社	蔡	春	御	舒	辨	秋	望	臨
封泥字形	社	蔡	春	御	舒	辨	秋	望	臨

字頭	猷	鹽	好	縵	堅	醫			
小篆字形	猷	鹽	好	縵	堅	醫			
封泥字形	猷	鹽	好	縵	堅	醫			

表中所舉 15 例，在構件位置上即有所不同，其中「社」、「舒」、「秋」、「猷」和「好」都是構件位置左右不同；「醫」字由左右結構變成了上下結構；「辨」

字則由上下結構變成了左中右結構。「蔡」字仍是上下結構，但所從「祭」的「示」旁位置發生了變化；同樣，「鹽」字所從的「鹵」由中間位置移到了右上方；「墾」字但所從的「土」從中間變到了最左邊；「臨」字所從的三個「口」位置發生了明顯變化。「春」字所從的「屯」的筆畫拉長，使得「春」字的結構看起來似乎由上中下變成了上下結構；同理，「御」所從的「午」的筆畫縮短，使得「御」字似乎由包圍結構變成了左中右結構；「望」字由於「月」的形體縮小，看起來由左右結構變成了上下結構。「縵」字仍是左右結構，但所從的「曼」由包圍結構變成了上中下結構。可見構件位置發生變化的情況較多，尤其是左右變化，這應該是由於小篆中偏旁位置較固定引起的。

（2）構件替換

所謂構件替換，是指構成文字的部件發生了變異，見下表：

字頭	皇	公	呈	走	達	建	博	謁	段
小篆字形									
封泥字形									

字頭	將	導	魯	鼻	離	美	觭	巫	盧
小篆字形									
封泥字形									

字頭	亭	桃	材	𩏼	柱	桓	橋	華	圈
小篆字形									
封泥字形									

字頭	賀	都	酆	鄭	邵	巷	朝	籚	㫃
小篆字形									
封泥字形									

字頭	遊	外	私	宣	宜	冠	傅	壽	屬
小篆字形									
封泥字形									

字頭	般	廣	長	豸	麋	慮	漆	溥	涷
小篆字形									
封泥字形									

字頭	臺	張	孫	縣	織	蜀	城	坏	時
小篆字形									
封泥字形									

字頭	募	軍	成	羞	酉	醫	茜	尊	
小篆字形									
封泥字形									

　　從表中可見，文字構件的替換又可分為兩種類型：一種是構成該文字的部件有所替換，如「皇」所從的「白」替換成了「自」，「公」和「私」所從的「○」替換成了「厶」，「呈」所從的「土」替換成了「壬」，「走」所從的「大」替換成了「夭」，「導」所從的「行」替換成了「辵」，「鼻」所從的「弗」替換成了「畀」，「雝」所從的「呂」替換成了「邑」，「旇」所從的「止」替換成了「辵」，「外」、「宜」所從的「月」替換成了「夕」，「孫」、「縣」所從的「糸」替換成了「系」等，這些替換大多是因為小篆的一些構件的寫法定型化了，因此做了調整和更改。另一種是構成部件的筆畫發生了替換。另一種是構字部件的筆畫有所替換，此種情形尤為多見，如「博」、「傅」、「溥」所從的「田」的寫法，「酉」和「醫」、「茜」、「尊」所從的「酉」的寫法，「桓」和「宣」所從的「亙」的中間部分的寫法，「賀」和「募」所從的「力」的寫法等等，這些差異是與小篆的定型相對而言的。

2. 筆畫不同

從字形的角度來說，構件的變化是顯而易見的，而筆畫上的差異往往比較小。秦封泥文字與小篆對比，筆畫不同的字約有 99 個，或者是曲筆變直、直筆變曲等的筆勢變化，約有 50 個；或者是筆畫上的由斷而連、由連與斷的分別，約有 49 個。

（1）筆勢差異

其實此種筆勢上的差異。往往與小篆的區別只是微殊，見下表：

字頭	吏	屯	菁	莟	荼	蕃	春	趨	廷	干
小篆字形										
封泥字形										

字頭	句	者	雛	烏	玄	舍	邦		邸	鄒
小篆字形										
封泥字形										

字頭	晦	旱	穎	家	帷	人	代	馬	騎	驪
小篆字形										
封泥字形										

字頭	犬	狡	狀	大	慎	河	池	淮	潘	西
小篆字形										
封泥字形										

字頭	拔	嬰	弋	當	軹	阿	降	除	九
小篆字形									
封泥字形									

表中可見，有些字的筆勢或則直筆變曲，如屯、著、茶、廷、干、句、烏、玄、舍、酅、邸、旱、人、代、河、嬰、弋、阿、除諸字；或則曲筆變直，如㓞、趨、邦、鄒、驪、軹、九諸字；或則筆畫拉長，如吏、蕃、春、者、雒、晦、帷、犬、狻、愼、淮、潘、浴、西、拔、當、降諸字；至於穎、家、馬、騎、狀、大、池諸字則是在筆畫書寫走勢上略有不同。

（2）筆畫的連斷

封泥字形的斷筆，在小篆則爲連筆。見下表：

字頭	少	御	離	青	梁	佩	礜	鹿	狼	志
小篆字形										
封泥字形										
字頭	洮	雲	留	陰	陽					
小篆字形										
封泥字形										

封泥字形的連筆，在小篆則爲斷筆。見下表：

字頭	福	苣	栽	葉	薔	牟	造	章	丞	翟
小篆字形										
封泥字形										
字頭	平	廄	高	亭	郭	橘	桑	南	鄆	鄙
小篆字形										
封泥字形										
字頭	晉	昌	從	歊	山	廥	尉	潦	墨	金
小篆字形										

封泥字形									
字頭	鉅	官	陘	陳					
小篆字形									
封泥字形									

　　表中可見，此種筆畫上的連與斷完全出於小篆優化字形的考慮，而封泥的字形就稍顯隨意粗放一些。

3. 繁簡不同

　　所謂繁簡不同，指的是小篆與秦封泥字形相比，在筆畫或者構件上有增繁或省簡的現象。在所統計的 26 個有繁簡差異的字形中，只有一個「廢」字的筆畫有增有減。該字小篆作 ，秦封泥作 （《秦封泥集》二・三・11・6 廢丘丞印）、 （《秦封泥彙考》1293 廢丘），所從的「廣」在小篆中多出一個小小的豎筆，所從的「癹」的上部在小篆中多了一豎，而封泥中連接「癹」的上下部分的一短豎在小篆中則消失不存。

（1）繁　化

　　繁化是指小篆的字體是在秦封泥文字的基礎上有所增繁而來的。見下表：

字頭	藍	贅	德	衛	買	齊	宮	呂	白
小篆字形									
封泥字形									
字頭	傳	監	端	濬	泉	原	鹽	闔	無
小篆字形									
封泥字形									

字頭	新							
小篆字形	<small>新</small>							
封泥字形	<small>新</small>							

　　表中共有 19 個字的字形發生了繁化，其中大部分增加了筆畫，少數幾個增加了構件。「藍」、「監」和「鹽」字均是所從的「皿」旁發生了變化，小篆的「皿」字形多出了一短橫；「宮」、「呂」和「閭」則都是所從的「呂」字有些改變，在上下兩「口」中間加了一短豎；「泉」和「原」均是所從的「泉」上多出一短豎；「白」字亦如此；「蠶」是所從的「欠」的上部由兩筆變成了三筆，多出來一撇；「德」字是在「心」上多出來一橫；「買」字是所從的「網」多出了一個「×」；「端」字所從的「而」也是增加了一橫；「傳」字是在「寸」上多出了一橫圓圈；「衛」和「新」在繁化上有相似之處，兩字在封泥中的寫法均使用了「借筆」，但是小篆的寫法呈現出了所從的每個構件，未加省略；「浸」和「無」字都增加了構件，前者加了「又」旁，後者比較特別，增加了聲符「亡。由此可見，小篆字形是定型化了的。

　　（2）簡　化

　　簡化是指小篆的字體是在秦封泥文字的基礎上有所省簡而來的。見下表：

字頭	畫	安	承	奴	弩	鍾	陵
小篆字形	畫	安	承	奴	弩	鍾	陵
封泥字形	畫	安	承	奴	弩	鍾	陵

　　表中各字的小篆寫法基本上都是省簡了部分筆畫，「畫」字省略了「聿」下的一橫和「乂」，「安」字省略了女旁的一個飾筆，「承」字省略了「丞」的下半部分，「奴」和「弩」字省略了所從「又」中的兩個飾筆，「鍾」字省略了「金」旁上面的一點，「陵」字省略了兩小點飾筆。可見，小篆對封泥文字的省簡情況並不突出，除了「畫」字省略的較多外，其它字形僅僅是省略了一些飾筆，這可能跟小篆追求工整和定型有關。

　　根據對秦封泥文字與《說文》小篆的對比，我們可以看出，雖然小篆在很

大程度上繼承了秦篆的寫法,在秦封泥中有差不多一半的字形被小篆直接繼承,但是仍有超過一半的字形在構件和筆畫上顯示出了秦文字的風格,在字形繁簡上展示了秦文字的特色(如「女」的寫法)。這也讓我們看到,文字是既有繼承,也有發展的。

二、與《說文》古文、籀文、或體的對比研究

《說文解字》除了為我們保留了 9353 個小篆形體之外,還輯錄了一些漢代之前的「古文字」,也就是「古文」和「籀文」,此外還有一些當時許慎看到的異體字。這些留存下來的形體也可以與秦封泥文字進行對比。

1. 與《說文》古文形體的比較

「古文」即戰國文字,秦封泥文字中有 78 個字頭在《說文》中有古文,分別是:

上	帝	下	社	王	中	周	正	造	御	商	信	兵	共	反
段	友	事	支	畫	利	則	衡	其	典	工	巫	平	豐	虎
青	良	夏	南	邦	巷	遊	霸	外	多	家	容	宜	惟	白
比	望	監	襄	般	廄	馬	麗	赤	吳	慎	泰	州	原	雲
西	間	奴	瑟	曲	終	風	恒	堂	壞	黃	金	鐵	陳	四
成	寅	酉												

但是沒有一個字形與《說文》古文完全相同,只是「西」字(見於《秦封泥彙考》409)有一個形體與古文有相似之處,秦封泥作 ⊗ ,《說文》古文作 ⊗ ,從字形上看,兩字下部基本相同,但上部仍然差異明顯,所以我們暫且認為秦封泥文字中沒有與《說文》古文相同的形體,這無疑為王國維「戰國時秦用籀文六國用古文」說提供了有力的佐證。

2. 與《說文》籀文形體的比較

「籀文」是小篆的前身,即所謂「史籀大篆」。秦封泥文字中有 24 個字頭在《說文》中有籀文,分別是:

中	歸	商	童	兵	書	則	劍	其	盧	昌	秋	秦	弁	馬
麗	西	虹	堂	璽	城	壞	車	四						

其中有 6 個形體與秦封泥文字相同,分別是 「中」、「兵」、「秦」、「璽」、

「其」，「麗」，這些文字的寫法與籀文基本或完全相同。見下表：

字頭	中	兵	秦	璽	其	麗
《說文》籀文						
封泥字形						

表中可見，秦封泥「中」字的中間豎筆上下端均有兩橫筆，方向一律向右，與《說文》籀文寫法的一左一右有所不同而已。「兵」、「秦」、「璽」字的寫法，封泥字形均與籀文完全一致。「其」字寫法稍有不同，籀文上部「口」內是兩個「×」形，封泥字形是一個「×」形，這種區別在古文字中比較常見，「其」字還有一個籀文形體作 ▨ ，上部也是只有一個「×」形，因此我們基本可以說「其」字字形與《說文》籀文相似。《說文》在「麗」字條下稱古文作 ▨ ，篆文作 ▨ ，那麼列在字頭的 ▨ 應即籀文，封泥所用「麗」字，恰與此同。雖然只是極少的 6 個形體，卻佔了 25%的比例，足以證明秦文字是由西周金文繼承而來。

3. 與《說文》或體的比較

「或體」主要指的是篆文異體[5]23，與小篆應是同一個時代層次中的文字異構。秦封泥文字中有 17 個字頭在《說文》中有或體，分別是：

達　秣　休　爖　旃　康　宛　羈　常　方　弁　淦　西　緩　鐵
鍾　尊

其中有 4 個字的或體與秦封泥文字完全一致，分別是「秣」、「康」、「緩」、「鐵」，見下表：

字頭	糕粥（秣）	穅（康）	素爰（緩）	鐵
《說文》或體				
封泥字形				

表中可見，「秣」在封泥中從米從末，與《說文》糕粥字或體完全相同。

《說文》「穅」字或體與封泥「康」字形體也基本相同。「繠」字或體從系不從素，也與封泥「緩」字形體完全相同。「鐵」字或體右邊字形的上部缺少了「大」形，與秦封泥「鐵」字完全一致。因此我們可以說，《說文》或體對秦封泥文字有所承襲，且基本上都是採取了簡省。

綜觀以上分析可以看出，秦封泥文字形體與《說文》「古文」基本沒有聯繫，與《說文》「籀文」的關係較為密切，對《說文》篆文的影響較大，值得我們重視。

第三章　秦封泥文字考釋

第一節　里耶秦封泥初探

　　2002 年 4 月湖南省文物考古研究所對龍山縣里耶鎮的里耶戰國——秦漢古城進行的搶救性考古發掘，使陶器、鐵器、木製工具、玉器、封泥和大量簡牘等文物資料得以重現於世人面前。這批資料也以其數量之大、記錄內容之多和涉及研究範圍之廣而備受學術界關注。但學者的研究多是圍繞出土秦簡展開的，對出土的數十枚封泥卻較少論及。就筆者所見，僅《湖南龍山里耶戰國——秦代古城一號井發掘簡報》、《里耶發掘報告》二文對此有所涉獵〔註 1〕：前者列舉四枚有字封泥的釋文（無圖版）；後者隨文附錄了 10 件封泥拓印圖版，並較爲詳細地著述它們的形制和釋讀其中的部分文字。

　　毋庸置疑，《簡報》和《報告》在整理和發佈這批封泥資料上功不可沒，爲研究者提供了極大便利，於文字考釋方面也具有重要參考價值。可能囿於體例，它們多爲對這批封泥形制的介紹和文字的簡單釋讀上，這對深入研究這批封泥記載的內容及其價值和意義稍顯不足。有鑒於此，本文擬對其中一

〔註 1〕 湖南省文物考古研究所、湘西土家族苗族自治州文物處、龍山縣文物管理所《湖南龍山里耶戰國——秦代古城一號井發掘簡報》：文物 2003 年 1 期；《里耶發掘報告》，湖南省文物考古研究所，2007 年 1 月。

些文字作進一步考證，並就相關的古職官、地理等問題進行探討，以求正於方家。

图一四〇　里耶城址 J1 出土封泥

1~10.封泥（J1⑫:36,J1⑫:37,J1⑪:11,J1⑪:12,J1⑫:38,J1⑬:18,J1⑬:17,J1⑩:8,J1⑫:15,J1⑫:14）

一、洞庭司馬

《簡報》認爲其應爲「□（洞）庭□（司）馬」；《報告》指出「已殘，估計應爲近圓形，殘存正面爲刻印陽文小篆『庭馬』二字，字外有陽線方格，全文應爲『洞庭司馬』四字。印面殘長 2.4，寬 1.2 釐米」（圖一四〇，1）。

從殘存文字的形體上看，「庭」和「馬」的釋讀當無任何問題。至於《簡報》和《報告》均稱其爲「洞庭司馬」殘文，當是據同出簡文的「洞庭郡」地名和「司馬」、「司空」等職官名作出的推斷，應無疑義。

傳世文獻中未見秦時郡設「司馬」的記載，《漢書·百官公卿表》：「中尉，秦官……有兩丞、侯、司馬、千人」，可見秦時，司馬爲中尉屬官。但是漢代郡設「司馬」一職卻有記載。東漢衛宏的《漢舊儀》載邊郡太守，「置長史一人，掌兵馬。丞一人，治民。當兵行，長史領，置部都尉、千人、司馬、侯、農都尉，皆石治民。不給衛士。」陳直《漢書新證》：「西漢內郡有司馬，邊郡亦有司馬，其系統屬於太守，其調遷屬於都尉。」〔註2〕但是出土文獻卻可證明「司馬」在秦時已由郡設，如秦封泥中的「東郡司馬」、「臨菑司馬」、「琅邪司馬」等，可知秦時確已設立了郡司馬一職，爲武官。這裡的「洞庭司馬」也爲證實這一觀點提供了更爲堅實的依據。關於洞庭郡的地望和沿革，目前各家說法眾多，未有定說，姑且不論。

二、鹽

《報告》指出「大部分已殘，形狀不詳，正面僅存一刻印陽文小篆字，不

〔註 2〕陳直：《漢書新證》，頁 129，中華書局，2006 年 4 月。

可辨。殘長 1.7、殘寬 1 釐米」（圖一四〇，2）。

　　細審形體，該字作「」，除下部難以辨別以外，上部左從「臣」，右從「人」甚明。從「臣」、「人」二部件在該字中的位置關係：「臣」、「人」筆畫有相連，「人」的右側筆畫下沿接近整個字體的長度看，此字可能爲秦封泥中常見的「監」或「鹽」。

　　我們先來看看「監」的字體：

　　　　　　秦集一・五・29・1　橘監

　　　　　　西安　圖十六　10　禁苑右監

　　從字形中明顯可見上部與下部並無連接，且「人」字筆畫沒有下延。而封泥中該字下部筆劃與「臣」相連，且「人」部筆劃延至下半部，故爲「監」可能性不大。我們再看看秦封泥中的「鹽」字，作

　　　　　　秦集二・一・5・1　　西鹽

　　　　　　秦集二・二・28・1　琅邪左鹽

　　　　　　秦集二・二・35・1　江左鹽丞

　　　　　　秦集二・二・36・1　江右鹽丞

　　　　　　彙考 412　江左鹽丞

　　　　　　彙考 413　江右鹽丞

　　「鹽」字從「鹵」「監」聲，考秦封泥中的「鹽」，右部「人」劃均稍長，向下延展，與里耶秦封泥中的「」相吻合。需要指出的是，「鹽」字從「監」從「鹵」，雖然該封泥字不完整，下部仍有約三分之二空處，上部字體僅占約三分之一，故推測該字爲「鹽」。

　　故該枚封泥可能讀爲「□□鹽□」，即洞庭郡或其下屬縣級的鹽官。鹽官主管鹽的生產、分配和大規模的轉運。而同出秦簡中有關於「鹽」的記載，

是作爲祭祀用的物品，從側面證明當時應已設置了鹽官。目前所見秦封泥也有「西鹽」、「江左鹽丞」、「琅邪左鹽」等，均可證明秦時已設鹽官，如該枚封泥上的文字亦爲「鹽」，則又添一例證。

三、酉陽丞印

《報告》指出「殘存一半，應爲近圓形，字爲刻印陽文小篆『酉丞』二字殘文，全文應爲『酉陽丞印』四字，字外有陽線方格。直徑爲 2.6 釐米」（圖一四〇，5）。《簡報》中與此封泥相關的釋讀有兩種：一爲「酉陽丞印」，一爲「酉□丞□」。

該封泥殘存的二字，「酉」字較爲完整，「丞」僅存上半部，但字跡清楚，應無異議。《報告》推測爲「酉陽丞印」，然《簡報》中云有「酉陽丞印」、「酉□丞□」，疑似有兩枚封泥，但圖版中僅爲一枚，個中原因不明。但據此推測該殘破封泥爲「酉陽丞印」，當無問題。

同出秦簡中有四次出現「酉陽」，與之相關的職官名爲「丞」、「守丞」和「獄史」，有一簡作「酉陽洞庭」，可知酉陽爲縣名。《中國古今地名大辭典》：「酉陽縣，漢置，後漢至南齊因之，故治在今湖南永順縣南」〔註 3〕。今從出土秦代文獻資料看，「酉陽」在秦時已有。饒宗頤先生在他的兩篇文章《由明代「二酉山房」談秦人藏書處與里耶秦簡》〔註 4〕和《古酉水、酉壩考——里耶秦簡所見「酉陽」與古史》〔註 5〕中對「酉陽」做了較爲詳細的考證和介紹，他認爲「秦人的黔中郡已置『酉陽縣』，可能承楚之舊。酉陽因酉水得名……秦『酉陽』封泥，說明酉水、酉溪在古代應是一個封君的領地。」至於酉陽的具體地望，先生指出「里耶出土秦簡，證明『酉陽』一地，正宜指酉水流域。」並進一步指出，「黃帝後代的酉姓，即居酉陽，可見酉水得名，即緣黃帝後十二姓的酉姓而來」。那麼秦時的酉陽究竟包括今天的哪些地方，還有待於我們再根據出土資料和文獻做進一步的分析和確認。

〔註 3〕 謝壽昌等：《中國古今地名大辭典》，頁 422，商務印書館，民國二十年五月初版。

〔註 4〕 沈建華編：《饒宗頤新出土文獻論證》，頁 233～239，上海古籍出版社，2005 年 9 月。

〔註 5〕 沈建華編：《饒宗頤新出土文獻論證》，頁 240～247，上海古籍出版社，2005 年 9 月。

四、《簡報》認爲是「□陵□印」；《報告》指出「殘損，字不可辨。殘長約 2.2、寬約 1.3 釐米」（圖一四〇，4）。

　　《簡報》辨識出殘存的「陵」、「印」，殊爲不易。但可能囿於其敘述體例而未盡其詳，現略爲考證。該封泥左下部文字應是「印」的殘劃；右下部文字作 ，左從「阜」較清晰，右邊所從雖爲殘劃，但與秦封泥中的「夌」形十分近似，我們先來看看秦封泥中「陵」的形體：

　　　秦集一・四・20・1　陽陵禁丞

　　　秦集二・三・63・1　廷陵丞印

　　　秦集二・三・81・1　樂陵丞印

　　　秦集二・三・83・1　東平陵丞

　　可以看出，里耶封泥中「」右上半部分曲筆稍平，與「廷陵丞印」的「陵」字相似，其右上側兩點乃秦文字「陵」中習見的兩點；下部左邊似有斷筆，與「陵」的常見形體略有差異，應爲封泥印面受損所致。準此，則該字爲「陵」字無疑。

　　據同出里耶簡中有多處有「遷陵」、「沅陵」、「江陵」、「競陵」等地名的記載，此封泥的「□陵」亦應爲地名，但由於「陵」前一字完全殘缺，故其究指何地尚不得而知。

　　需要指出的是，同出里耶秦簡中有多個「陵」字，字作 ，均有兩點，與封泥的寫法一致；但右邊上部與封泥寫法卻不盡相同。這可能與簡文瀟灑飄逸、封泥印文端正厚重風格特點不無關係，故二者間的字體差別乃至筆畫上的稍異也就不足爲奇了。

小　結

　　本文通過對湖南省里耶出土的四枚封泥上的文字進行考證，詳細分析其中「陵」、「鹽」的寫法，並就這些封泥記錄的古代職官和古地理進行闡述。自 1997 年秦封泥資料發表以來，不斷出現的秦封泥文字資料在深入封泥文字

自身研究的同時，對秦代職官、地理等問題研究也具有重要意義。這在本文所論的「洞庭司馬」、「酉陽丞印」兩枚封泥即有所窺見：前者爲研究秦代的郡縣設置和官職設置提供了新的證據；後者塡補了已出土秦封泥中無「酉陽」這一地名的空缺。凡此，說明秦封泥和秦簡對秦代社會制度研究都是不可或缺的。

第二節　姓名印考釋兩則

一、上官擥

　　秦封泥中有幾枚被釋爲「上官臥𤲞」的封泥，《秦封泥集》收藏二品，注明「收藏於《古陶》」，「形式爲複姓＋名」，未作其它考釋。《秦封泥彙考》中收錄四品，注明「書博三品，古陶一品」，亦未作考釋，其中收錄的古陶的一品與《秦封泥集》收錄的相同，故此類封泥共出土五枚，見下圖：

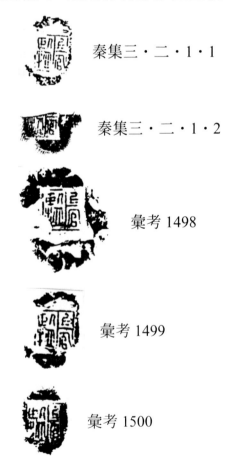

秦集三・二・1・1

秦集三・二・1・2

彙考 1498

彙考 1499

彙考 1500

　　根據圖片，我們可以明確辨認封泥右邊的兩個字是「上官」，這是比較常見

的一個複姓，傳世秦印中亦有「上官董」、「上官遺」、「上官賢」等，可以輔證。關鍵是左邊的文字該如何隸定。《秦封泥集》和《秦封泥彙考》均將左邊看成是兩個字，上面是「臥」，下面是「牊」，因而讀爲「上官臥牊」。這樣讀的原因大概是認爲該封泥有界格，右邊「上官」兩字間有明顯的界格，故而將左邊的兩個字也分開來讀，上部從臣從人，是爲「臥」，然而下部釋爲從牛從皿，讀爲「牊」，卻讓人不解。

首先該字下部左邊形體不甚明晰，似爲「牛」，似爲「手」，但仔細觀察後可發現，下一橫劃是曲筆，而非直筆，所以該部件更接近於「手」的形體，而不是「牛」。再看下部右邊字形，很明顯，是爲「皿」。古文字中皿作 𝝤（合集 5742）、𝝤（皿簋），血作 𝝤（合集 18217）、𝝤（亞血父癸爵），兩字區分明顯，「皿」上有一小短豎、短橫或一點者爲「血」，許慎在《說文解字》中也說得很明確，「皿，飯食之用器也，象形」，「血，祭所薦牲血也。從皿，一象血形。」考古文字中從皿或從血的字形，也未見將二者混用者，唯《說文》將「監」釋爲「從臥，𢌞省聲」，那當是許慎的誤釋，根據甲骨及金文的形體我們知道，監是會意字，從人睜大眼睛向器皿中看。綜上我們可以說《秦封泥集》和《秦封泥彙考》的釋讀是值得商榷的。

其實細細考察該封泥，左邊並無界格，只是「皿」字上的橫筆看起來很像是界格而已，其實並不是。該封泥左邊其實應是一個字，上部從臣從人，下部從手從皿。我們知道上從臣從人，下從皿的爲「監」字，故而試將該字隸定爲從手從監，即「攬」。

秦封泥大多有界格和邊欄，多爲四字，也有兩字、三字、五字和六字封泥，其中三字封泥只有「中謁者」、「司馬武」和「司馬歇」三種，「中謁者」是官印，印面圓形，無界格；「司馬武」和「司馬歇」均爲姓名私印，印面爲方形，有界格，如圖：

秦封泥集　三・二・2・1　司馬武

秦封泥集　三・二・3・2　司馬歇

可見，封泥「上官擥」的印面界格與封泥「司馬歇」完全一致，而「司馬」也是複姓，也就是說，在那時姓名私印是可以作這樣的印面安排的，即姓在左，名在右，這爲我們對該枚封泥的判斷提供了堅定的佐證。至於將「手」旁置於下部，與「皿」並列，可能是爲了印面的工整美觀所作的調整。秦印中有亦有一姓名私印「異擥」，如圖：

秦代印風 103 頁

考該「擥」字上部，與封泥如出一轍，亦爲上從臣從人，下部從手從血，與小篆相同，故猜測該印的年代似比封泥要晚。

「擥」字從手監聲，《玉篇》：「擥，持也。」在秦印和封泥中均作爲人名使用。

二、新　癰

《秦封泥彙考》中著錄了一枚秦封泥，收藏於西安中國書法藝術博物館，作者考訂爲「新□」，未作其它考釋，同時將此枚封泥歸作姓名類。該枚封泥圖例如下：

秦封泥彙考 1491

該枚封泥印面較爲清晰且有界格，但界格僅存左邊的一豎和中間的一橫。印面自上而下有兩字。上面的文字左從辛從木，右從斤，應爲「新」字；至於中間多出的刻畫，當是殘損所致。值得注意的是，秦封泥的「新」字有兩種形

體：一作 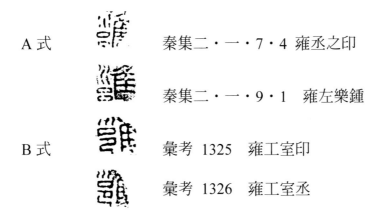，一作 。前者與該枚封泥的「新」字完全相同；後者左邊形體的「辛」與「木」共用一橫畫，乃「新」字的省簡。

下面的 形，外部形體作 ，是广旁無疑。裏面字形分兩部分，左邊的部件上從水，下從邑，右邊部件雖有些漫漶不清，但從殘存的筆畫及走勢來看，應爲隹，那麼裏面的字形即爲「雒」，在秦封泥多作以下形體：

A式　　　　　　　　秦集二・一・7・4　雍丞之印

　　　　　　　　　　秦集二・一・9・1　雍左樂鍾

B式　　　　　　　　彙考 1325　雍工室印

　　　　　　　　　　彙考 1326　雍工室丞

可以看出，A式形體左邊與《說文》籀文同，從水從呂；B式形體左邊與《說文》小篆同，從水從邑。

需要說明的是，古文字中「雒」或從「雒」之字左邊形體在戰國文字除上引 B 式之外，其中的「邑」作「 」形；而「邑」或從「邑」之字除戰國錢幣文字中或作「 」形之外，多作「邑」形。有學者指出戰國文字「邑」承襲西周金文寫法作「 」，或收縮筆畫作「 」形〔註6〕，即「 」字。由此可知，古文字中的「邑」確有兩種不同的寫法。在此前提下，古文字中字形最爲奇異多變的戰國文字裏常把「邑」寫作「呂」形似不難理解，而上引同以封泥爲載體的 A、B 二式的秦系文字則更具有這種形體多變的典型性。

分析至此， 爲「灉」字應無疑義。戰國文字中，「灉」字或作以下形體：

1、

上圖均出自《秦印文字彙編》148 頁

〔註6〕　何琳儀《戰國古文字典》，頁 1370，中華書局，1996 年。

2、　　陶彙 3‧1009　　　侯馬盟書 354

　　　　　璽彙 0478　　　　0479

　　　　　1121　　　　　　1789

　　　　　2016　　　　　　3801

　　　　　三十年虒令鼎　　　二十一年啓封令戈

　　不難發現，1 中秦印「癰」的寫法與封泥幾無差異。至於 2 中諸形從疒從雔，「雔」爲「雝」之初文〔註7〕，亦爲「癰」字。

　　因戰國文字中的「癰」多用作人名，故《秦封泥彙考》整理者將其歸入姓名類不無道理。準此，封泥「新癰」似可指一方姓名私印，「新」爲姓，「癰」爲名。又《說文》云「癰，腫也。從疒雝聲。」然則劉釗「揣測古人這種命名在寓意上是取其正言若反，或是以毒攻毒。也可能古人在心目中大概有這樣的觀念，即如果名字中用了某一種疾病名，就代表這個人已經得過這種疾病，從此就不會再得這種疾病了」的說法〔註8〕，亦可備一說。然何爲確指或有他解尚不得而知。

〔註7〕何琳儀《戰國古文字典》，頁 403，中華書局，1996 年。

〔註8〕劉釗：《關於秦印姓名的初步考察》，復旦大學出土文獻與古文字研究中心網站論文，鏈接：http://www.gwz.fudan.edu.cn/SrcShow.asp?Src_ID=1256

下　編
秦封泥文字編

凡　例

　　一、本字編主要收錄秦封泥文字，包括現已公佈的戰國秦和秦代的封泥文字，錄用資料截止於 2010 年，力求全面反映有秦一代的封泥文字的概況。

　　二、本字編包括正編和合文兩部分，正編按照《說文解字》一書順序排列，不見於《說文解字》的字，按偏旁部首附於相應各部之後；合文部分專收合文字例。

　　三、爲避免字形失眞，本字編字形絕大多數爲原拓掃描後處理，少量掃描後不清楚的，經摹寫後重新掃描，以求字形清晰、眞實。大多數字形是原大，個別字形進行了縮放處理。

　　四、字例的選擇不避重複，盡可能入選，一些字形非常不清楚的不選，基本上囊括了目前所見的秦封泥的所有字形。重複著錄的，已經剔除。

　　五、每個字頭以《說文》小篆書寫，未見於《說文》的字頭，則只以楷書示之，不列小篆寫法。每字內的排列順序以見於著錄的時間先後爲序，並於字後列出封泥印文和所引著錄及原書編號。

　　六、《說文》（大徐本）收錄了重文和古文多個，本字編只列出秦封泥中涉及者，在小篆字頭中將本字和重文並列，本字在右，重文在左，以示區別。如「康」。

　　七、有的字小篆寫法與封泥中寫法不一，但印面意義明確，可以確定歸屬的，隸釋上不做改動，但仍以小篆字頭列出，如「池」。

書目簡稱

《珍秦》——《珍秦齋藏印（秦印篇）》

《秦集》——《秦封泥集》

《西安》——《西安相家巷遺址秦封泥的發掘》

《新見地理》——《新見秦封泥中的地理內容》

《新見中央》——《新見秦封泥中的中央職官印》

《新出》——《新出相家巷秦封泥》

《于京地理》——《于京新見秦封泥中的地理內容》

《在京中央》——《在京新見秦封泥中的中央職官內容》

《里耶》——《里耶發掘報告》

《彙考》——《秦封泥彙考》

《類編》——《中國璽印類編（卷十二）》

《寓石》——《寓石齋璽印考》

《問陶》——《問陶之旅——古陶文明博物館藏品掇英》

《西安新見》——《西安新見秦封泥及其斷代探討》

秦封泥文字編卷一

叀	上				
 在京中央 圖二 19 厥吏□□	 秦集一· 二·75·1 上林丞印	 秦集二· 二·1·1 上郡侯丞	 秦集二· 四·51·2 上東陽鄉	 新出 16 上林丞印	 匯考 298 上家馬丞
	 秦集一· 二·75·2 上林丞印	 秦集二· 二·2·1 上家馬丞	 秦集二· 四·51·3 上東陽鄉	 于京地理 6 上郡太守	 匯考 299 上家馬丞
	 秦集一· 四·2·1 上寢	 秦集二· 二·2·2 上家馬丞	 秦集二· 四·51·4 上東陽鄉	 于京地理 50 旱上□□	 匯考 715 上林丞印
	 秦集一· 四·2·3 上寢	 秦集二· 二·2·4 上家馬丞	 秦集三· 二·2·1 上官	 在京中央 圖三 10 上林禁印	 匯考 716 上林丞印
	 秦集一· 四·2·5 上寢	 秦集二· 二·2·5 上家馬丞	 新出 2 上寢	 在京中央 圖三 15 上□苑□	 匯考 717 上林丞印
	 秦集一· 四·2·6 上寢	 秦集二· 四·51·1 上東陽鄉	 新出 16 上林丞印	 在京中央 圖四 14 上□府丞	 匯考 875 上寢

帝	下					祿
匯考 882 泰上寢印	秦集一· 一·1·1 皇帝信璽	秦集一· 三·18·1 下厩	秦集二· 三·4·1 下邽丞印	于京地理 58 下辨丞印	問陶 P174 下邽右尉	秦集三· 一·7·1 宋祿
匯考 1333 上雒丞印		秦集一·三 ·19·1 下厩丞印	秦集二· 三·103·1 下密丞印	匯考 303 下家馬丞		秦集三· 一·23·1 □祿
匯考 1498 上官擥		秦集一·三 ·19·2 下厩丞印	新見地理 20 下邑丞印	匯考 304 下家馬丞		
匯考 1500 上官擥		秦集一· 三·20·1 下家馬丞	新見地理 30 下相丞印	匯考 1460 下邑丞印		
問陶 P171 旱上苑印		秦集一· 三·20·2 下家馬丞	于京地理 39 下邳丞印	匯考 1461 下邑丞印		
		秦集二· 二·37·1 涇下家馬	于京地理 46 下邽	匯考 1462 下邑丞印		

福	祭	祉	祠	祝		社
匯考 1464 福	問陶 P173 祭（蔡）陽 丞印	秦集一· 二·90·1 祠祀	秦集一· 二·90·1 祠祀	秦集一· 二·6·1 祝印	匯考 23 祝印	匯考 1352 長社丞印
		匯考 42 祠祀	秦集一· 二·90·2 祠祀	秦集一· 二·6·2 祝印	匯考 24 祝印	
		匯考 43 祠祀	匯考 42 祠祀	秦集一· 二·6·3 祝印	匯考 25 祝印	
		匯考 44 祠祀	匯考 43 祠祀	西安 圖十七 10 祝印	匯考 26 祝印	
			匯考 44 祠祀	新出 2 祝印		
			匯考 53 雍祠丞印	匯考 22 祝印		

禁			王	皇	琅	
秦集一·四·20·1 陽陵禁丞	在京中央 圖三 10 上林禁印	匯考 899 華陽禁印	新出 31 王□□□	秦集一·一·1·1 皇帝信璽	秦集二·二·23·1 琅邪司馬	秦集二·二·29·1 琅邪發弩
西安 圖十六 10 禁苑右監	在京中央 圖三 12 平原禁丞	匯考 901 圻禁丞印	匯考 1466 王童		秦集二·二·24·1 琅邪侯印	秦集二·三·59·1 琅邪縣丞
新見中央 32 奧原禁丞	在京中央 圖三 13 阿陽禁印	匯考 902 圻禁丞印			秦集二·二·25·1 琅邪司丞	
新見中央 33 □禁丞印	在京中央 圖三 14 青莪禁印	匯考 1008 宜春禁丞			秦集二·二·26·1 琅邪都水	
新見中央 34 宜春禁丞	在京中央 圖三 16 盧山禁印	匯考 1015 陽陵禁丞			秦集二·二·27·1 琅邪水丞	
新見中央 36 盧山禁丞	在京中央 圖三 18 浴禁丞印	匯考 1042 平阿禁印			秦集二·二·28·1 琅邪左監	

士			中			
秦集一· 二·17·1 衛士丞印	秦集一· 五·10·4 走士丞印	匯考808 狡士之印	珍秦 中厩丞印	秦集一· 二·10·5 郎中丞印	秦集一· 二·10·12 郎中丞印	秦集一· 二·11·4 郎中左田
秦集一· 二·17·2 衛士丞印	秦集一· 五·10·5 走士丞印	匯考1070 走士	珍秦 中車府丞	秦集一· 二·10·6 郎中丞印	秦集一· 二·10·13 郎中丞印	秦集一· 二·11·6 郎中左田
秦集一· 五·9·1 走士	匯考159 衛士丞印	匯考1072 走士丞印	秦集一· 二·10·1 郎中丞印	秦集一· 二·10·8 郎中丞印	秦集一· 二·10·15 郎中丞印	秦集一· 二·20·2 中車府丞
秦集一· 五·10·1 走士丞印	匯考161 衛上丞印		秦集一· 二·10·2 郎中丞印	秦集一· 二·10·9 郎中丞印	秦集一· 二·10·18 郎中丞印	秦集一· 二·20·3 中車府丞
秦集一· 五·10·2 走士丞印	匯考162 衛士丞印		秦集一· 二·10·3 郎中丞印	秦集一· 二·10·10 郎中丞印	秦集一· 二·11·2 郎中左田	秦集一· 二·20·4 中車府丞
秦集一· 五·10·3 走士丞印	匯考807 狡士之印		秦集一· 二·10·4 郎中丞印	秦集一· 二·10·11 郎中丞印	秦集一· 二·11·3 郎中左田	秦集一· 二·20·5 中車府丞

中						
秦集一·二·20·6 中車府丞	秦集一·二·72·4 中羞丞印	秦集一·二·72·10 中羞丞印	秦集一·二·72·19 中羞丞印	秦集一·二·74·1 中行羞府	秦集一·二·87·2 中府丞印	秦集一·二·88·1 中官丞印
秦集一·二·20·9 中車府丞	秦集一·二·72·5 中羞丞印	秦集一·二·72·11 中羞丞印	秦集一·二·72·20 中羞丞印	秦集一·二·81·1 中尉之印	秦集一·二·87·3 中府丞印	秦集一·二·88·2 中官丞印
秦集一·二·71·1 中羞	秦集一·二·72·6 中羞丞印	秦集一·二·72·12 中羞丞印	秦集一·二·72·21 中羞丞印	秦集一·二·81·2 中尉之印	秦集一·二·87·4 中府丞印	秦集一·二·88·3 中官丞印
秦集一·二·72·1 中羞丞印	秦集一·二·72·7 中羞丞印	秦集一·二·72·13 中羞丞印	秦集一·二·72·22 中羞丞印	秦集一·二·81·3 中尉之印	秦集一·二·87·5 中府丞印	秦集一·二·88·4 中官丞印
秦集一·二·72·2 中羞丞印	秦集一·二·72·8 中羞丞印	秦集一·二·72·14 中羞丞印	秦集一·二·73·1 中羞府印	秦集一·二·82·1 右中馬丞	秦集一·二·87·7 中府丞印	秦集一·二·88·5 中官丞印
秦集一·二·72·3 中羞丞印	秦集一·二·72·9 中羞丞印	秦集一·二·72·18 中羞丞印	秦集一·二·73·2 中羞府印	秦集一·二·87·1 中府丞印	秦集一·二·87·9 中府丞印	秦集一·二·88·6 中官丞印

秦集一·二·88·7 中官丞印	秦集一·二·88·13 中官丞印	秦集一·三·6·5 中廄	秦集一·三·7·5 中廄丞印	秦集一·三·7·11 中廄丞印	秦集一·三·7·17 中廄丞印	秦集一·三·7·23 中廄丞印
秦集一·二·88·8 中官丞印	秦集一·二·88·14 中官丞印	秦集一·三·6·6 中廄	秦集一·三·7·6 中廄丞印	秦集一·三·7·12 中廄丞印	秦集一·三·7·18 中廄丞印	秦集一·三·7·24 中廄丞印
秦集一·二·88·9 中官丞印	秦集一·三·6·1 中廄	秦集一·三·7·1 中廄丞印	秦集一·三·7·7 中廄丞印	秦集一·三·7·13 中廄丞印	秦集一·三·7·19 中廄丞印	秦集一·三·7·25 中廄丞印
秦集一·二·88·10 中官丞印	秦集一·三·6·2 中廄	秦集一·三·7·2 中廄丞印	秦集一·三·7·8 中廄丞印	秦集一·三·7·14 中廄丞印	秦集一·三·7·20 中廄丞印	秦集一·三·7·26 中廄丞印
秦集一·二·88·11 中官丞印	秦集一·三·6·3 中廄	秦集一·三·7·3 中廄丞印	秦集一·三·7·9 中廄丞印	秦集一·三·7·15 中廄丞印	秦集一·三·7·21 中廄丞印	秦集一·三·7·28 中廄丞印
秦集一·二·88·12 中官丞印	秦集一·三·6·4 中廄	秦集一·三·7·4 中廄丞印	秦集一·三·7·10 中廄丞印	秦集一·三·7·16 中廄丞印	秦集一·三·7·22 中廄丞印	秦集一·三·7·29 中廄丞印

秦集一・三・7・30 中厩丞印	秦集一・三・8・2 中厩將馬	秦集一・四・3・1 中宮	西安圖十六 5 中官丞印	新見中央20 中尉	在京中央圖四 11 西方中謁	新出 5 郎中西田
秦集一・三・7・31 中厩丞印	秦集一・三・8・3 中厩將馬	秦集一・五・6・1 中謁者	西安圖十七 4 中府丞印	新見中央28 南宮郎中	新出 3 郎中丞印	新出 5 郎中西田
秦集一・三・7・32 中厩丞印	秦集一・三・9・1 中厩馬府	秦集二・二・19・1 齊中尉印	西安圖十七 12 郎中丞印	于京地理11 漢中底印	新出 4 郎中丞印	新出 5 西中謁府
秦集一・三・7・33 中厩丞印	秦集一・三・9・2 中厩馬府	秦集二・四・3・1 中鄉	西安圖十七 17 中謁者	在京中央圖一 5 郎中西田	新出 4 南中郎丞	新出 7 中厩丞印
秦集一・三・7・34 中厩丞印	秦集一・三・9・3 中厩馬府	秦集二・四・3・2 中鄉	西安圖十七 22 中羞	在京中央圖一 13 中車丞璽	新出 4 郎中左田	新出 7 中厩丞印
秦集一・三・8・1 中厩將馬	秦集一・三・9・4 中厩馬府	秦集二・四・3・3 中鄉	新見中央 8 □中材廥	在京中央圖二 18 中厩廷府	新出 4 郎中左田	新出 8 中厩丞印

新出 8 中車府丞	新出 18 中尉之印	匯考 118 郎中丞印	匯考 166 中車府丞	匯考 229 中厩丞印	匯考 645 尚帷中御	匯考 810 中府丞印
新出 8 中車府丞	新出 21 中官丞印	匯考 119 郎中丞印	匯考 167 中車府丞	匯考 230 中厩丞印	匯考 687 中羞丞印	匯考 819 中官幹丞
新出 8 中車府丞	新出 21 中府丞印	匯考 138 郎中左田	匯考 168 中車府丞	匯考 231 中厩丞印	匯考 688 中羞丞印	匯考 820 中官
新出 8 中車府丞	新出 21 中府丞印	匯考 139 郎中左田	匯考 170 中車府丞	匯考 257 中厩將馬	匯考 710 中羞府印	匯考 821 中官丞印
新出 17 中羞府印	新出 21 中羞	匯考 140 郎中左田	匯考 221 中厩	匯考 261 中厩馬府	匯考 712 中羞府印	匯考 822 中官丞印
新出 18 中尉之印	新出 21 中羞丞印	匯考 165 中車府丞	匯考 228 中厩丞印	匯考 262 中厩馬府	匯考 709 中羞府印	匯考 1054 中謁者府

中	蘇	藍	蘭	芷	薛
匯考 1055 中謁者府	秦集二· 三·71·1 屯留	秦集三· 一·38·1 蘇則	秦集二· 三·6·1 藍田丞印	秦集二· 三·30·1 蘭陵丞印	秦集二· 三·8·1 芷陽丞印	秦集二· 三·35·1 薛丞之印
匯考 1056 中謁者府	問陶 P174 屯留丞印	秦集三· 一·39·1 蘇段	秦集二· 三·6·2 藍田丞印		秦集二· 三·8·3 芷陽丞印	秦集二· 三·35·2 薛丞之印
匯考 1057 西中謁府		秦集三· 一·39·2 蘇段	新出 26 藍田丞印		秦集二· 三·8·4 芷陽丞印	秦集三· 一·35·1 薛赫
匯考 1058 西中謁府		新出 31 蘇段	匯考 1255 藍田丞印		匯考 1270 芷陽丞印	秦集三· 一·36·1 薛鼻
匯考 1430 閬中丞印		匯考 1493 蘇段	匯考 1256 藍田丞印		匯考 1274 芷丞之印	
		匯考 1494 蘇段				

秦集二·三·73·1 蒲反丞印	秦集一·四·5·1 蕡陽宮印	秦集一·四·27·1 左雲夢丞	匯考 1038 左雲夢丞	秦集二·三·77·1 菁丞之印	在京中央 圖三 14 青菣禁印	秦集二·三·38·1 葉丞之印
秦集二·三·73·2 蒲反丞印		新出 22 左雲夢丞	匯考 1040 右雲夢丞	秦集二·三·77·2 菁丞之印		匯考 封 葉丞之印
秦集二·三·73·3 蒲反丞印		新出 22 左雲夢丞	匯考 1041 右雲夢丞	秦集二·三·77·3 菁丞之印		
匯考 1339 蒲反丞印		新出 22 左雲夢丞				
匯考 1340 蒲反丞印		在京中央 圖三 17 右雲夢丞				
		匯考 1037 左雲夢丞				

茫	薋	蔡	苑		
秦集二·三·52·1 芒丞之印	秦集二·三·64·1 薋丞之印	秦集三·一·32·1 蔡即	秦集一·四·21·1 東苑丞印	秦集一·四·26·1 白水之苑	新出 22 杜南苑丞	匯考 872 東苑丞印
匯考 1392 芒丞之印		秦集三·一·32·2 蔡即	秦集一·四·21·2 東苑丞印	秦集一·四·26·3 白水之苑	新出 23 高櫟苑丞	匯考 873 東苑丞印
匯考 1393 芒丞之印		新見地理 22 新蔡丞印	秦集一·四·22·1 杜南苑丞	西安 圖十六 10 禁苑右監	在京中央 圖三 11 高櫟苑丞	匯考 874 東苑丞印
			秦集一·四·22·2 杜南苑丞	新見中央 29 東苑尙帷	在京中央 圖三 15 上□苑□	匯考 1011 杜南苑丞
			秦集一·四·22·3 杜南苑丞	新見中央 31 白水苑丞	西安新見 15 旃郎苑丞	匯考 1012 杜南苑丞
			秦集一·四·25·1 鼎胡苑丞	新出 22 白水之苑	匯考 871 東苑	匯考 1026 鼎胡苑丞

	苗	東	茶	番	昔	其
匯考 1028 白水之苑	秦集二· 二·22·1 臨菑司馬	秦集三· 一·24·1 芻狀	秦集三· 一·21·1 茶豸	匯考 1455 蕃丞之印	秦集二· 四·29·1 宜春鄉印	秦集二· 四·41·1 句莫鄉印
匯考 1029 白水之苑	秦集二· 三·85·1 臨菑丞印		秦集三· 一·21·2 茶豸		新見地理 18 壽春丞印	秦集二· 四·41·2 句莫鄉印
匯考 1034 白水苑丞	秦集二· 三·85·2 臨菑丞印				新見中央 34 宜春禁丞	秦集二· 四·41·3 句莫鄉印
匯考 1035 白水苑丞	秦集二· 三·85·3 臨菑丞印				匯考 1008 宜春禁丞	
匯考 1036 白水苑丞	秦集二· 三·85·4 臨菑丞印				匯考 1010 宜春禁丞	
匯考 1562 □陽苑丞	秦集二· 三·85·5 臨菑丞印					

秦封泥文字編卷二

秦集一・三・14・1 小厩丞印	秦集一・三・14・7 小厩丞印	秦集一・三・15・1 小厩將馬	珍秦 少府工丞	秦集一・二・31・7 少府	秦集一・二・32・3 少府工丞
秦集一・三・14・2 小厩丞印	秦集一・三・14・9 小厩丞印	秦集一・三・15・2 小厩將馬	秦集一・二・31・1 少府	秦集一・二・31・8 少府	秦集一・二・32・4 少府工丞
秦集一・三・14・3 小厩丞印	秦集一・三・14・10 小厩丞印	新出6 小厩丞印	秦集一・二・31・2 少府	秦集一・二・31・9 少府	秦集一・二・32・5 少府工丞
秦集一・三・14・4 小厩丞印	秦集一・三・14・11 小厩丞印	新出7 小厩丞印	秦集一・二・31・3 少府	秦集一・二・31・10 少府	秦集一・二・32・6 少府工丞
秦集一・三・14・5 小厩丞印	秦集一・三・14・12 小厩丞印	匯考276 小厩丞印	秦集一・二・31・5 少府	秦集一・二・32・1 少府工丞	秦集一・二・32・7 少府工丞
秦集一・三・14・6 小厩丞印	秦集一・三・14・14 小厩丞印	匯考290 小厩將□	秦集一・二・31・6 少府	秦集一・二・32・2 少府工丞	秦集一・二・32・8 少府工丞

						尚
秦集一·二·32·9 少府工丞	秦集一·二·32·15 少府工丞	秦集一·二·32·25 少府工丞	西安 圖十七.6 少府	匯考 429 少府	匯考 465 少府幹丞	秦集一·二·64·1 尚衣府印
秦集一·二·32·10 少府工丞	秦集一·二·32·17 少府工丞	秦集一·二·33·1 少府工室	新見中央 7 少府幹官	匯考 430 少府		秦集一·二·65·1 尚浴
秦集一·二·32·11 少府工丞	秦集一·二·32·18 少府工丞	秦集一·二·35·1 少府鞤丞	新出 10 少府	匯考 437 少府工室		秦集一·二·65·2 尚浴
秦集一·二·32·12 少府工丞	秦集一·二·32·19 少府工丞	秦集一·二·35·2 少府鞤丞	新出 10 少府工丞	匯考 438 少府工丞		秦集一·二·65·3 尚浴
秦集一·二·32·13 少府工丞	秦集一·二·32·20 少府工丞	西安 圖十六.14 少府工官	新出 11 少府工丞	匯考 439 少府工丞		秦集一·二·65·4 尚浴
秦集一·二·32·14 少府工丞	秦集一·二·32·22 少府工丞	西安 圖十六.18 少府工丞	西安新見 7 少府丞印	匯考 464 少府幹丞		秦集一·二·65·5 尚浴

秦集一·二·66·1 尚浴府印	秦集二·四·44·2 尚父鄉印	新出 16 尚浴	匯考 647 尚御弄虎	匯考 657 尚浴	秦集一·二·14·1 公車司馬	秦集一·二·15·8 公車司馬丞
秦集一·二·66·2 尚浴府印	秦集二·四·44·3 尚父鄉印	在京中央 圖二 12 尚臥倉印	匯考 648 尚御弄虎	匯考 663 尚浴府印	秦集一·二·15·2 公車司馬丞	秦集一·二·15·9 公車司馬丞
秦集一·二·66·3 尚浴府印	新見中央 14 尚冠	在京中央 圖二 14 尚浴寺般	匯考 650 尚衣府印	匯考 664 尚浴府印	秦集一·二·15·3 公車司馬丞	秦集一·二·16·1 公車右馬
秦集一·二·67·1 尚佩	新見中央 15 尚冠府印	在京中央 圖二 16 尚犬	匯考 651 尚衣府印	匯考 668 尚佩府印	秦集一·二·15·4 公車司馬丞	秦集一·五·34·1 公印
秦集一·二·68·1 尚臥	新見中央 38 御弄尚虡	匯考 426 尚臥倉印	匯考 655 尚浴	匯考 669 尚佩府印	秦集一·二·15·5 公車司馬丞	西安 圖十九 1 公車司馬丞
秦集二·四·44·1 尚父鄉印	新出 16 尚浴府印	匯考 645 尚帷中御	匯考 656 尚浴	問陶 P171 尚浴倉印	秦集一·二·15·7 公車司馬丞	新出 5 公車司馬丞

		特		牟	聲
新出 5 公車司馬丞	匯考 149 公車司馬丞	秦集一· 五·4·1 特庫之印	秦集一· 五·5·6 特庫丞印	匯考 1095 特庫丞印	秦集二· 三·94·1 東牟丞印	秦集二· 三·12·1 聲丞之印
在京中央 圖一 6 公車司馬	匯考 150 公車司馬丞	秦集一· 五·5·1 特庫丞印	秦集一· 五·5·7 特庫丞印			秦集二· 三·12·2 聲丞之印
西安新見 13 公車司馬		秦集一· 五·5·2 特庫丞印	新出 17 特庫丞印			秦集二· 三·12·3 聲丞之印
匯考 146 公車司馬丞		秦集一· 五·5·3 特庫丞印	新出 17 特庫丞印			秦集二· 三·12·4 聲丞之印
匯考 147 公車司馬丞		秦集一· 五·5·4 特庫丞印	匯考 1092 特庫之印			秦集二· 三·12·5 聲丞之印
匯考 148 公車司馬丞		秦集一· 五·5·5 特庫丞印	匯考 1094 特庫丞印			新出 27 牦印

	咸					
于京地理 25 牦印	珍秦 咸陽丞印	秦集二· 一·2·6 咸陽丞印	秦集二· 一·2·13 咸陽丞印	秦集二· 一·2·20 咸陽丞印	秦集二· 一·2·29 咸陽丞印	秦集二· 五·2·1 咸陽亭丞
匯考 1307 牦丞之印	秦集二· 一·1·1 咸陽	秦集二· 一·2·7 咸陽丞印	秦集二· 一·2·14 咸陽丞印	秦集二· 一·2·22 咸陽丞印	秦集二· 一·2·30 咸陽丞印	秦集二· 五·2·2 咸陽亭丞
匯考 1308 牦丞之印	秦集二· 一·1·2 咸陽	秦集二· 一·2·8 咸陽丞印	秦集二· 一·2·15 咸陽丞印	秦集二· 一·2·23 咸陽丞印	秦集二· 一·2·31 咸陽丞印	秦集二· 五·2·3 咸陽亭丞
匯考 1309 牦丞之印	秦集二· 一·2·1 咸陽丞印	秦集二· 一·2·9 咸陽丞印	秦集二· 一·2·16 咸陽丞印	秦集二· 一·2·25 咸陽丞印	秦集二· 一·3·1 咸陽工室丞	西安 圖十七 25 咸陽丞印
	秦集二· 一·2·4 咸陽丞印	秦集二· 一·2·10 咸陽丞印	秦集二· 一·2·17 咸陽丞印	秦集二· 一·2·27 咸陽丞印	秦集二· 五·1·1 咸陽亭印	新出 24 咸陽工室
	秦集二· 一·2·5 咸陽丞印	秦集二· 一·2·12 咸陽丞印	秦集二· 一·2·18 咸陽丞印	秦集二· 一·2·28 咸陽丞印	秦集二· 五·1·3 咸陽亭印	新出 26 咸陽亭丞

		呈	司			
新出 26 咸陽亭丞	匯考 1164 咸陽丞印	秦集二· 三·50·1 烏呈之印	珍秦 郡右邸印	秦集一· 二·3·7 右丞相印	秦集一· 二·62·2 郡右邸印	秦集一· 二·62·8 郡右邸印
新出 26 咸陽丞印	匯考 1185 咸陽工室丞		秦集一· 二·3·1 右丞相印	秦集一· 二·3·9 右丞相印	秦集一· 二·62·3 郡右邸印	秦集一· 二·62·9 郡右邸印
新出 26 咸陽丞印	匯考 1186 咸陽工室丞		秦集一· 二·3·2 右丞相印	秦集一· 二·16·1 公車右馬	秦集一· 二·62·4 郡右邸印	秦集一· 二·62·10 郡右邸印
新出 26 咸陽丞印	匯考 1187 咸陽工室丞		秦集一· 二·3·3 右丞相印	秦集一· 二·49·1 右司空丞	秦集一· 二·62·5 郡右邸印	秦集一· 二·62·11 郡右邸印
匯考 1153 咸陽亭印	匯考 1188 咸陽工室丞		秦集一· 二·3·4 右丞相印	秦集一· 二·57·1 右織	秦集一· 二·62·6 郡右邸印	秦集一· 二·62·12 郡右邸印
匯考 1163 咸陽丞印			秦集一· 二·3·5 右丞相印	秦集一· 二·62·1 郡右邸印	秦集一· 二·62·7 郡右邸印	秦集一· 二·62·13 郡右邸印

秦集一·二·62·14 郡右邸印	秦集一·二·62·20 郡右邸印	秦集一·二·62·28 郡右邸印	秦集一·三·13·2 右厩丞印	秦集一·五·14·2 右礜桃丞	秦集二·四·5·2 右鄉	西安圖十九 2 右厩丞印
秦集一·二·62·15 郡右邸印	秦集一·二·62·23 郡右邸印	秦集一·二·62·29 郡右邸印	秦集一·三·13·3 右厩丞印	秦集一·五·14·4 右礜桃丞	秦集二·四·5·3 右鄉	新見中央 5 泰醫右府
秦集一·二·62·16 郡右邸印	秦集一·二·62·24 郡右邸印	秦集一·二·62·30 郡右邸印	秦集一·三·13·4 右厩丞印	秦集一·五·14·5 右礜桃丞	秦集二·四·6·1 右鄉之印	新見中央 25 私官右般
秦集一·二·62·17 郡右邸印	秦集一·二·62·25 郡右邸印	秦集一·二·82·1 右中馬丞	秦集一·三·13·5 右厩丞印	秦集二·一·10·1 櫟陽右工室丞	西安圖十六 10 禁苑右監	新出 2 右丞相印
秦集一·二·62·18 郡右邸印	秦集一·二·62·26 郡右邸印	秦集一·三·12·1 右厩	秦集一·五·12·1 右礜桃支	秦集二·二·36·1 江右鹽丞	西安圖十七 24 郡右邸印	新出 5 右厩丞印
秦集一·二·62·19 郡右邸印	秦集一·二·62·27 郡右邸印	秦集一·三·13·1 右厩丞印	秦集一·五·14·1 右礜桃丞	秦集二·四·5·1 右鄉	西安圖十八 10 右□相□	新出 6 右厩丞印

					周	商
新出 9 郡右邸印	在京中央 圖三 17 右雲夢丞	匯考 269 右廐丞印	匯考 585 右織	匯考 1552 右般私官	秦集三· 一·11·1 周係	新見地理 32 矞猶丞印
新出 9 郡右邸印	匯考 6 右丞相印	匯考 329 郡右邸印	匯考 1040 右雲夢丞	問陶 P174 下邽右尉		
新出 9 郡右邸印	匯考 7 右丞相印	匯考 330 郡右邸印	匯考 1041 右雲夢丞			
新出 22 右雲夢丞	匯考 8 右丞相印	匯考 331 郡右邸印	匯考 1516 右礜桃支			
于京地理 20 巫黔右工	匯考 9 右丞相印	匯考 332 郡右邸印	匯考 1530 右礜桃丞			
在京中央 圖二 13 尚浴右般	匯考 41 泰醫右府	匯考 413 江右鹽丞	匯考 1531 右礜桃丞			

走					趨	趙
秦集一・二・60・1 宦走丞印	秦集一・五・10・5 走士丞印	西安圖十六 25 走翟丞印	匯考 615 宦走丞印	匯考 1543 走翟丞印	秦集一・五・31・1 容趨丞印	秦集二・二・10・1 趙郡左田
秦集一・二・60・2 宦走丞印	秦集一・五・10・7 走士丞印	新見中央 13 宦走	匯考 617 宦走丞印		秦集一・五・31・2 容趨丞印	
秦集一・五・9・1 走士	秦集一・五・20・1 走翟丞印	新出 30 走士	匯考 1070 走士		新見地理 36 容趨	
秦集一・五・10・1 走士丞印	秦集一・五・20・2 走翟丞印	匯考 594 宦走丞印	匯考 1072 走士丞印		新見地理 37 容趨丞印	
秦集一・五・10・2 走士丞印	秦集一・五・20・3 走翟丞印	匯考 595 宦走丞印	匯考 1541 走翟丞印		新出 30 容趨	
秦集一・五・10・4 走士丞印	秦集一・五・20・4 走翟丞印	匯考 614 宦走丞印	匯考 1542 走翟丞印		新出 30 容趨	

歷	歸	步	正	造		
匯考 1386 歷陽丞印	于京地理 24 歸德丞印	匯考 1471 步嬰	秦集一· 二·24·1 宗正	秦集二· 二·12·1 邯鄲造工	秦集二· 二·13·2 邯造工丞	秦集二· 二·13·8 邯造工丞
			秦集一· 二·24·2 宗正	秦集二· 二·12·3 邯鄲造工	秦集二· 二·13·3 邯造工丞	秦集二· 二·13·10 邯造工丞
			匯考 393 宗正	秦集二· 二·12·4 邯鄲造工	秦集二· 二·13·4 邯造工丞	秦集二· 二·13·11 邯造工丞
				秦集一· 二·12·5 邯鄲造工	秦集二· 二·13·5 邯造工丞	秦集二· 二·13·12 邯造工丞
				秦集二· 二·12·7 邯鄲造工	秦集二· 二·13·6 邯造工丞	秦集二· 二·13·13 邯造工丞
				秦集二· 二·13·1 邯造工丞	秦集二· 二·13·7 邯造工丞	秦集二· 二·13·14 邯造工丞

		達	達	迁	德	徐
新出 25 邯鄲造工	匯考 1205 邯造工丞	秦集三· 一·18·1 逢友	秦集一· 五·3·1 典達	秦集三· 一·13·1 馬迁	秦集二· 三·15·1 襄德丞印	新見地理 27 徐無丞印
新出 25 邯鄲造工			秦集一· 五·3·2 典達		新見地理 9 壞德	匯考 1408 徐丞之印
匯考 1195 邯鄲造工			秦集一· 五·3·3 典達		于京地理 24 懷德丞印	匯考 1409 徐丞之印
匯考 1196 邯鄲造工			匯考 1535 典達		于京地理 61 歸德丞印	
匯考 1203 邯造工丞			匯考 1537 典達			
匯考 1204 邯造工丞			匯考 1538 典達			

御						
珍秦 御府丞印	秦集一· 二·52·4 御府丞印	秦集一· 二·52·11 御府丞印	秦集一· 二·52·17 御府丞印	秦集一· 二·52·23 御府丞印	秦集一· 二·70·6 御羞丞印	秦集一· 五·15·3 弄陰御印
秦集一· 二·51·1 御府之印	秦集一· 二·52·6 御府丞印	秦集一· 二·52·12 御府丞印	秦集一· 二·52·18 御府丞印	秦集一· 二·70·1 御羞丞印	秦集一· 二·70·7 御羞丞印	西安 圖十六 2 御府丞印
秦集一· 二·51·2 御府之印	秦集一· 二·52·7 御府丞印	秦集一· 二·52·13 御府丞印	秦集一· 二·52·19 御府丞印	秦集一· 二·70·2 御羞丞印	秦集一· 二·70·9 御羞丞印	西安 圖十七 14 御府丞印
秦集一· 二·52·1 御府丞印	秦集一· 二·52·8 御府丞印	秦集一· 二·52·14 御府丞印	秦集一· 二·52·20 御府丞印	秦集一· 二·70·3 御羞丞印	秦集一· 二·70·10 御羞丞印	西安 圖十八 1 御羞
秦集一· 二·52·2 御府丞印	秦集一· 二·52·9 御府丞印	秦集一· 二·52·15 御府丞印	秦集一· 二·52·21 御府丞印	秦集一· 二·70·4 御羞丞印	秦集一· 二·70·11 御羞丞印	西安 圖十八 4 陽御弄印
秦集一· 二·52·3 御府丞印	秦集一· 二·52·10 御府丞印	秦集一· 二·52·16 御府丞印	秦集一· 二·52·22 御府丞印	秦集一· 二·70·5 御羞丞印	秦集一·三 ·16·1 御厩丞印	新見中央 11 御府工室

						廷
新見中央 38 御弄尚虡	新出 14 御府丞印	在京中央 圖二 11 御羞	匯考 673 御羞丞印	匯考 846 御府丞印	匯考 1085 陽御弄印	秦集二・ 三・63・1 廷陵丞印
新出 14 御府之印	新出 16 御羞丞印	在京中央 圖三 4 北宮御丞	匯考 674 御羞丞印	匯考 847 御府丞印	問陶 P170 御府金府	新出 8 廷尉之印
新出 14 御府之印	新出 28 陽御弄印	匯考 645 尚帷中御	匯考 839 御府之印	匯考 848 御府丞印	問陶 P170 御府寢府	在京中央 圖一 20 御廷府印
新出 14 御府之印	新出 28 陽御弄印	匯考 647 尚御弄虎	匯考 840 御府之印	匯考 1082 陽御弄印	問陶 P170 御府丞印	在京中央 圖二 18 中厩廷府
新出 14 御府丞印	新出 29 陽御弄印	匯考 648 尚御弄虎	匯考 841 御府之印	匯考 1083 陽御弄印		匯考 308 廷尉之印
新出 14 御府丞印	在京中央 圖一 20 御廷府印	匯考 672 御羞丞印	匯考 845 御府丞印	匯考 1084 陽御弄印		匯考 309 廷尉之印

建	延	行		衙	衛	路
秦集二·三·29·1 建陵丞印	秦集三·一·27·1 郭延	秦集一·二·23·1 泰行	在京中央 圖一 19 行車官印	秦集二·三·17·1 衙丞之印	秦集一·二·17·1 衛士丞印	秦集二·四·18·1 路鄉
秦集二·四·25·1 建鄉	匯考 1473 郭延	秦集一·二·23·2 泰行	在京中央 圖四 7 行印		秦集一·二·17·2 衛士丞印	秦集二·四·18·2 路鄉
秦集二·四·25·2 建鄉	匯考 1474 郭延	秦集一·二·23·3 泰行	匯考 313 泰行		秦集三·一·34·1 衛多	
		秦集一·二·23·4 泰行	匯考 1553 行車		在京中央 圖一 7 衛士	
		新見中央 35 行華官印			匯考 159 衛士丞印	
		新出 7 行車官印			匯考 161 衛士丞印	

秦封泥文字編卷三

幹	商	句	博	請	謁
秦集二·三·25·1 蘭幹丞印	秦集二·三·20·1 商丞之印	秦集二·四·41·1 句莫鄉印	秦集二·三·79·1 博城	秦集二·四·26·1 請鄉之印	秦集一·二·12·2 謁者之印
新出 32 幹□	秦集二·三·20·2 商丞之印	秦集二·四·41·2 句莫鄉印	秦集二·三·86·1 博昌	西安新見 21 請璽	秦集一·五·6·1 中謁者
	秦集二·三·20·3 商丞之印	秦集二·四·41·3 句莫鄉印	秦集二·三·86·2 博昌		秦集一·五·7·1 西方謁者
	秦集三·一·20·1 商光		秦集二·三·87·1 博昌丞印		秦集一·五·7·2 西方謁者
	于京地理 30 商印		于京地理 48 博望之印		西安 圖十七 15 西方謁者
	問陶 P173 商丞之印				西安 圖十七 17 中謁者

			謁	信	詔	
西安 圖十八 14 謁□之□	匯考 1050 謁者之印	匯考 1057 西中謁府	于京地理 55 綿諸丞印	秦集一・ 一・1・1 皇帝信璽	秦集一・ 五・1・2 詔事之印	秦集一・ 五・2・9 詔事丞印
新出 5 西方謁者	匯考 1051 謁者之印	匯考 1058 西中謁府		秦集一・ 四・1・1 信宮車府	秦集一・ 五・2・1 詔事丞印	匯考 798 詔事丞印
新出 5 西中謁府	匯考 1052 謁者之印	匯考 1059 西方謁者		秦集一・ 四・4・1 長信私丞	秦集一・ 五・2・5 詔事丞印	匯考 799 詔事丞印
新出 5 謁者丞印	匯考 1054 中謁者府	匯考 1060 西方謁者		秦集二・ 四・32・1 信安鄉印	秦集一・ 五・2・6 詔事丞印	匯考 801 詔事丞印
在京中央 圖四 11 西方中謁	匯考 1055 中謁者府	匯考 1061 西方謁者		秦集二・ 四・32・2 信安鄉印	秦集一・ 五・2・7 詔事丞印	
匯考 1049 謁者之印	匯考 1056 中謁者府			秦集二・ 四・32・3 信安鄉印	秦集一・ 五・2・8 詔事丞印	

善	章					
于京地理 70 善□丞□	珍秦 高章宦丞	秦集一·三 ·3·6 章厩丞印	秦集一·三 ·3·13 章厩丞印	秦集一· 四·17·3 高章宦丞	秦集一· 四·17·9 高章宦丞	秦集一· 四·17·19 高章宦丞
	秦集一·三 ·3·1 章厩丞印	秦集一·三 ·3·7 章厩丞印	秦集一· 四·15·1 章臺	秦集一· 四·17·4 高章宦丞	秦集一· 四·17·10 高章宦丞	秦集一· 四·17·20 高章宦丞
	秦集一·三 ·3·2 章厩丞印	秦集一·三 ·3·8 章厩丞印	秦集一· 四·15·2 章臺	秦集一· 四·1751 高章宦丞	秦集一· 四·17·11 高章宦丞	秦集一· 四·17·21 高章宦丞
	秦集一·三 ·3·3 章厩丞印	秦集一·三 ·3·10 章厩丞印	秦集一· 四·16·1 高章宦者	秦集一· 四·17·6 高章宦丞	秦集一· 四·17·12 高章宦丞	秦集一· 四·17·22 高章宦丞
	秦集一·三 ·3·4 章厩丞印	秦集一·三 ·3·11 章厩丞印	秦集一· 四·17·1 高章宦丞	秦集一· 四·17·7 高章宦丞	秦集一· 四·17·13 高章宦丞	秦集一· 四·17·23 高章宦丞
	秦集一·三 ·3·5 章厩丞印	秦集一·三 ·3·12 章厩丞印	秦集一· 四·17·2 高章宦丞	秦集一· 四·17·8 高章宦丞	秦集一· 四·17·18 高章宦丞	秦集一· 四·17·24 高章宦丞

 秦集一· 四·17·26 高章宦丞	 新出 6 章厩丞印	 匯考 190 章厩丞印	 匯考 956 高章宦丞	 匯考 1466 王童	 秦集一· 二·5·1 奉常丞印	 珍秦 中厩丞印
 秦集一· 四·17·27 高章宦丞	 新出 15 高章宦丞	 匯考 191 章厩丞印	 匯考 957 高章宦丞		 新見中央 2 奉印	 珍秦 左司空丞
 西安 圖十六 17 高章宦者	 新出 15 高章宦丞	 匯考 192 章厩丞印			 匯考 封 奉常丞印	 珍秦 宮司空丞
 西安 圖十七 2 章厩丞印	 新出 15 高章宦丞	 匯考 951 章臺				 珍秦 寺從丞印
 新出 6 章厩丞印	 新出 23 章臺	 匯考 952 章臺				 珍秦 少府工丞
 新出 6 章厩丞印	 新出 23 章臺	 匯考 954 高章宦者				 珍秦 咸陽丞印

珍秦 內官丞印	秦集一· 二·2·2 左丞相印	秦集一· 二·3·6 右丞相印	秦集一· 二·7·3 泰醫丞印	秦集一· 二·8·1 太醫丞印	秦集一· 二·10·2 郎中丞印	秦集一· 二·10·10 郎中丞印
珍秦 高章宦丞	秦集一· 二·2·4 左丞相印	秦集一· 二·3·8 右丞相印	秦集一· 二·7·4 泰醫丞印	秦集一· 二·9·1 都水丞印	秦集一· 二·10·3 郎中丞印	秦集一· 二·10·11 郎中丞印
珍秦 御府丞印	秦集一· 二·3·1 右丞相印	秦集一· 二·3·9 右丞相印	秦集一· 二·7·5 泰醫丞印	秦集一· 二·9·2 都水丞印	秦集一· 二·10·4 郎中丞印	秦集一· 二·10·12 郎中丞印
珍秦 中車府丞	秦集一· 二·3·2 右丞相印	秦集一· 二·4·1 奉常丞印	秦集一· 二·7·7 泰醫丞印	秦集一· 二·9·3 都水丞印	秦集一· 二·10·5 郎中丞印	秦集一· 二·10·13 郎中丞印
秦集一· 二·1·1 丞相之印	秦集一· 二·3·3 右丞相印	秦集一· 二·7·1 泰醫丞印	秦集一· 二·7·8 泰醫丞印	秦集一· 二·9·4 都水丞印	秦集一· 二·10·7 郎中丞印	秦集一· 二·10·14 郎中丞印
秦集一· 二·2·1 左丞相印	秦集一· 二·3·5 右丞相印	秦集一· 二·7·2 泰醫丞印	秦集一· 二·7·10 泰醫丞印	秦集一· 二·10·1 郎中丞印	秦集一· 二·10·9 郎中丞印	秦集一· 二·10·16 郎中丞印

秦集一·二·10·17 郎中丞印	秦集一·二·15·6 公車司馬丞	秦集一·二·20·5 中車府丞	秦集一·二·26·3 宮司空丞	秦集一·二·26·13 宮司空丞	秦集一·二·26·21 宮司空丞	秦集一·二·29·1 泰內丞印
秦集一·二·10·19 郎中丞印	秦集一·二·17·1 衛士丞印	秦集一·二·20·7 中車府丞	秦集一·二·26·5 宮司空丞	秦集一·二·26·14 宮司空丞	秦集一·二·26·22 宮司空丞	秦集一·二·30·1 鐵市丞印
秦集一·二·15·2 公車司馬丞	秦集一·二·20·1 中車府丞	秦集一·二·20·8 中車府丞	秦集一·二·26·8 宮司空丞	秦集一·二·26·17 宮司空丞	秦集一·二·26·24 宮司空丞	秦集一·二·32·1 少府工丞
秦集一·二·15·3 公車司馬丞	秦集一·二·20·2 中車府丞	秦集一·二·20·9 中車府丞	秦集一·二·26·9 宮司空丞	秦集一·二·26·18 宮司空丞	秦集一·二·26·25 宮司空丞	秦集一·二·32·2 少府工丞
秦集一·二·15·4 公車司馬丞	秦集一·二·20·3 中車府丞	秦集一·二·21·1 騎馬丞印	秦集一·二·26·11 宮司空丞	秦集一·二·26·19 宮司空丞	秦集一·二·28·1 泰倉丞印	秦集一·二·32·3 少府工丞
秦集一·二·15·5 公車司馬丞	秦集一·二·20·4 中車府丞	秦集一·二·26·2 宮司空丞	秦集一·二·26·12 宮司空丞	秦集一·二·26·20 宮司空丞	秦集一·二·28·2 泰倉丞印	秦集一·二·32·4 少府工丞

秦集一·二·32·6 少府工丞	秦集一·二·32·12 少府工丞	秦集一·二·32·18 少府工丞	秦集一·二·32·24 少府工丞	秦集一·二·38·1 泰官丞印	秦集一·二·38·9 泰官丞印	秦集一·二·41·6 樂府丞印
秦集一·二·32·7 少府工丞	秦集一·二·32·13 少府工丞	秦集一·二·32·19 少府工丞	秦集一·二·34·1 鞣膾都丞	秦集一·二·38·2 泰官丞印	秦集一·二·41·1 樂府丞印	秦集一·二·41·7 樂府丞印
秦集一·二·32·8 少府工丞	秦集一·二·32·14 少府工丞	秦集一·二·32·20 少府工丞	秦集一·二·34·3 鞣膾都丞	秦集一·二·38·3 泰官丞印	秦集一·二·41·2 樂府丞印	秦集一·二·41·8 樂府丞印
秦集一·二·32·9 少府工丞	秦集一·二·32·15 少府工丞	秦集一·二·32·21 少府工丞	秦集一·二·34·4 鞣膾都丞	秦集一·二·38·4 泰官丞印	秦集一·二·41·3 樂府丞印	秦集一·二·41·9 樂府丞印
秦集一·二·32·10 少府工丞	秦集一·二·32·16 少府工丞	秦集一·二·32·22 少府工丞	秦集一·二·35·2 少府鞣丞	秦集一·二·38·7 泰官丞印	秦集一·二·41·4 樂府丞印	秦集一·二·41·10 樂府丞印
秦集一·二·32·11 少府工丞	秦集一·二·32·17 少府工丞	秦集一·二·32·23 少府工丞	秦集一·二·37·1 大官丞印	秦集一·二·38·8 泰官丞印	秦集一·二·41·5 樂府丞印	秦集一·二·41·11 樂府丞印

秦集一・二・41・12 樂府丞印	秦集一・二・43・1 左樂丞印	秦集一・二・43・8 左樂丞印	秦集一・二・45・2 佐弋丞印	秦集一・二・46・5 居室丞印	秦集一・二・46・12 居室丞印	秦集一・二・46・19 居室丞印
秦集一・二・41・14 樂府丞印	秦集一・二・43・2 左樂丞印	秦集一・二・43・9 左樂丞印	秦集一・二・45・4 佐弋丞印	秦集一・二・46・6 居室丞印	秦集一・二・46・13 居室丞印	秦集一・二・46・20 居室丞印
秦集一・二・41・15 樂府丞印	秦集一・二・43・4 左樂丞印	秦集一・二・43・10 左樂丞印	秦集一・二・46・1 居室丞印	秦集一・二・46・7 居室丞印	秦集一・二・46・14 居室丞印	秦集一・二・46・21 居室丞印
秦集一・二・41・17 樂府丞印	秦集一・二・43・5 左樂丞印	秦集一・二・43・11 左樂丞印	秦集一・二・46・2 居室丞印	秦集一・二・46・8 居室丞印	秦集一・二・46・15 居室丞印	秦集一・二・46・22 居室丞印
秦集一・二・41・21 樂府丞印	秦集一・二・43・6 左樂丞印	秦集一・二・43・14 左樂丞印	秦集一・二・46・3 居室丞印	秦集一・二・46・9 居室丞印	秦集一・二・46・17 居室丞印	秦集一・二・46・23 居室丞印
秦集一・二・41・23 樂府丞印	秦集一・二・43・7 左樂丞印	秦集一・二・45・1 佐弋丞印	秦集一・二・46・4 居室丞印	秦集一・二・46・10 居室丞印	秦集一・二・46・18 居室丞印	秦集一・二・46・24 居室丞印

秦集一·二·46·25 居室丞印	秦集一·二·46·36 居室丞印	秦集一·二·48·4 左司空丞	秦集一·二·48·10 左司空丞	秦集一·二·48·19 左司空丞	秦集一·二·52·11 御府丞印	秦集一·二·52·18 御府丞印
秦集一·二·46·26 居室丞印	秦集一·二·46·37 居室丞印	秦集一·二·48·5 左司空丞	秦集一·二·48·11 左司空丞	秦集一·二·52·4 御府丞印	秦集一·二·52·12 御府丞印	秦集一·二·52·19 御府丞印
秦集一·二·46·27 居室丞印	秦集一·二·46·38 居室丞印	秦集一·二·48·6 左司空丞	秦集一·二·48·12 左司空丞	秦集一·二·52·7 御府丞印	秦集一·二·52·13 御府丞印	秦集一·二·52·21 御府丞印
秦集一·二·46·28 居室丞印	秦集一·二·48·1 左司空丞	秦集一·二·48·7 左司空丞	秦集一·二·48·13 左司空丞	秦集一·二·52·8 御府丞印	秦集一·二·52·14 御府丞印	秦集一·二·52·22 御府丞印
秦集一·二·46·29 居室丞印	秦集一·二·48·2 左司空丞	秦集一·二·48·8 左司空丞	秦集一·二·48·16 左司空丞	秦集一·二·52·9 御府丞印	秦集一·二·52·15 御府丞印	秦集一·二·52·23 御府丞印
秦集一·二·46·35 居室丞印	秦集一·二·48·3 左司空丞	秦集一·二·48·9 左司空丞	秦集一·二·48·17 左司空丞	秦集一·二·52·10 御府丞印	秦集一·二·52·16 御府丞印	秦集一·二·54·1 永巷丞印

秦集一· 二·54·2 永巷丞印	秦集一· 二·59·1 宦者丞印	秦集一· 二·59·7 宦者丞印	秦集一· 二·59·14 宦者丞印	秦集一· 二·59·22 宦者丞印	秦集一· 二·63·3 內官丞印	秦集一· 二·63·9 內官丞印
秦集一· 二·54·3 永巷丞印	秦集一· 二·59·2 宦者丞印	秦集一· 二·59·8 宦者丞印	秦集一· 二·59·16 宦者丞印	秦集一· 二·59·23 宦者丞印	秦集一· 二·63·4 內官丞印	秦集一· 二·63·10 內官丞印
秦集一· 二·54·4 永巷丞印	秦集一· 二·59·3 宦者丞印	秦集一· 二·59·9 宦者丞印	秦集一· 二·59·17 宦者丞印	秦集一· 二·59·24 宦者丞印	秦集一· 二·63·5 內官丞印	秦集一· 二·63·11 內官丞印
秦集· 二·54·5 永巷丞印	秦集·· 二·59·4 宦者丞印	秦集一· 二·59·10 宦者丞印	秦集一· 二·59·18 宦者丞印	秦集一· 二·60·1 宦走丞印	秦集一· 二·63·6 內官丞印	秦集一· 二·63·12 內官丞印
秦集一· 二·54·6 永巷丞印	秦集一· 二·59·5 宦者丞印	秦集一· 二·59·12 宦者丞印	秦集一· 二·59·20 宦者丞印	秦集一· 二·63·1 內官丞印	秦集一· 二·63·7 內官丞印	秦集一· 二·63·13 內官丞印
秦集一· 二·58·1 左織縵丞	秦集一· 二·59·6 宦者丞印	秦集一· 二·59·13 宦者丞印	秦集一· 二·59·21 宦者丞印	秦集一· 二·63·2 內官丞印	秦集一· 二·63·8 內官丞印	秦集一· 二·63·14 內官丞印

秦集一·二·63·15 內官丞印	秦集一·二·70·1 御羞丞印	秦集一·二·70·7 御羞丞印	秦集一·二·72·5 中羞丞印	秦集一·二·72·11 中羞丞印	秦集一·二·72·21 中羞丞印	秦集一·二·77·5 寺工丞印
秦集一·二·63·17 內官丞印	秦集一·二·70·2 御羞丞印	秦集一·二·70·8 御羞丞印	秦集一·二·72·6 中羞丞印	秦集一·二·72·12 中羞丞印	秦集一·二·72·22 中羞丞印	秦集一·二·77·6 寺工丞印
秦集一·二·63·18 內官丞印	秦集一·二·70·3 御羞丞印	秦集一·二·70·11 御羞丞印	秦集一·二·72·7 中羞丞印	秦集一·二·72·14 中羞丞印	秦集一·二·75·1 上林丞印	秦集一·二·77·7 寺工丞印
秦集一·二·63·19 內官丞印	秦集一·二·70·4 御羞丞印	秦集一·二·72·1 中羞丞印	秦集一·二·72·8 中羞丞印	秦集一·二·72·18 中羞丞印	秦集一·二·77·1 寺工丞印	秦集一·二·77·8 寺工丞印
秦集一·二·63·20 內官丞印	秦集一·二·70·5 御羞丞印	秦集一·二·72·2 中羞丞印	秦集一·二·72·9 中羞丞印	秦集一·二·72·19 中羞丞印	秦集一·二·77·2 寺工丞印	秦集一·二·77·10 寺工丞印
秦集一·二·63·21 內官丞印	秦集一·二·70·6 御羞丞印	秦集一·二·72·4 中羞丞印	秦集一·二·72·10 中羞丞印	秦集一·二·72·20 中羞丞印	秦集一·二·77·3 寺工丞印	秦集一·二·77·12 寺工丞印

秦集一· 二·77·13 寺工丞印	秦集一· 二·79·2 寺從丞印	秦集一· 二·79·10 寺從丞印	秦集一· 二·79·16 寺從丞印	秦集一· 二·80·1 寺車丞印	秦集一· 二·80·8 寺車丞印	秦集一· 二·84·6 都船丞印
秦集一· 二·77·14 寺工丞印	秦集一· 二·79·3 寺從丞印	秦集一· 二·79·11 寺從丞印	秦集一· 二·79·17 寺從丞印	秦集一· 二·80·2 寺車丞印	秦集一· 二·83·1 武庫丞印	秦集一· 二·84·7 都船丞印
秦集一· 二·77·15 寺工丞印	秦集一· 二·79·4 寺從丞印	秦集一· 二·79·12 寺從丞印	秦集一· 二·79·18 寺從丞印	秦集一· 二·80·3 寺車丞印	秦集一· 二·83·2 武庫丞印	秦集一· 二·85·1 泰匠丞印
秦集一· 二·77·16 寺工丞印	秦集一· 二·79·5 寺從丞印	秦集· 二·79·13 寺從丞印	秦集一· 二·79·19 寺從丞印	秦集一· 二·80·5 寺車丞印	秦集一· 二·84·1 都船丞印	秦集一· 二·85·2 泰匠丞印
秦集一· 二·77·17 寺工丞印	秦集一· 二·79·6 寺從丞印	秦集一· 二·79·14 寺從丞印	秦集一· 二·79·21 寺從丞印	秦集一· 二·80·6 寺車丞印	秦集一· 二·84·2 都船丞印	秦集一· 二·85·3 泰匠丞印
秦集一· 二·79·1 寺從丞印	秦集一· 二·79·7 寺從丞印	秦集一· 二·79·15 寺從丞印	秦集一· 二·79·23 寺從丞印	秦集一· 二·80·7 寺車丞印	秦集一· 二·84·3 都船丞印	秦集一· 二·85·4 泰匠丞印

秦集一·二·85·6 泰匠丞印	秦集一·二·86·1 私府丞印	秦集一·二·87·6 中府丞印	秦集一·二·88·3 中官丞印	秦集一·二·88·14 中官丞印	秦集一·二·94·3 屬邦工丞	秦集一·二·94·10 屬邦工丞
秦集一·二·85·8 泰匠丞印	秦集一·二·86·2 私府丞印	秦集一·二·87·7 中府丞印	秦集一·二·88·4 中官丞印	秦集一·二·89·1 私官丞印	秦集一·二·94·4 屬邦工丞	秦集一·二·94·12 屬邦工丞
秦集一·二·85·9 泰匠丞印	秦集一·二·87·1 中府丞印	秦集一·二·87·8 中府丞印	秦集一·二·88·5 中官丞印	秦集一·二·89·2 私官丞印	秦集一·二·94·5 屬邦工丞	秦集一·二·94·13 屬邦工丞
秦集一·二·85·12 泰匠丞印	秦集一·二·87·2 中府丞印	秦集一·二·87·9 中府丞印	秦集一·二·88·6 中官丞印	秦集一·二·91·1 飤官丞印	秦集一·二·94·6 屬邦工丞	秦集一·二·94·15 屬邦工丞
秦集一·二·85·13 泰匠丞印	秦集一·二·87·4 中府丞印	秦集一·二·88·1 中官丞印	秦集一·二·88·9 中官丞印	秦集一·二·94·1 屬邦工丞	秦集一·二·94·7 屬邦工丞	秦集一·三·1·1 泰廄丞印
秦集一·二·85·14 泰匠丞印	秦集一·二·87·5 中府丞印	秦集一·二·88·2 中官丞印	秦集一·二·88·10 中官丞印	秦集一·二·94·2 屬邦工丞	秦集一·二·94·9 屬邦工丞	秦集一·三·1·2 泰廄丞印

秦集一· 三·1·3 泰厩丞印	秦集一·三 ·3·6 章厩丞印	秦集一· 三·5·1 宮厩丞印	秦集一· 三·5·10 宮厩丞印	秦集一· 三·7·6 中厩丞印	秦集一· 三·7·12 中厩丞印	秦集一· 三·7·18 中厩丞印
秦集一· 三·3·1 章厩丞印	秦集一·三 ·3·7 章厩丞印	秦集一· 三·5·2 宮厩丞印	秦集一· 三·7·1 中厩丞印	秦集一· 三·7·7 中厩丞印	秦集一· 三·7·13 中厩丞印	秦集一· 三·7·19 中厩丞印
秦集一· 三·3·2 章厩丞印	秦集一·三 ·3·9 章厩丞印	秦集一· 三·5·5 宮厩丞印	秦集一· 三·7·2 中厩丞印	秦集一· 三·7·8 中厩丞印	秦集一· 三·7·14 中厩丞印	秦集一· 三·7·20 中厩丞印
秦集一· 三·3·3 章厩丞印	秦集一·二 ·3·10 章厩丞印	秦集·· 三·5·6 宮厩丞印	秦集一· 三·7·3 中厩丞印	秦集一· 三·7·9 中厩丞印	秦集一· 三·7·15 中厩丞印	秦集一· 三·7·21 中厩丞印
秦集一· 三·3·4 章厩丞印	秦集一·三 ·3·11 章厩丞印	秦集一· 三·5·7 宮厩丞印	秦集一· 三·7·4 中厩丞印	秦集一· 三·7·10 中厩丞印	秦集一· 三·7·16 中厩丞印	秦集一· 三·7·22 中厩丞印
秦集一· 三·3·5 章厩丞印	秦集一·三 ·3·12 章厩丞印	秦集一· 三·5·9 宮厩丞印	秦集一· 三·7·5 中厩丞印	秦集一· 三·7·11 中厩丞印	秦集一· 三·7·17 中厩丞印	秦集一· 三·7·23 中厩丞印

秦集一·三·7·26 中厩丞印	秦集一·三·7·32 中厩丞印	秦集一·三·13·3 右厩丞印	秦集一·三·14·4 小厩丞印	秦集一·三·14·12 小厩丞印	秦集一·四·6·2 華陽丞印	秦集一·四·6·9 華陽丞印
秦集一·三·7·27 中厩丞印	秦集一·三·7·33 中厩丞印	秦集一·三·13·4 右厩丞印	秦集一·三·14·7 小厩丞印	秦集一·三·14·14 小厩丞印	秦集一·四·6·3 華陽丞印	秦集一·四·6·10 華陽丞印
秦集一·三·7·28 中厩丞印	秦集一·三·7·34 中厩丞印	秦集一·三·13·5 右厩丞印	秦集一·三·14·8 小厩丞印	秦集一·三·16·1 御厩丞印	秦集一·四·6·4 華陽丞印	秦集一·四·7·1 南宮郎丞
秦集一·三·7·29 中厩丞印	秦集一·三·11·3 左厩丞印	秦集一·三·14·1 小厩丞印	秦集一·三·14·9 小厩丞印	秦集一·三·17·1 官厩丞印	秦集一·四·6·5 華陽丞印	秦集一·四·7·2 南宮郎丞
秦集一·三·7·30 中厩丞印	秦集一·三·13·1 右厩丞印	秦集一·三·14·2 小厩丞印	秦集一·三·14·10 小厩丞印	秦集一·四·4·1 長信私丞	秦集一·四·6·6 華陽丞印	秦集一·四·7·3 南宮郎丞
秦集一·三·7·31 中厩丞印	秦集一·三·13·2 右厩丞印	秦集一·三·14·3 小厩丞印	秦集一·三·14·11 小厩丞印	秦集一·四·6·1 華陽丞印	秦集一·四·6·7 華陽丞印	秦集一·四·7·4 南宮郎丞

秦集一·四·7·5 南宮郎丞	秦集一·四·7·12 南宮郎丞	秦集一·四·10·1 北宮弋丞	秦集一·四·12·4 北宮宦丞	秦集一·四·13·6 北宮私丞	秦集一·四·17·6 高章宦丞	秦集一·四·17·12 高章宦丞
秦集一·四·7·6 南宮郎丞	秦集一·四·9·1 北宮工丞	秦集一·四·10·2 北宮弋丞	秦集一·四·12·5 北宮宦丞	秦集一·四·17·1 高章宦丞	秦集一·四·17·7 高章宦丞	秦集一·四·17·13 高章宦丞
秦集一·四·7·7 南宮郎丞	秦集一·四·9·2 北宮工丞	秦集一·四·11·1 北宮幹丞	秦集一·四·12·6 北宮宦丞	秦集一·四·17·2 高章宦丞	秦集一·四·17·8 高章宦丞	秦集一·四·17·14 高章宦丞
秦集一·四·7·9 南宮郎丞	秦集一·四·9·3 北宮工丞	秦集一·四·12·1 北宮宦丞	秦集 ·四·13·1 北宮私丞	秦集一·四·17·3 高章宦丞	秦集一·四·17·9 高章宦丞	秦集一·四·17·15 高章宦丞
秦集一·四·7·10 南宮郎丞	秦集一·四·9·5 北宮工丞	秦集一·四·12·2 北宮宦丞	秦集一·四·13·3 北宮私丞	秦集一·四·17·4 高章宦丞	秦集一·四·17·10 高章宦丞	秦集一·四·17·16 高章宦丞
秦集一·四·7·11 南宮郎丞	秦集一·四·9·6 北宮工丞	秦集一·四·12·3 北宮宦丞	秦集一·四·13·5 北宮私丞	秦集一·四·17·5 高章宦丞	秦集一·四·17·11 高章宦丞	秦集一·四·17·17 高章宦丞

秦集一· 四·17·18 高章宦丞	秦集一· 四·17·24 高章宦丞	秦集一· 四·18·4 安臺丞印	秦集一· 四·18·11 安臺丞印	秦集一· 四·18·17 安臺丞印	秦集一· 四·18·24 安臺丞印	秦集一· 四·22·3 杜南苑丞
秦集一· 四·17·19 高章宦丞	秦集一· 四·17·25 高章宦丞	秦集一· 四·18·5 安臺丞印	秦集一· 四·18·12 安臺丞印	秦集一· 四·18·18 安臺丞印	秦集一· 四·18·25 安臺丞印	秦集一· 四·25·1 鼎胡苑丞
秦集一· 四·17·20 高章宦丞	秦集一· 四·17·27 高章宦丞	秦集一· 四·18·6 安臺丞印	秦集一· 四·18·13 安臺丞印	秦集一· 四·18·19 安臺丞印	秦集一· 四·20·1 陽陵禁丞	秦集一· 四·27·1 左雲夢丞
秦集一· 四·17·21 高章宦丞	秦集一· 四·18·1 安臺丞印	秦集一· 四·18·7 安臺丞印	秦集一· 四·18·14 安臺丞印	秦集一· 四·18·20 安臺丞印	秦集一· 四·20·2 陽陵禁丞	秦集一· 五·2·1 詔事丞印
秦集一· 四·17·22 高章宦丞	秦集一· 四·18·2 安臺丞印	秦集一· 四·18·9 安臺丞印	秦集一· 四·18·15 安臺丞印	秦集一· 四·18·21 安臺丞印	秦集一· 四·21·1 東苑丞印	秦集一· 五·2·2 詔事丞印
秦集一· 四·17·23 高章宦丞	秦集一· 四·18·3 安臺丞印	秦集一· 四·18·10 安臺丞印	秦集一· 四·18·16 安臺丞印	秦集一· 四·18·22 杜南苑丞	秦集一· 四·22·2 杜南苑丞	秦集一· 五·2·4 詔事丞印

秦集一・五・2・5 詔事丞印	秦集一・五・5・4 特庫丞印	秦集一・五・8・4 官臣丞印	秦集一・五・10・4 走士丞印	秦集一・五・13・5 左礜桃丞	秦集一・五・14・1 右礜桃丞	秦集一・五・20・2 走翟丞印
秦集一・五・2・6 詔事丞印	秦集一・五・5・6 特庫丞印	秦集一・五・8・5 官臣丞印	秦集一・五・10・5 走士丞印	秦集一・五・13・6 左礜桃丞	秦集一・五・14・2 右礜桃丞	秦集一・五・20・3 走翟丞印
秦集一・五・2・8 詔事丞印	秦集一・五・5・7 特庫丞印	秦集一・五・8・6 官臣丞印	秦集一・五・10・7 走士丞印	秦集一・五・13・7 左礜桃丞	秦集一・五・14・3 右礜桃丞	秦集一・五・20・4 走翟丞印
秦集一・五・5・1 特庫丞印	秦集一・五・8・1 官臣丞印	秦集・五・10・1 走士丞印	秦集・・五・13・1 左礜桃丞	秦集一・五・13・8 左礜桃丞	秦集一・五・14・4 右礜桃丞	秦集一・五・21・1 方輿丞印
秦集一・五・5・2 特庫丞印	秦集一・五・8・2 官臣丞印	秦集一・五・10・2 走士丞印	秦集一・五・13・2 左礜桃丞	秦集一・五・13・9 左礜桃丞	秦集一・五・14・5 右礜桃丞	秦集一・五・27・1 涑布之丞
秦集一・五・5・3 特庫丞印	秦集一・五・8・3 官臣丞印	秦集一・五・10・3 走士丞印	秦集一・五・13・3 左礜桃丞	秦集一・五・13・12 左礜桃丞	秦集一・五・20・1 走翟丞印	秦集一・五・31・1 容趨丞印

秦集一·五·31·2 容趨丞印	秦集二·一·2·4 咸陽丞印	秦集二·一·2·16 咸陽丞印	秦集二·一·2·24 咸陽丞印	秦集二·一·2·31 咸陽丞印	秦集二·一·7·4 酈丞之印	秦集二·二·2·3 上郡侯丞
秦集一·五·31·3 容趨丞印	秦集二·一·2·5 咸陽丞印	秦集二·一·2·17 咸陽丞印	秦集二·一·2·25 咸陽丞印	秦集二·一·3·1 咸陽工室丞	秦集二·一·7·5 酈丞之印	秦集二·二·2·4 上家馬丞
秦集一·五·31·4 容趨丞印	秦集二·一·2·6 咸陽丞印	秦集二·一·2·18 咸陽丞印	秦集二·一·2·26 咸陽丞印	秦集二·一·4·1 西共丞印	秦集二·一·8·1 酈工室丞	秦集二·二·2·5 上家馬丞
秦集二·一·2·1 咸陽丞印	秦集二·一·2·7 咸陽丞印	秦集二·一·2·19 咸陽丞印	秦集二·一·2·28 咸陽丞印	秦集二·一·4·3 西共丞印	秦集二·一·10·1 櫟陽右工室丞	秦集二·二·11·1 邯鄲之丞
秦集二·一·2·2 咸陽丞印	秦集二·一·2·8 咸陽丞印	秦集二·一·2·21 咸陽丞印	秦集二·一·2·29 咸陽丞印	秦集二·一·4·4 西共丞印	秦集二·二·1·1 上郡侯丞	秦集二·二·13·1 邯造工丞
秦集二·一·2·3 咸陽丞印	秦集二·一·2·10 咸陽丞印	秦集二·一·2·23 咸陽丞印	秦集二·一·2·30 咸陽丞印	秦集二·一·7·2 酈丞之印	秦集二·二·2·2 上家馬丞	秦集二·二·13·6 邯造工丞

秦集二· 二·13·7 邯造工丞	秦集二· 二·15·1 代馬丞印	秦集二· 二·27·1 琅邪水丞	秦集二· 三·1·6 蘋陽丞印	秦集二· 三·5·2 高陵丞印	秦集二· 三·7·2 杜丞之印	秦集二· 三·8·3 茝陽丞印
秦集二· 二·13·8 邯造工丞	秦集二· 二·15·2 代馬丞印	秦集二· 二·34·1 淮陽弩丞	秦集二· 三·1·7 蘋陽丞印	秦集二· 三·5·3 高陵丞印	秦集二· 三·7·5 杜丞之印	秦集二· 三·8·4 茝陽丞印
秦集二· 二·13·10 邯造工丞	秦集二· 二·15·3 代馬丞印	秦集二· 二·35·1 江左鹽丞	秦集二· 三·3·1 寧秦丞印	秦集二· 三·5·6 高陵丞印	秦集二· 三·7·6 杜丞之印	秦集二· 三·9·1 雲陽丞印
秦集二· 二·13·11 邯造工丞	秦集二· 二·15·4 代馬丞印	秦集二· 二·36·1 江右鹽丞	秦集二· 三·4·1 下邽丞印	秦集二· 三·6·1 藍田丞印	秦集二· 三·7·7 杜丞之印	秦集二· 三·9·2 雲陽丞印
秦集二· 二·13·12 邯造工丞	秦集二· 二·15·5 代馬丞印	秦集二· 三·1·1 蘋陽丞印	秦集二· 三·4·2 下邽丞印	秦集二· 三·6·2 藍田丞印	秦集二· 三·8·1 茝陽丞印	秦集二· 三·9·3 雲陽丞印
秦集二· 二·13·14 邯造工丞	秦集二· 二·25·1 琅邪司丞	秦集二· 三·1·2 蘋陽丞印	秦集二· 三·5·1 高陵丞印	秦集二· 三·7·1 杜丞之印	秦集二· 三·8·2 茝陽丞印	秦集二· 三·9·4 雲陽丞印

秦集二·三·11·1 廢丘丞印	秦集二·三·11·8 廢丘丞印	秦集二·三·13·1 美陽丞印	秦集二·三·18·2 酆丞	秦集二·三·24·1 翟導丞印	秦集二·三·31·2 承丞之印	秦集二·三·36·1 任城丞印
秦集二·三·11·2 廢丘丞印	秦集二·三·12·1 酇丞之印	秦集二·三·14·1 臨晉丞印	秦集二·三·19·1 戲丞之印	秦集二·三·26·1 卷丞之印	秦集二·三·32·1 游陽丞印	秦集二·三·37·1 無鹽丞印
秦集二·三·11·3 廢丘丞印	秦集二·三·12·2 酇丞之印	秦集二·三·14·2 臨晉丞印	秦集二·三·20·2 商丞之印	秦集二·三·27·1 新安丞印	秦集二·三·33·2 堂邑丞印	秦集二·三·39·1 鄧丞之印
秦集二·三·11·4 廢丘丞印	秦集二·三·12·3 酇丞之印	秦集二·三·15·1 襄德丞印	秦集二·三·20·3 商丞之印	秦集二·三·29·1 建陵丞印	秦集二·三·34·1 魯丞之印	秦集二·三·39·2 鄧丞之印
秦集二·三·11·5 廢丘丞印	秦集二·三·12·4 酇丞之印	秦集二·三·17·1 衛丞之印	秦集二·三·22·1 洛都丞印	秦集二·三·30·1 蘭陵丞印	秦集二·三·35·1 薛丞之印	秦集二·三·43·1 南鄭丞印
秦集二·三·11·7 廢丘丞印	秦集二·三·12·5 酇丞之印	秦集二·三·18·1 酆丞	秦集二·三·23·1 定陽市丞	秦集二·三·31·1 承丞之印	秦集二·三·35·2 薛丞之印	秦集二·三·44·1 西成丞印

秦集二·三·45·1 成都丞印	秦集二·三·49·1 吳丞之印	秦集二·三·56·1 女陰丞印	秦集二·三·60·1 陽安丞印	秦集二·三·66·1 夕陽丞印	秦集二·三·73·1 蒲反丞印	秦集二·三·76·2 於陵丞印
秦集二·三·45·2 成都丞印	秦集二·三·51·1 新淦丞印	秦集二·三·56·2 女陰丞印	秦集二·三·62·1 白狼之丞	秦集二·三·67·1 昌城丞印	秦集二·三·73·2 蒲反丞印	秦集二·三·77·1 菁丞之印
秦集二·三·46·1 濟陰丞印	秦集二·三·52·1 芒丞之印	秦集二·三·58·1 南頓丞印	秦集二·三·62·2 白狼之丞	秦集二·三·68·1 泉州丞印	秦集二·三·73·3 蒲反丞印	秦集二·三·77·2 菁丞之印
秦集二·三·46·2 濟陰丞印	秦集二·三·53·1 襄丞之印	秦集二·三·58·2 南頓丞印	秦集二·三·63·1 廷陵丞印	秦集二·三·69·1 代丞之印	秦集二·三·74·1 傅陽丞印	秦集二·三·77·3 菁丞之印
秦集二·三·46·3 濟陰丞印	秦集二·三·54·1 穎陽丞印	秦集二·三·59·1 女陽丞印	秦集二·三·64·1 蕡丞之印	秦集二·三·70·1 當城丞印	秦集二·三·75·1 相丞之印	秦集二·三·78·1 梁鄒丞印
秦集二·三·47·1 定陶丞印	秦集二·三·55·1 長平丞印	秦集二·三·59·2 女陽丞印	秦集二·三·65·1 廣成之丞	秦集二·三·72·1 安邑丞印	秦集二·三·76·1 於陵丞印	秦集二·三·78·2 梁鄒丞印

秦集二·三·78·3 梁鄒丞印	秦集二·三·84·1 盧丞之印	秦集二·三·87·1 博昌丞印	秦集二·三·91·1 （竹字頭+桼的下部分）城丞印	秦集二·三·95·1 琅邪縣丞	秦集二·三·97·5 即墨丞印	秦集二·三·103·1 下密丞印
秦集二·三·81·1 樂陵丞印	秦集二·三·85·1 臨菑丞印	秦集二·三·89·1 東安平丞	秦集二·三·92·1 平壽丞印	秦集二·三·96·1 高陽丞印	秦集二·三·98·1 黃丞之印	秦集二·三·104·1 昌陽丞印
秦集二·三·82·1 般陽丞印	秦集二·三·85·2 臨菑丞印	秦集二·三·89·2 東安平丞	秦集二·三·92·2 平壽丞印	秦集二·三·97·1 即墨丞印	秦集二·三·99·1 腄丞之印	秦集二·三·105·1 岐丞之印
秦集二·三·82·2 般陽丞印	秦集二·三·85·3 臨菑丞印	秦集二·三·90·1 樂安丞印	秦集二·三·93·1 臨朐丞印	秦集二·三·97·2 即墨丞印	秦集二·三·100·1 高密丞印	秦集二·三·106·1 盧丘丞印
秦集二·三·83·1 東平陵丞	秦集二·三·85·4 臨菑丞印	秦集二·三·90·2 樂安丞印	秦集二·三·93·2 臨朐丞印	秦集二·三·97·3 即墨丞印	秦集二·三·101·1 都昌丞印	秦集二·三·107·1 橘邑丞印
秦集二·三·83·2 東平陵丞	秦集二·三·85·5 臨菑丞印	秦集二·三·90·3 樂安丞印	秦集二·三·94·1 東牟丞印	秦集二·三·97·4 即墨丞印	秦集二·三·102·1 夜丞之印	秦集二·五·2·1 咸陽亭丞

西安 圖十六 1 □陽丞印	西安 圖十六 15 □□丞璽	西安 圖十七 1 居室丞印	西安 圖十七 11 陽都船丞	西安 圖十七 20 寺車丞印	西安 圖十八 5 募人丞印	西安 圖十九 1 公車司馬丞
西安 圖十六 2 御府丞印	西安 圖十六 16 西□丞印	西安 圖十七 2 章厩丞印	西安 圖十七 12 郎中丞印	西安 圖十七 21 南陽郎丞	西安 圖十八 6 厩丞之印	西安 圖十九 2 右厩丞印
西安 圖十六 3 左樂丞印	西安 圖十六 18 少府工丞	西安 圖十七 4 中府丞印	西安 圖十七 13 大官丞印	西安 圖十七 23 宦者丞印	西安 圖十八 7 私官丞印	西安 圖十九 3 桑林丞印
西安 圖十六 5 中官丞印	西安 圖十六 20 大匠丞印	西安 圖十七 7 陰都船丞	西安 圖十七 14 御府丞印	西安 圖十七 25 咸陽丞印	西安 圖十八 8 西丞之印	西安 圖十九 4 北宮私丞
西安 圖十六 6 宮司空丞	西安 圖十六 22 大倉丞印	西安 圖十七 8 都水丞印	西安 圖十七 18 私府丞□	西安 圖十八 2 寺從丞印	西安 圖十八 9 左司空丞	西安 圖十九 5 壽陵丞印
西安 圖十六 11 旱丞之印	西安 圖十六 25 走翟丞印	西安 圖十七 9 宮厩丞印	西安 圖十七 19 雍丞之印	西安 圖十八 3 永巷丞印	西安 圖十八 12 寺工丞璽	西安 圖十九 6 廢丘丞印

西安 圖十九 7 安臺丞印	新見地理 11 昫衍導丞	新見地理 19 碣丞之印	新見地理 26 夷輿丞印	新見地理 33 浮陽丞印	新見中央 32 （上從網‧下從大） 原禁丞	新見中央 42 底柱丞印
西安 圖十九 8 魯丞之印	新見地理 12 宜陽之丞	新見地理 20 下邑丞印	新見地理 27 徐無丞印	新見地理 34 長武丞印	新見中央 33 □禁丞印	新見中央 45（從網從斡）丞 之印
新見地理 2 櫟陽丞印	新見地理 13 盧氏丞印	新見地理 21 酅丞之印	新見地理 29 取慮丞印	新見地理 37 容趨丞印	新見中央 34 宜春禁丞	新出 2 左丞相印
新見地理 3 櫟陽左工室 丞	新見地理 14 軹丞之印	新見地理 22 新蔡丞印	新見地理 30 下相丞印	新見中央 17 採青丞印	新見中央 36 盧山禁丞	新出 2 右丞相印
新見地理 5 麗邑丞印	新見地理 17 東阿丞印	新見地理 24 愼丞之印	新見地理 31 庸丞□印	新見中央 19 大府丞印	新見中央 40 募人丞印	新出 3 泰醫丞印
新見地理 10 壽陵丞印	新見地理 18 壽春丞印	新見地理 25 柘丞之印	新見地理 32 咎猶丞印	新見中央 31 白水苑丞	新見中央 41 桑林丞印	新出 3 太□丞印

新出 3 都水丞印	新出 5 謁者丞印	新出 6 章厩丞印	新出 7 寺車丞印	新出 8 中車府丞	新出 10 泰倉丞印	新出 11 少府幹丞
新出 3 郎中丞印	新出 5 公車司馬丞	新出 6 章厩丞印	新出 7 寺車丞印	新出 8 中車府丞	新出 10 泰倉丞印	新出 11 太官丞印
新出 4 郎中丞印	新出 5 公車司馬丞	新出 6 小厩丞印	新出 7 中厩丞印	新出 8 中車府丞	新出 10 幹廥都丞	新出 11 太官丞印
新出 4 郎中丞印	新出 5 右厩丞印	新出 7 小厩丞印	新出 7 中厩丞印	新出 9 內官丞印	新出 10 少府丞印	新出 12 樂府丞印
新出 4 南宮郎丞	新出 6 宮厩丞印	新出 7 騎馬丞印	新出 8 中厩丞印	新出 9 內官丞印	新出 10 少府工丞	新出 12 左樂丞印
新出 4 南宮郎丞	新出 6 章厩丞印	新出 7 寺車丞印	新出 8 中車府丞	新出 10 泰倉丞印	新出 11 少府工丞	新出 12 左樂丞印

新出 12 左樂丞印	新出 13 宮司空丞	新出 14 御府丞印	新出 15 宦者丞印	新出 16 佐弋丞印	新出 17 特庫丞印	新出 18 寺工丞印
新出 12 居室丞印	新出 13 宮司空丞	新出 14 御府丞印	新出 15 高章宦丞	新出 16 上林丞印	新出 17 特庫丞印	新出 19 寺從丞印
新出 13 居室丞印	新出 14 宮司空丞	新出 15 永巷丞印	新出 15 高章宦丞	新出 16 上林丞印	新出 18 鐵兵工丞	新出 19 寺從丞印
新出 13 左司空丞	新出 14 北宮私丞	新出 15 永巷丞印	新出 15 高章宦丞	新出 17 泰匠丞印	新出 18 寺工丞璽	新出 19 寺從丞印
新出 13 左司空丞	新出 13 居室丞印	新出 15 宦者丞印	新出 16 御羞丞印	新出 17 泰匠丞印	新出 18 寺工丞璽	新出 19 都船丞印
新出 13 左司空丞	新出 14 御府丞印	新出 15 宦者丞印	新出 16 御羞丞印	新出 17 泰匠丞印	新出 18 寺工丞璽	新出 19 都船丞印

新出 19 陰都船丞	新出 20 私官丞印	新出 21 中羞丞印	新出 22 左雲夢丞	新出 23 華陽丞印	新出 24 南郡府丞	新出 26 咸陽丞印
新出 19 武庫丞印	新出 20 私官丞印	新出 21 北宮宦丞	新出 22 右雲夢丞	新出 23 華陽丞印	新出 24 南郡府丞	新出 26 咸陽丞印
新出 20 武庫丞印	新出 20 私官丞印	新出 21 屬邦工丞	新出 22 杜南苑丞	新出 23 安臺丞印	新出 24 蜀大府丞	新出 26 咸陽丞印
新出 20 大匠丞印	新出 20 私官丞印	新出 22 屬邦工丞	新出 23 高櫟苑丞	新出 24 安臺丞印	新出 25 代馬丞印	新出 26 頻陽丞印
新出 20 大匠丞印	新出 21 中府丞印	新出 22 都共丞印	新出 23 華陽丞印	新出 24 安臺丞印	新出 26 咸陽亭丞	新出 26 頻陽丞印
新出 20 私府丞印	新出 21 中羞丞印	新出 22 左雲夢丞	新出 23 華陽丞印	新出 24 南郡府丞	新出 26 咸陽亭丞	新出 26 藍田丞印

新出 27 酆丞	新出 28 彭城丞印	新出 29 左礜桃丞	新出 30 大府丞印	于京地理 1 櫟陽丞印	于京地理 13 蜀西工丞	于京地理 27 杜陽丞印
新出 27 酆丞	新出 28 新安丞印	新出 29 左礜桃丞	新出 31 泰□丞印	于京地理 3 櫟陽左工室 丞	于京地理 14 南陽邸丞	于京地理 28 壽陵丞印
新出 27 杜丞之印	新出 28 鄧丞之印	新出 29 左礜桃丞	新出 32 □□丞印	于京地理 5 雍工室丞	于京地理 17 南郡府丞	于京地理 29 永陵丞印
新出 27 杜丞之印	新出 28 鄧丞之印	新出 29 募人丞印	新出 32 永□丞印	于京地理 8 河外府丞	于京地理 22 麗邑丞印	于京地理 31 洛陽丞印
新出 27 廢丘丞印	新出 28 麗邑丞印	新出 30 容趨丞印	新出 32 □丞□陽	于京地理 9 河內邸丞	于京地理 23 船司空丞	于京地理 32 宜陽丞印
新出 27 彭城丞印	新出 28 麗邑丞印	新出 30 大府丞印	新出 32 □□丞印	于京地理 12 蜀太府丞	于京地理 24 懷德丞印	于京地理 33 新安丞印

于京地理 34 新城丞印	于京地理 42 新郪丞印	于京地理 55 綿諸丞印	于京地理 63 字丞之印	于京地理 71 溥□丞□	在京中央 圖二 3 大官斡（幹）丞	在京中央 圖三 9 南室府丞
于京地理 36 風丞之印	于京地理 44 鄙丞之印	于京地理 57 獂道丞印	于京地理 65 新襄城丞	于京地理 72 淮□丞□	在京中央 圖二 4 大府丞印	在京中央 圖三 11 高櫟苑丞
于京地理 37 降丞之印	于京地理 45 西陵丞印	于京地理 58 下辨丞印	于京地理 66 宛丞之印	在京中央 圖一 10 大匠丞印	在京中央 圖二 7 大內丞印	在京中央 圖三 17 右雲夢丞
于京地理 38 舒丞之印	于京地理 47 灄澤丞印	于京地理 59 南陵丞印	于京地理 67 新襄陵丞	在京中央 圖一 13 中車丞印	在京中央 圖三 3 北宮庫丞	在京中央 圖三 20 寧陽家丞
于京地理 39 下邳丞印	于京地理 49 成固丞印	于京地理 61 歸德丞印	于京地理 69 臨□丞印	在京中央 圖一 15 寺工丞璽	在京中央 圖三 4 北宮御丞	在京中央 圖四 2 高泉家丞
于京地理 41 汶陽丞印	于京地理 52 故道丞印	于京地理 62 白檀丞印	于京地理 70 善□丞□	在京中央 圖一 16 車府丞印	在京中央 圖三 7 安居室丞	在京中 圖四 4 都共丞印

在京中央圖四 6 鐵官丞印	西安新見 5 太倉丞印	西安新見 17 枳桃丞印	匯考 6 右丞相印	匯考 53 雍祠丞印	匯考 88 左樂丞印	匯考 146 公車司馬丞
在京中央圖四 16 隍探金丞	西安新見 6 宮司空丞	西安新見 18 南郡府丞	匯考 7 右丞相印	匯考 61 樂府丞印	匯考 89 左樂丞印	匯考 147 公車司馬丞
西安新見 1 樂府丞印	西安新見 7 少府丞印	西安新見 19 太官丞印	匯考 8 右丞相印	匯考 62 樂府丞印	匯考 90 左樂丞印	匯考 148 公車司馬丞
西安新見 2 都船丞印	西安新見 8 車府丞印	里耶圖一四〇5 酉陽丞印	匯考 9 右丞相印	匯考 63 樂府丞印	匯考 113 都水丞印	匯考 149 公車司馬丞
西安新見 3 寺車丞印	西安新見 10 太匠丞印	里耶圖一四〇7 丞	匯考 封 奉常丞印	匯考 86 左樂丞印	匯考 118 郎中丞印	匯考 150 公車司馬丞
西安新見 4 內官丞印	西安新見 15 旃郎苑丞	匯考 2 左丞相印	匯考 30 泰醫丞印	匯考 87 左樂丞印	匯考 119 郎中丞印	匯考 191 章厩丞印

匯考 159 衛士丞印	匯考 168 中車府丞	匯考 192 章厩丞印	匯考 230 中厩丞印	匯考 303 下家馬丞	匯考 398 泰內丞印	匯考 464 少府斡丞
匯考 161 衛士丞印	匯考 170 中車府丞	匯考 207 宮厩丞印	匯考 231 中厩丞印	匯考 304 下家馬丞	匯考 399 泰內丞印	匯考 465 少府斡丞
匯考 162 衛士丞印	匯考 177 騎馬丞印	匯考 208 宮厩丞印	匯考 269 右厩丞印	匯考 372 屬邦工丞	匯考 421 泰倉丞印	匯考 468 斡廥都丞
匯考 165 中車府丞	匯考 178 騎馬丞印	匯考 209 宮厩丞印	匯考 276 小厩丞印	匯考 373 屬邦工丞	匯考 422 泰倉丞印	匯考 469 斡廥都丞
匯考 166 中車府丞	匯考 181 都船丞印	匯考 228 中厩丞印	匯考 298 上家馬丞	匯考 374 屬邦工丞	匯考 438 少府工丞	匯考 471 斡廥都丞
匯考 167 中車府丞	匯考 190 章厩丞印	匯考 229 中厩丞印	匯考 299 上家馬丞	匯考 375 屬邦工丞	匯考 439 少府工丞	匯考 472 斡廥都丞

匯考 473 幹廥都丞	匯考 499 居室丞印	匯考 545 左司空丞	匯考 586 左織縵丞	匯考 594 宦走丞印	匯考 620 內官丞印	匯考 673 御羞丞印
匯考 478 泰官丞印	匯考 500 居室丞印	匯考 566 永巷丞印	匯考 587 左織縵丞	匯考 595 宦走丞印	匯考 621 內官丞印	匯考 687 中羞丞印
匯考 490 佐弋丞印	匯考 501 居室丞印	匯考 567 永巷丞印	匯考 590 宦者丞印	匯考 596 宦者丞印	匯考 641 私官丞印	匯考 688 中羞丞印
匯考 491 佐弋丞印	匯考 542 左司空丞	匯考 568 永巷丞印	匯考 591 宦者丞印	匯考 614 宦走丞印	匯考 642 私官丞印	匯考 715 上林丞印
匯考 492 佐弋丞印	匯考 543 左司空丞	匯考 569 永巷丞印	匯考 592 宦者丞印	匯考 615 宦走丞印	匯考 643 私官丞印	匯考 716 上林丞印
匯考 498 居室丞印	匯考 544 左司空丞	匯考 570 永巷丞印	匯考 593 宦者丞印	匯考 617 宦走丞印	匯考 672 御羞丞印	匯考 717 上林丞印

 匯考 723 寺工丞印	 匯考 764 寺從丞印	 匯考 785 寺車丞印	 匯考 819 中官幹丞	 匯考 848 御府丞印	 匯考 886 華陽丞印	 匯考 902 坼禁丞印
 匯考 743 泰匠丞印	 匯考 765 寺從丞印	 匯考 786 寺車丞印	 匯考 821 中官丞印	 匯考 872 東苑丞印	 匯考 887 華陽丞印	 匯考 905 南宮郎丞
 匯考 744 泰匠丞印	 匯考 766 寺從丞印	 匯考 798 詔事丞印	 匯考 822 中官丞印	 匯考 873 東苑丞印	 匯考 888 華陽丞印	 匯考 906 南宮郎丞
 匯考 745 泰匠丞印	 匯考 767 寺從丞印	 匯考 799 詔事丞印	 匯考 845 御府丞印	 匯考 874 東苑丞印	 匯考 889 華陽丞印	 匯考 907 南宮郎丞
 匯考 762 寺從丞印	 匯考 768 寺從丞印	 匯考 801 詔事丞印	 匯考 846 御府丞印	 匯考 884 華陽丞印	 匯考 900 坼禁丞印	 匯考 908 南宮郎丞
 匯考 763 寺從丞印	 匯考 784 寺車丞印	 匯考 810 中府丞印	 匯考 847 御府丞印	 匯考 885 華陽丞印	 匯考 901 坼禁丞印	 匯考 918 北宮工丞

匯考 919 北宮工丞	匯考 935 北宮宦丞	匯考 982 安臺丞印	匯考 1010 宜春禁丞	匯考 1034 白水苑丞	匯考 1041 右雲夢丞	匯考 1106 武庫丞印
匯考 920 北宮工丞	匯考 943 北宮私丞	匯考 983 安臺丞印	匯考 1011 杜南苑丞	匯考 1035 白水苑丞	匯考 1064 官臣丞印	匯考 1107 武庫丞印
匯考 921 北宮工丞	匯考 944 北宮私丞	匯考 984 安臺丞印	匯考 1012 杜南苑丞	匯考 1036 白水苑丞	匯考 1065 官臣丞印	匯考 1109 募人丞印
匯考 927 北宮弋丞	匯考 945 北宮私丞	匯考 985 安臺丞印	匯考 1015 陽陵禁丞	匯考 1037 左雲夢丞	匯考 1072 走士丞印	匯考 1110 募人丞印
匯考 928 北宮弋丞	匯考 956 高章宦丞	匯考 986 安臺丞印	匯考 1026 鼎胡苑丞	匯考 1038 左雲夢丞	匯考 1094 特庫丞印	匯考 1112 募人丞印
匯考 932 北宮幹丞	匯考 957 高章宦丞	匯考 1008 宜春禁丞	匯考 1027 鼎胡苑丞	匯考 1040 右雲夢丞	匯考 1095 特庫丞印	匯考 1120 宮司空丞

匯考 1121 宮司空丞	匯考 1185 咸陽工室丞	匯考 1205 邯造工丞	匯考 1241 寧秦丞印	匯考 1256 藍田丞印	匯考 1274 苣丞之印	匯考 1283 翟導丞印
匯考 1122 宮司空丞	匯考 1186 咸陽工室丞	匯考 1220 代馬丞印	匯考 1245 高陵丞印	匯考 1261 杜丞之印	匯考 1275 臨晋丞印	匯考 1287 雲陽丞印
匯考 1123 宮司空丞	匯考 1188 咸陽工室丞	匯考 1221 代馬丞印	匯考 封 高陵丞印	匯考 1262 杜丞之印	匯考 1277 臨晋丞印	匯考 1291 戲丞之印
匯考 1147 □盧丞印	匯考 1191 邯鄲之丞	匯考 1231 蘋陽丞印	匯考 1253 櫟陽丞印	匯考 1263 杜丞之印	匯考 上 臨晋丞印	匯考 1295 廢丘丞印
匯考 1163 咸陽丞印	匯考 1203 邯造工丞	匯考 1232 蘋陽丞印	匯考 上 櫟陽丞印	匯考 封眞 杜丞之印	匯考 1281 翟導丞印	匯考 1296 廢丘丞印
匯考 1164 咸陽丞印	匯考 1204 邯造工丞	匯考 1238 重泉丞印	匯考 1255 藍田丞印	匯考 1270 苣陽丞印	匯考 1282 翟導丞印	匯考 1297 廢丘丞印

匯考 1392 芒丞之印	匯考 1408 徐丞之印	匯考 1415 魯陽丞印	匯考 1426 僮丞之印	匯考 1436 方□除丞	匯考 1456 安豐丞印	匯考 1462 下邑丞印
匯考 1393 芒丞之印	匯考 1409 徐丞之印	匯考 1416 般陽丞印	匯考 1430 閬中丞印	匯考 1444 平城丞印	匯考 1457 彭城丞印	匯考 1463 郭丞□□
匯考 1394 西共丞印	匯考 1410 邾丞□印	匯考 1418 濟陰丞印	匯考 1432 昫衍導丞	匯考 1445 平城丞印	匯考 1458 晦陵丞印	匯考 1510 容趨丞印
匯考 1395 西共丞印	匯考 1411 虹丞之印	匯考 1421 盧丞之印	匯考 1433 昫衍導丞	匯考 1446 呂丞之印	匯考 1459 彭陽丞印	匯考 1518 左礜桃丞
匯考 1400 魯丞之印	匯考 1412 郊丞之印	匯考 齊 盧丞之印	匯考 1434 昫衍道丞	匯考 1447 呂丞之印	匯考 1460 下邑丞印	匯考 1519 左礜桃丞
匯考 1403 任城丞印	匯考 1414 溥導丞印	匯考 1425 新東陽丞	匯考 1435 陰密丞印	匯考 1455 蕃丞之印	匯考 1461 下邑丞印	匯考 1530 右礜桃丞

				秦		
匯考 1531 右礜桃丞	匯考 1561 機之丞印	匯考 1596 衙丞之印	問陶 P173 蜀太府丞	秦集一・ 五・15・1 陰御弄印	新出 28 陽御弄印	匯考 1084 陽御弄印
匯考 1541 走翟丞印	匯考 1562 □陽苑丞	匯考 1598 岐丞之印	問陶 P173 襄城丞印	秦集一・ 五・15・2 陰御弄印	新出 28 陽御弄印	匯考 1085 陽御弄印
匯考 1542 走翟丞印	匯考 1569 無□丞印	問陶 P170 御府丞印	問陶 P173 商丞之印	秦集一・ 五・15・3 陰御弄印	新出 29 陽御弄印	
匯考 1543 走翟丞印	匯考 1574 晦□丞□	問陶 P171 太倉丞印	問陶 P173 好畤丞印	秦集一・ 五・16・1 陽御弄印	匯考 647 尚御弄虎	
匯考 1555 右猷丞印	匯考 1582 大官丞印	問陶 P172 比陽丞印	問陶 P173 蔡陽丞印	西安 圖十八 4 陽御弄印	匯考 1082 陽御弄印	
匯考 1557 旱丞之印	匯考 1590 □川府丞	問陶 P173 雍丞之印	問陶 P174 鄧丞之印	新見中央 38 御弄尚虛	匯考 1083 陽御弄印	

扇	具	共		秫	父	反
秦集一·五·23·1 鐵兵工丞	秦集一·四·23·1 具園	秦集二·一·4·1 西共丞印	匯考 1394 西共丞印	于京地理 68 秫陰之印	秦集二·四·44·1 尚父鄉印	秦集二·三·73·1 蒲反丞印
新見中央 43 鐵兵工室	秦集一·四·23·2 具園	秦集二·一·4·2 西共丞印	匯考 1395 西共丞印		秦集二·四·44·2 尚父鄉印	匯考 1339 蒲反丞印
新出 18 鐵兵工丞	匯考 1017 具園	西安圖十六 21 西共			秦集二·四·44·3 尚父鄉印	匯考 1340 蒲反丞印
匯考 403 鐵兵工丞	匯考 1018 具園	新出 22 都共丞印			匯考 1385 新城父丞	
匯考 406 鐵兵工室		在京中央圖四 3 都共				
		在京中央圖四 4 都共丞印				

秦集三·一·16·1 桓叚	秦集三·一·16·7 桓叚	新出 31 桓叚	匯考 1493 蘇叚	秦集三·一·18·1 逢友	秦集一·二·4·3 御史之印	新出 31 泰史□□
秦集三·一·16·2 桓叚	秦集三·一·16·8 桓叚	匯考 1476 桓叚	匯考 1494 蘇叚		秦集一·二·92·1 內史之印	在京中央 圖一 3 泰史
秦集三·一·16·3 桓叚	秦集三·一·16·9 桓叚	匯考 1477 桓叚	匯考 1495 蘇叚		秦集一·二·92·2 內史之印	匯考 47 內史之印
秦集三·一·16·4 桓叚	秦集三·一·39·1 蘇叚	匯考 1478 桓叚			秦集一·二·92·4 內史之印	匯考 48 內史之印
秦集三·一·16·5 桓叚	新出 31 蘇叚	匯考 1479 桓叚			西安 圖十六 13 內史之印	匯考 49 內史之印
秦集三·一·16·6 桓叚	新出 31 桓叚	匯考 1480 桓叚			新出 2 泰史	問陶 P171 御史府印

事		攴	書	畫	臣	
秦集一・五・1・1 詔事之印	秦集一・五・2・7 詔事丞印	秦集一・五・11・1 左礜桃支	秦集一・二・36・1 尙書	秦集二・四・14・1 畫鄉	秦集一・五・8・1 官臣丞印	新出 30 官臣丞印
秦集一・五・2・1 詔事丞印	秦集一・五・2・9 詔事丞印	秦集一・五・11・2 左礜桃支	新見中央 9 書府		秦集一・五・8・2 官臣丞印	在京中央 圖四 10 官臣之印
秦集一・五・2・2 詔事丞印	秦集一・五・2・10 詔事丞印	秦集一・五・12・1 右礜桃支	新出 25 書府		秦集一・五・8・3 官臣丞印	西安新見 16 官臣之印
秦集一・五・2・3 詔事丞印	匯考 798 詔事丞印	新出 29 □礜桃支	新出 25 書府		秦集一・五・8・4 官臣丞印	匯考 1064 官臣丞印
秦集一・五・2・4 詔事丞印	匯考 799 詔事丞印	在京中央 圖四 20 礜桃支印	在京中央 圖五 1 書府		秦集一・五・8・5 官臣丞印	匯考 1065 官臣丞印
秦集一・五・2・6 詔事丞印	匯考 801 詔事丞印	匯考 1516 右礜桃支			秦集一・五・8・6 官臣丞印	

寺						
珍秦 寺從丞印	秦集一・ 二・76・2 寺工之印	秦集一・ 二・77・6 寺工丞印	秦集一・ 二・77・15 寺工丞印	秦集一・ 二・78・2 寺從	秦集一・ 二・79・5 寺從丞印	秦集一・ 二・79・13 寺從丞印
秦集一・ 二・47・1 居室寺從	秦集一・ 二・77・1 寺工丞印	秦集一・ 二・77・7 寺工丞印	秦集一・ 二・77・16 寺工丞印	秦集一・ 二・78・3 寺從	秦集一・ 二・79・6 寺從丞印	秦集一・ 二・79・14 寺從丞印
秦集一・ 二・47・2 居室寺從	秦集一・ 二・77・2 寺工丞印	秦集一・ 二・77・8 寺工丞印	秦集一・ 二・77・17 寺工丞印	秦集一・ 二・79・1 寺從丞印	秦集一・ 二・79・7 寺從丞印	秦集一・ 二・79・15 寺從丞印
秦集一・ 二・47・3 居室寺從	秦集一・ 二・77・3 寺工丞印	秦集一・ 二・77・12 寺工丞印	秦集一・ 二・77・19 寺工丞印	秦集一・ 二・79・2 寺從丞印	秦集一・ 二・79・10 寺從丞印	秦集一・ 二・79・16 寺從丞印
秦集一・ 二・47・4 居室寺從	秦集一・ 二・77・4 寺工丞印	秦集一・ 二・77・13 寺工丞印	秦集一・ 二・77・20 寺工丞印	秦集一・ 二・79・3 寺從丞印	秦集一・ 二・79・11 寺從丞印	秦集一・ 二・79・17 寺從丞印
秦集一・ 二・76・1 寺工之印	秦集一・ 二・77・5 寺工丞印	秦集一・ 二・77・14 寺工丞印	秦集一・ 二・78・1 寺從	秦集一・ 二・79・4 寺從丞印	秦集一・ 二・79・12 寺從丞印	秦集一・ 二・79・18 寺從丞印

秦集一·二·79·19 寺從丞印	秦集一·二·80·2 寺車丞印	西安 圖十七 16 寺車府印	新出 7 寺車丞印	新出 19 寺從丞印	西安新見 3 寺車丞印	匯考 720 寺工之印
秦集一·二·79·20 寺從丞印	秦集一·二·80·3 寺車丞印	西安 圖十七 20 寺車丞印	新出 18 寺工丞璽	新出 19 寺從丞印	匯考 105 左樂寺瑟	匯考 721 寺工之印
秦集一·二·79·21 寺從丞印	秦集一·二·80·5 寺車丞印	西安 圖十八 2 寺從丞印	新出 18 寺工丞璽	在京中央 圖一 14 寺工	匯考 106 左樂寺瑟	匯考 723 寺工丞印
秦集一·二·79·22 寺從丞印	秦集一·二·80·6 寺車丞印	西安 圖十八 12 寺工丞璽	新出 18 寺工丞璽	在京中央 圖一 15 寺工丞璽	匯考 107 左樂寺瑟	匯考 757 寺從
秦集一·二·79·23 寺從丞印	秦集一·二·80·7 寺車丞印	新出 7 寺車丞印	新出 18 寺工丞璽	在京中央 圖一 17 寺車府印	匯考 535 居室寺從	匯考 762 寺從丞印
秦集一·二·80·1 寺車丞印	秦集一·二·80·9 寺車丞印	新出 7 寺車丞印	新出 19 寺從丞印	在京中央 圖二 14 尙浴寺般	匯考 536 居室寺從	匯考 763 寺從丞印

		將	導		故	寇
匯考 764 寺從丞印	匯考 785 寺車丞印	秦集一· 三·8·1 中廄將馬	秦集二· 三·24·1 翟導丞印	匯考 1283 翟導丞印	于京地理 52 故道丞印	新見中央 15 尚寇 （冠）府印
匯考 765 寺從丞印	匯考 786 寺車丞印	秦集一· 三·8·3 中廄將馬	新見地理 11 昫衍導丞	匯考 1413 溥導		匯考 654 尚寇（冠） 府印
匯考 766 寺從丞印		秦集一· 三·15·1 小廄將馬	于京地理 52 故導丞印	匯考 1414 溥導丞印		
匯考 767 寺從丞印		匯考 257 中廄將馬	于京地理 57 獱導丞印	匯考 1432 昫衍導丞		
匯考 768 寺從丞印		匯考 290 小廄將□	匯考 1281 翟導丞印	匯考 1433 昫衍導丞		
匯考 784 寺車丞印			匯考 1282 翟導丞印	匯考 1434 昫衍導丞		

相				眛	魯
秦集一・二・1・1 丞相之印	秦集一・二・3・4 右丞相印	秦集二・三・75・1 相丞之印	匯考 6 右丞相印	秦集三・一・12・1 宣眛	秦集二・三・34・1 魯丞之印
秦集一・二・2・1 左丞相印	秦集一・二・3・5 右丞相印	西安 圖十八 10 右□相□	匯考 7 右丞相印		西安 圖十九 8 魯丞之印
秦集一・二・2・2 左丞相印	秦集一・二・3・6 右丞相印	新見地理 30 下相丞印	匯考 8 右丞相印		匯考 1400 魯丞之印
秦集一・二・3・1 右丞相印	秦集一・二・3・7 右丞相印	新出 2 左丞相印	匯考 9 右丞相印		匯考 1415 魯陽丞印
秦集一・二・3・2 右丞相印	秦集一・二・3・9 右丞相印	新出 2 右丞相印	匯考 1382 相丞之印		
秦集一・二・3・3 右丞相印	秦集一・二・3・10 右丞相印	匯考 2 左丞相印			

秦集一·二·12·1 謁者之印	秦集一·二·55·5 內者	秦集一·二·59·4 宦者丞印	秦集一·二·59·10 宦者丞印	秦集一·二·59·16 宦者丞印	秦集一·二·59·24 宦者丞印	西安圖十七 15 西方謁者
秦集一·二·12·2 謁者之印	秦集一·二·55·6 內者	秦集一·二·59·5 宦者丞印	秦集一·二·59·11 宦者丞印	秦集一·二·59·17 宦者丞印	秦集一·四·16·1 高章宦者	西安圖十七 17 中謁者
秦集一·二·55·1 內者	秦集一·二·56·1 內者府印	秦集一·二·59·6 宦者丞印	秦集一·二·59·12 宦者丞印	秦集一·二·59·18 宦者丞印	秦集一·五·6·1 中謁者	西安圖十七 23 宦者丞印
秦集一·二·55·2 內者	秦集一·二·59·1 宦者丞印	秦集一·二·59·7 宦者丞印	秦集一·二·59·13 宦者丞印	秦集一·二·59·20 西方謁者	秦集一·五·7·1 中謁者	新見中央 12 宦者
秦集一·二·55·3 內者	秦集一·二·59·2 宦者丞印	秦集一·二·59·8 宦者丞印	秦集一·二·59·14 宦者丞印	秦集一·二·59·22 宦者丞印	秦集一·五·7·2 西方謁者	新出 15 宦者丞印
秦集一·二·55·4 內者	秦集一·二·59·3 宦者丞印	秦集一·二·59·9 宦者丞印	秦集一·二·59·15 宦者丞印	秦集一·二·59·23 宦者丞印	西安圖十六 17 高章宦者	新出 15 宦者丞印

				鼻	翟	
新出 17 內者	匯考 591 宦者丞印	匯考 1050 謁者之印	匯考 1060 西方謁者	秦集三· 一·36·1 薛鼻	秦集一· 五·20·1 走翟丞印	西安 圖十六 25 走翟丞印
匯考 575 內者	匯考 592 宦者丞印	匯考 1051 謁者之印	匯考 1061 西方謁者		秦集一· 五·20·2 走翟丞印	匯考 1281 翟導丞印
匯考 581 內者府印	匯考 593 宦者丞印	匯考 1052 謁者之印			秦集一· 五·20·3 走翟丞印	匯考 1282 翟導丞印
匯考 582 內者府印	匯考 596 宦者丞印	匯考 1055 中謁者府			秦集一· 五·20·4 走翟丞印	匯考 1283 翟導丞印
匯考 583 內者府印	匯考 954 高章宦者	匯考 1056 中謁者府			秦集一· 五·20·5 走翟丞印	匯考 1541 走翟丞印
匯考 590 宦者丞印	匯考 1049 謁者之印	匯考 1059 西方謁者			秦集二· 三·24·1 翟導丞印	匯考 1542 走翟丞印

	雜	雜	雜		美
匯考 1543 走翟丞印	于京地理 31 離陽丞 印	新見地理 28 符離	秦集二・ 一・7・1 離丞之印	秦集二・ 一・8・1 離工室丞	匯考 1325 雍工室印
	匯考 1343 洛陽丞印	匯考 1424 符離	秦集二・ 一・7・2 離丞之印	秦集二・ 一・9・1 離左樂鍾	匯考 1326 雍工室丞
	匯考 1344 洛陽丞印		秦集二・ 一・7・3 離丞之印	西安 圖十七 19 雍丞之印	問陶 P173 雍丞之印
	匯考 上 洛陽丞印		秦集二・ 一・7・4 離丞之印	于京地理 5 雍工室丞	
			秦集二・ 一・7・5 離丞之印	匯考 53 雍祠丞印	
			秦集二・ 一・7・6 離丞之印	匯考 1320 雍丞之印	

| 秦集二・
三・13・1
美陽丞印 |
| 匯考 1315
美陽丞印 |
| 匯考 澄
美陽丞印 |

鳥	於	玄	舒	腄	胡	朐
秦集二・三・50・1 鳥呈之印	秦集二・三・76・1 於陵丞印	匯考 1470 玄	于京地理 38 舒丞之印	秦集二・三・99・1 腄丞之印	秦集一・四・25・1 鼎胡苑丞	秦集二・三・93・1 臨朐丞印
于京地理 60 鳥氏丞印	秦集二・三・76・2 於陵丞印				秦集三・一・2・1 弁胡	秦集二・三・93・2 臨朐丞印
					新見中央 30 鼎胡苑丞	
					匯考 1026 鼎胡苑丞	
					匯考 1027 鼎胡苑丞	

𩱦	𥝋	𥃟	辡	𩰫	𥎞	𥋈
秦集一・五・33・1 宰胥	秦集二・四・40・1 利居鄉印	秦集三・一・10・1 即則	于京地理58 下辨丞印	新見中央16 尚劍府印	在京中央圖五 2 觭印	秦集二・二・8・1 衡山發弩
秦集三・一・14・1 胥赤	秦集二・四・40・2 利居鄉印	秦集三・一・38・1 蘇則				

秦封泥文字編卷五

符	管	篸	箕	典	左
新見地理 28 符離	秦集三·一·28·1 管羈	秦集二·三·91·1 篸城丞印	匯考 1566 □其□□	秦集一·五·3·1 典達	珍秦 左司空丞
匯考 1424 符離				秦集一·五·3·2 典達	珍秦 郡左邸印
				秦集一·五·3·3 典達	秦集一·二·2·1 左丞相印
				匯考 1535 典達	秦集一·二·2·2 左丞相印
				匯考 1537 典達	秦集一·二·2·3 左丞相印
				匯考 1538 典達	秦集一·二·11·1 郎中左田

秦集一·二·11·2 郎中左田	秦集一·二·43·2 左樂丞印	秦集一·二·43·8 左樂丞印	秦集一·二·48·2 左司空丞	秦集一·二·48·10 左司空丞	秦集一·二·48·16 左司空丞	秦集一·二·61·1 郡左邸印
秦集一·二·11·3 郎中左田	秦集一·二·43·3 左樂丞印	秦集一·二·43·9 左樂丞印	秦集一·二·48·4 左司空丞	秦集一·二·48·11 左司空丞	秦集一·二·48·17 左司空丞	秦集一·二·61·2 郡左邸印
秦集一·二·11·4 郎中左田	秦集一·二·43·4 左樂丞印	秦集一·二·43·10 左樂丞印	秦集一·二·48·5 左司空丞	秦集一·二·48·12 左司空丞	秦集一·二·48·18 左司空丞	秦集一·二·61·3 郡左邸印
秦集一·二·11·5 郎中左田	秦集一·二·43·5 左樂丞印	秦集一·二·43·11 左樂丞印	秦集一·二·48·7 左司空丞	秦集一·二·48·13 左司空丞	秦集一·二·48·19 左司空丞	秦集一·二·61·4 郡左邸印
秦集一·二·11·6 郎中左田	秦集一·二·43·6 左樂丞印	秦集一·二·43·12 左樂丞印	秦集一·二·48·8 左司空丞	秦集一·二·48·14 左司空丞	秦集一·二·50·1 左司空印	秦集一·二·61·5 郡左邸印
秦集一·二·43·1 左樂丞印	秦集一·二·43·7 左樂丞印	秦集一·二·48·1 左司空丞	秦集一·二·48·9 左司空丞	秦集一·二·48·15 左司空丞	秦集一·二·58·1 左織縵丞	秦集一·二·61·6 郡左邸印

秦集一·二·61·7 郡左邸印	秦集一·二·61·13 郡左邸印	秦集一·三·11·3 左厩丞印	秦集一·五·13·2 左礜桃丞	秦集一·五·13·9 左礜桃丞	秦集二·二·7·1 蜀左織官	秦集二·四·4·2 左鄉
秦集一·二·61·8 郡左邸印	秦集一·二·61·14 郡左邸印	秦集一·四·19·1 安臺左厩	秦集一·五·13·3 左礜桃丞	秦集一·五·13·10 左礜桃丞	秦集二·二·10·1 趙郡左田	秦集二·四·4·3 左鄉
秦集一·二·61·9 郡左邸印	秦集一·二·61·15 郡左邸印	秦集一·四·27·1 左雲夢丞	秦集一·五·13·4 左礜桃丞	秦集一·五·13·11 左礜桃丞	秦集二·二·20·1 齊左尉印	西安圖十六 3 左樂丞印
秦集一·二·61·10 郡左邸印	秦集一·三·10·1 左厩	秦集一·五·11·1 左礜桃支	秦集一·五·13·5 左礜桃丞	秦集一·五·13·12 左礜桃丞	秦集二·二·28·1 琅邪左監	西安圖十六 9 左厩
秦集一·二·61·11 郡左邸印	秦集一·三·11·1 左厩丞印	秦集一·五·11·2 左礜桃支	秦集一·五·13·6 左礜桃丞	秦集一·五·17·1 左田之印	秦集二·二·35·1 江左鹽丞	西安圖十八 9 左司空丞
秦集一·二·61·12 郡左邸印	秦集一·三·11·2 左厩丞印	秦集一·五·13·1 左礜桃丞	秦集一·五·13·8 左礜桃丞	秦集二·一·9·1 雖左樂鍾	秦集二·四·4·1 左鄉	新見地理 3 櫟陽左工室丞

新見中央 4 泰醫左府	新出 8 郡左邸印	新出 12 左樂丞印	新出 25 櫟陽左工室	于京地理 10 河內左工	匯考 89 左樂丞印	匯考 139 郎中左田
新見中央 24 私官左般	新出 9 郡左邸印	新出 13 左司空丞	新出 29 左礜桃丞	在京中央 圖一 8 左樂	匯考 90 左樂丞印	匯考 140 郎中左田
新出 2 左丞相印	新出 12 左樂	新出 13 左司空丞	新出 29 左礜桃丞	匯考 2 左丞相印	匯考 105 寺樂左瑟	匯考 317 郡左邸印
新出 4 郎中左田	新出 12 左樂	新出 13 左司空丞	新出 29 左礜桃丞	匯考 86 左樂丞印	匯考 106 寺樂左瑟	匯考 318 郡左邸印
新出 4 郎中左田	新出 12 左樂丞印	新出 22 左雲夢丞	于京地理 2 櫟陽左工室	匯考 87 左樂丞印	匯考 107 寺樂左瑟	匯考 541 左司空印
新出 8 郡左邸印	新出 12 左樂丞印	新出 22 左雲夢丞	于京地理 3 櫟陽左工室 丞	匯考 88 左樂丞印	匯考 138 郎中左田	匯考 542 左司空丞

			工			
匯考 543 左司空丞	匯考 588 蜀左織官	問陶 P171 左尉	珍秦 少府工丞	秦集一· 二·32·7 少府工丞	秦集一· 二·32·13 少府工丞	秦集一· 二·32·19 少府工丞
匯考 544 左司空丞	匯考 1037 左雲夢丞		秦集一· 二·32·1 少府工丞	秦集一· 二·32·8 少府工丞	秦集一· 二·32·14 少府工丞	秦集一· 二·32·20 少府工丞
匯考 545 左司空丞	匯考 1038 左雲夢丞		秦集一· 二·32·2 少府工丞	秦集一· 二·32·9 少府工丞	秦集一· 二·32·15 少府工丞	秦集一· 二·32·21 少府工丞
匯考 546 左司空丞	匯考 1518 左礜桃丞		秦集一· 二·32·3 少府工丞	秦集一· 二·32·10 少府工丞	秦集一· 二·32·16 少府工丞	秦集一· 二·33·1 少府工室
匯考 586 左織縵丞	匯考 1519 左礜桃丞		秦集一· 二·32·4 少府工丞	秦集一· 二·32·11 少府工丞	秦集一· 二·32·17 少府工丞	秦集一· 二·77·1 寺工丞印
匯考 587 左織縵丞	匯考 1551 左般私官		秦集一· 二·32·6 少府工丞	秦集一· 二·32·12 少府工丞	秦集一· 二·32·18 少府工丞	秦集一· 二·77·2 寺工丞印

秦集一·二·77·3 寺工丞印	秦集一·二·77·11 寺工丞印	秦集一·二·77·20 寺工丞印	秦集一·二·93·7 屬邦工室	秦集一·二·94·1 屬邦工丞	秦集一·二·94·7 屬邦工丞	秦集一·二·94·15 屬邦工丞
秦集一·二·77·4 寺工丞印	秦集一·二·77·13 寺工丞印	秦集一·二·93·1 屬邦工室	秦集一·二·93·8 屬邦工室	秦集一·二·94·2 屬邦工丞	秦集一·二·94·8 屬邦工丞	秦集一·二·94·16 屬邦工丞
秦集一·二·77·5 寺工丞印	秦集一·二·77·14 寺工丞印	秦集一·二·93·2 屬邦工室	秦集一·二·93·9 屬邦工室	秦集一·二·94·3 屬邦工丞	秦集一·二·94·10 屬邦工丞	秦集一·二·94·17 屬邦工丞
秦集一·二·77·6 寺工丞印	秦集一·二·77·16 寺工丞印	秦集一·二·93·3 屬邦工室	秦集一·二·93·10 屬邦工室	秦集一·二·94·4 屬邦工丞	秦集一·二·94·12 屬邦工丞	秦集一·四·9·1 北宮工丞
秦集一·二·77·9 寺工丞印	秦集一·二·77·17 寺工丞印	秦集一·二·93·5 屬邦工室	秦集一·二·93·11 屬邦工室	秦集一·二·94·5 屬邦工丞	秦集一·二·94·13 屬邦工丞	秦集一·四·9·2 北宮工丞
秦集一·二·77·10 寺工丞印	秦集一·二·77·18 寺工丞印	秦集一·二·93·6 屬邦工室	秦集一·二·93·12 屬邦工室	秦集一·二·94·6 屬邦工丞	秦集一·二·94·14 屬邦工丞	秦集一·四·9·3 北宮工丞

秦集一·四·9·4 北宮工丞	秦集二·一·8·1 雝工室丞	秦集二·二·13·2 邯造工丞	西安圖十六 14 少府工官	新出 10 少府工丞	新出 18 寺工丞印	新出 25 櫟陽左工室
秦集一·四·9·6 北宮工丞	秦集二·一·10·1 櫟陽右工室丞	秦集二·二·13·6 邯造工丞	西安圖十六 18 少府工丞	新出 11 少府工丞	新出 21 屬邦工丞	于京地理 2 櫟陽左工室
秦集一·五·23·2 鐵兵工丞	秦集二·二·12·1 邯鄲造工	秦集二·二·13·7 邯造工丞	西安圖十七 3 咸陽工室	新出 18 鐵兵工丞	新出 22 屬邦工丞	于京地理 3 櫟陽左工室丞
秦集一·五·23·3 鐵兵工丞	秦集二·二·12·2 邯鄲造工	秦集二·二·13·8 邯造工丞	西安圖十八 12 寺工丞璽	新出 18 寺工丞璽	新出 24 咸陽工室	于京地理 5 雍工室丞
秦集一·五·24·1 弩工室印	秦集二·二·12·7 邯鄲造工	秦集二·二·13·9 邯造工丞	新見中央 11 御府工室	新出 18 寺工丞璽	新出 25 邯鄲造工	于京地理 10 河內左工
秦集二·一·3·1 咸陽工室丞	秦集二·二·13·1 邯造工丞	秦集二·二·13·10 邯造工丞	新見中央 43 鐵兵工室	新出 18 寺工丞璽	新出 25 邯鄲造工	于京地理 13 蜀西工丞

						亞
于京地理 20 巫黔右工	匯考 359 屬邦工室	匯考 407 弩工室印	匯考 723 寺工丞印	匯考 1186 咸陽工室丞	匯考 1204 邯造工丞	于京地理 19 巫黔□邸
在京中央 圖一 14 寺工	匯考 360 屬邦工室	匯考 437 少府工室	匯考 918 北宮工丞	匯考 1187 咸陽工室丞	匯考 1205 邯造工丞	于京地理 20 巫黔右工
在京中央 圖一 15 寺工丞璽	匯考 372 屬邦工丞	匯考 438 少府工丞	匯考 919 北宮工丞	匯考 1188 咸陽工室丞	匯考 1325 雍工室印	
在京中央 圖二 20 北宮工室	匯考 373 屬邦工丞	匯考 439 少府工丞	匯考 920 北宮工丞	匯考 1195 邯鄲造工	匯考 1326 雍工室丞	
匯考 357 屬邦工室	匯考 374 屬邦工丞	匯考 720 寺工之印	匯考 921 北宮工丞	匯考 1196 邯鄲造工		
匯考 358 屬邦工室	匯考 375 屬邦工丞	匯考 721 寺工之印	匯考 1185 咸陽工室丞	匯考 1203 邯造工丞		

秦集三・一・22・1 曹取	秦集二・三・3・1 寧秦丞印	秦集二・三・55・1 長平丞印	秦集二・三・92・2 平壽丞印	秦集二・四・39・2 西平鄉印	秦集二・四・50・5 安平鄉印	類編 卷十二 P381 西平
	于京地理 64 寧城	秦集二・三・83・1 東平陵丞	秦集二・四・36・1 平望鄉印	秦集二・四・39・3 西平鄉印	秦集二・四・50・6 安平鄉印	在京中央 圖三 12 平原禁印
	在京中央 圖三 20 寧陽家丞	秦集二・三・83・2 東平陵丞	秦集二・四・36・2 平望鄉印	秦集二・四・50・1 安平鄉印	秦集二・四・50・7 安平鄉印	匯考 1042 平阿禁印
	匯考 1241 寧秦丞印	秦集二・三・89・1 東安平丞	秦集二・四・36・3 平望鄉印	秦集二・四・50・2 安平鄉印	秦集二・四・50・8 安平鄉印	匯考 1043 平阿禁印
		秦集二・三・89・2 東安平丞	秦集二・四・36・4 平望鄉印	秦集二・四・50・3 安平鄉印	秦集二・四・50・9 安平鄉印	匯考 1444 平城丞印
		秦集二・三・92・1 平壽丞印	秦集二・四・39・1 西平鄉印	秦集二・四・50・4 安平鄉印	秦集三・一・19・1 孫平	匯考 1445 平城丞印

新出 27 彭城丞印	西安 圖十六 19 豐璽	匯考 1380 㡉婁丞印	匯考 646 尙御弄虎	秦集一· 五·22·1 奴盧之印	新見中央 36 盧山禁丞	新見中央 17 採青丞印
新出 28 彭城丞印	匯考 1456 安豐丞印		匯考 647 尙御弄虎	秦集二· 三·84·1 盧丞之印	新見中央 39 奴盧府印	在京中央 圖三 14 青莪禁印
匯考 1457 彭城丞印				秦集二· 三·84·2 盧丞之印	在京中央 圖三 16 盧山禁印	匯考 415 採青丞印
匯考 1459 彭陽丞印				秦集二· 三·106·1 盧丘丞印	匯考 1147 □盧丞印	
				秦集三· 一·33·1 盧孔	匯考 齊 盧丞之印	
				新見地理 13 盧氏丞印		

郎		飲	舍	倉		
秦集二・二・30・1 即墨	秦集二・三・97・3 即墨丞印	秦集一・二・91・1 飲官丞印	秦集一・五・26・1 傳舍	秦集一・二・27・1 泰倉	新出 10 泰倉丞印	匯考 426 尚臥倉印
秦集二・二・31・1 即墨太守	秦集二・三・97・4 即墨丞印	匯考 57 麗山飼官	秦集一・五・26・2 傳舍	秦集一・二・28・1 泰倉丞印	新出 10 泰倉丞印	匯考 422 泰倉丞印
秦集二・二・31・2 即墨太守	秦集二・三・97・5 即墨丞印	匯考 58 麗山飼官	秦集一・五・26・3 傳舍	秦集一・二・28・2 泰倉丞印	在京中央 圖二 12 尚臥倉印	問陶 P171 尚浴倉印
秦集二・二・32・1 即墨□□	秦集三・一・10・1 即則		秦集三・一・25・1 陳舍	秦集一・二・28・3 泰倉丞印	西安新見 5 太倉丞印	問陶 P171 太倉丞印
秦集二・三・97・1 即墨丞印	秦集三・一・32・1 蔡即			西安 圖十六 22 大倉丞印	匯考 419 泰倉	
秦集二・三・97・2 即墨丞印	秦集三・一・32・2 蔡即			新出 10 泰倉丞印	匯考 421 泰倉丞印	

內						
珍秦 內官丞印	秦集一・ 二・55・5 內者	秦集一・ 二・63・4 內官丞印	秦集一・ 二・63・10 內官丞印	秦集一・ 二・63・16 內官丞印	秦集一・ 二・92・1 內史之印	新見中央 6 泰內
秦集一・ 二・29・1 泰內丞印	秦集一・ 二・55・6 內者	秦集一・ 二・63・5 內官丞印	秦集一・ 二・63・11 內官丞印	秦集一・ 二・63・17 內官丞印	秦集一・ 二・92・2 內史之印	新出 9 內官丞印
秦集一・ 二・55・1 內者	秦集一・ 二・56・1 內者府印	秦集一・ 二・63・6 內官丞印	秦集一・ 二・63・12 內官丞印	秦集一・ 二・63・18 內官丞印	秦集一・ 二・92・3 內史之印	新出 9 內官丞印
秦集一・ 二・55・2 內者	秦集一・ 二・63・1 內官丞印	秦集一・ 二・63・7 內官丞印	秦集一・ 二・63・13 內官丞印	秦集一・ 二・63・19 內官丞印	秦集一・ 二・92・4 內史之印	新出 9 泰內
秦集一・ 二・55・3 內者	秦集一・ 二・63・2 內官丞印	秦集一・ 二・63・8 內官丞印	秦集一・ 二・63・14 內官丞印	秦集一・ 二・63・20 內官丞印	西安 圖十六 8 大內丞印	新出 17 內者
秦集一・ 二・55・4 內者	秦集一・ 二・63・3 內官丞印	秦集一・ 二・63・9 內官丞印	秦集一・ 二・63・15 內官丞印	秦集一・ 二・63・21 內官丞印	西安 圖十六 13 內史之印	于京地理 9 河內邸丞

			高			
于京地理 10 河內左工	匯考 48 內史之印	匯考 581 內者府印	珍秦 高章宦丞	秦集一· 四·17·5 高章宦丞	秦集一· 四·17·11 高章宦丞	秦集一· 四·17·17 高章宦丞
在京中央 圖二 6 大內	匯考 49 內史之印	匯考 582 內者府印	秦集一· 四·16·1 高章宦者	秦集一· 四·17·6 高章宦丞	秦集一· 四·17·12 高章宦丞	秦集一· 四·17·18 高章宦丞
在京中央 圖二 7 大內丞印	匯考 397 泰內	匯考 583 內者府印	秦集一· 四·17·1 高章宦丞	秦集一· 四·17·7 高章宦丞	秦集一· 四·17·13 高章宦丞	秦集一· 四·17·19 高章宦丞
在京中央 圖二 8 泰內	匯考 398 泰內丞印	匯考 620 內官丞印	秦集一· 四·17·2 高章宦丞	秦集一· 四·17·8 高章宦丞	秦集一· 四·17·14 高章宦丞	秦集一· 四·17·20 高章宦丞
西安新見 4 內官丞印	匯考 399 泰內丞印	匯考 621 內官丞印	秦集一· 四·17·3 高章宦丞	秦集一· 四·17·9 高章宦丞	秦集一· 四·17·15 高章宦丞	秦集一· 四·17·21 高章宦丞
匯考 47 內史之印	匯考 575 內者		秦集一· 四·17·4 高章宦丞	秦集一· 四·17·10 高章宦丞	秦集一· 四·17·16 高章宦丞	秦集一· 四·17·22 高章宦丞

				帝		尚
秦集一· 四·17·23 高章宦丞	秦集二· 三·5·3 高陵丞印	西安 圖十六 17 高章宦者	在京中央 圖四 2 高泉家丞	秦集二· 五·1·1 咸陽亭印	秦集二· 五·3·1 邳亭	秦集二· 二·23·1 定陽市丞
秦集一· 四·17·25 高章宦丞	秦集二· 三·5·4 高陵丞印	新出 15 高章宦丞	匯考 954 高章宦者	秦集二· 五·1·2 咸陽亭印	新出 26 咸陽亭丞	匯考 1591 定陽市丞
秦集一· 四·17·26 高章宦丞	秦集二· 三·5·5 高陵丞印	新出 15 高章宦丞	匯考 956 高章宦丞	秦集二· 五·1·3 咸陽亭印	新出 26 咸陽亭丞	
秦集一· 四·17·27 高章宦丞	秦集二· 三·96·1 高陽丞印	新出 15 高章宦丞	匯考 957 高章宦丞	秦集一· 五·2·1 咸陽亭丞	匯考 1153 咸陽亭印	
秦集二· 三·5·1 高陵丞印	秦集二· 三·100·1 高密丞印	新出 23 高櫟苑丞	匯考 1245 高陵丞印	秦集二· 五·2·2 咸陽亭丞	問陶 P174 邯鄲亭丞	
秦集二· 三·5·2 高陵丞印	秦集三· 一·15·1 高賀	在京中央 圖三 11 高櫟苑丞	匯考 封 高陵丞印	秦集二· 五·2·3 咸陽亭丞		

高	良	夏			
秦集二·四·46·1 滇郭鄉印	秦集二·四·13·1 良鄉	秦集二·四·48·1 陽夏鄉印	匯考 1449 陽夏丞印		
秦集二·四·46·2 滇郭鄉印		秦集二·四·48·2 陽夏鄉印	匯考 1450 陽夏丞印		
秦集三·一·27·1 郭延		秦集二·四·48·3 陽夏鄉印			
新見地理 31 郭丞□ 印		秦集二·四·48·4 陽夏鄉印			
匯考 1473 郭延		秦集三·一·17·1 夏賀			
匯考 1474 郭延		于京地理 43 陽夏			

秦封泥文字編卷六

橘		杏	桃		
秦集一・二・29・1 橘監	新出 25 橘府	西安新見 14 杏園	秦集一・五・11・1 左礜桃支	秦集一・五・13・4 左礜桃丞	秦集一・五・14・2 右礜桃丞
秦集一・二・29・2 橘監	在京中央 圖四 17 橘府		秦集一・五・11・2 左礜桃支	秦集一・五・13・6 左礜桃丞	秦集一・五・14・3 右礜桃丞
秦集一・二・29・3 橘監	在京中央 圖四 18 橘印		秦集一・五・12・1 右礜桃支	秦集一・五・13・8 左礜桃丞	秦集一・五・14・4 右礜桃丞
秦集一・二・30・1 橘印	匯考 1091 橘官		秦集一・五・13・1 左礜桃丞	秦集一・五・13・9 左礜桃丞	新出 29 左礜桃丞
秦集二・三・107・1 橘邑丞印			秦集一・五・13・2 左礜桃丞	秦集一・五・13・12 左礜桃丞	新出 29 左礜桃丞
新見中央 44 橘官			秦集一・五・13・3 左礜桃丞	秦集一・五・14・1 右礜桃丞	新出 29 □礜桃支

		杜				欒
于京地理 26 桃林丞印	匯考 1531 右礜桃丞	秦集一・四・22・1 杜南苑丞	秦集二・三・7・5 杜丞之印	于京地理 27 杜陽丞印	匯考 1262 杜丞之印	在京中央 圖三 19 欒氏家印
在京中央 圖四 20 礜桃支印		秦集一・四・22・2 杜南苑丞	秦集二・三・7・6 杜丞之印	西安新見 11 杜印	匯考 1263 杜丞之印	新出 9 欒□家印
西安新見 17 杞桃丞印		秦集二・三・7・1 杜丞之印	秦集二・三・7・7 杜丞之印	西安新見 12 都杜廥印	匯考封眞 杜丞之印	
匯考 1518 左礜桃丞		秦集二・三・7・2 杜丞之印	新出 22 杜南苑丞	匯考 1011 杜南苑丞		
匯考 1519 左礜桃丞		秦集二・三・7・3 杜丞之印	新出 27 杜丞之印	匯考 1012 杜南苑丞		
匯考 1530 右礜桃丞		秦集二・三・7・4 杜丞之印	新出 27 杜丞之印	匯考 1261 杜丞之印		

檀	櫟		柘	榮	机	朱
于京地理62 白檀丞印	秦集二·一·10·1 櫟陽右工室丞	于京地理2 櫟陽左工室	新見地理25 柘丞之印	秦集三·一·29·1 榮免	匯考1561 機之丞印	秦集三·一·6·1 朱□
	新見地理2 櫟陽丞印	于京地理3 櫟陽左工室丞		秦集三·一·30·1 榮係		
	新見地理3 櫟陽左工室丞	在京中央 圖三11 高櫟苑丞				
	新出23 高櫟苑丞	匯考1253 櫟陽丞印				
	新出25 櫟陽左工室	匯考上 櫟陽丞印				
	于京地理1 櫟陽丞印					

材	榦				柱	桓
新見中央8 □中材廥	秦集一· 二·34·1 榦廥都丞	新見中央7 少府榦官	匯考464 少府榦丞	匯考472 榦廥都丞	新見中央 42 底柱丞 印	秦集三· 一·16·1 桓段
在京中央 圖二10 材官	秦集一· 二·34·2 榦廥都丞	新出10 榦廥都丞	匯考465 少府榦丞	匯考473 榦廥都丞	匯考117 底柱丞印	秦集三· 一·16·2 桓段
	秦集一· 二·34·3 榦廥都丞	新出11 少府榦丞	匯考468 榦廥都丞	匯考819 中官榦丞		秦集三· 一·16·3 桓段
	秦集一· 二·35·1 少府榦丞	在京中央 圖二1 榦官	匯考469 榦廥都丞	匯考932 北宮榦丞		秦集三· 一·16·4 桓段
	秦集一· 二·35·2 少府榦丞	在京中央 圖二3 大官榦丞	匯考470 榦廥都丞			秦集三· 一·16·5 桓段
	秦集一· 四·11·1 北宮榦丞	在京中央 圖三2 北宮榦官	匯考471 榦廥都丞			秦集三· 一·16·6 桓段

		樂				
秦集三·一·16·7 桓段	匯考1477 桓段	秦集一·二·40·1 樂府	秦集一·二·41·6 樂府丞印	秦集一·二·41·17 樂府丞印	秦集一·二·42·1 樂府鍾官	秦集一·二·43·7 左樂丞印
秦集三·一·16·8 桓段	匯考1478 桓段	秦集一·二·41·1 樂府丞印	秦集一·二·41·9 樂府丞印	秦集一·二·41·18 樂府丞印	秦集一·二·43·1 左樂丞印	秦集一·二·43·8 左樂丞印
秦集三·一·16·9 桓段	匯考1479 桓段	秦集一·二·41·2 樂府丞印	秦集一·二·41·11 樂府丞印	秦集一·二·41·19 樂府丞印	秦集一·二·43·3 左樂丞印	秦集一·二·43·9 左樂丞印
新出31 桓段	匯考1480 桓段	秦集一·二·41·3 樂府丞印	秦集一·二·41·13 樂府丞印	秦集一·二·41·20 樂府丞印	秦集一·二·43·4 左樂丞印	秦集一·二·43·10 左樂丞印
新出31 桓段		秦集一·二·41·4 樂府丞印	秦集一·二·41·14 樂府丞印	秦集一·二·41·22 樂府丞印	秦集一·二·43·5 左樂丞印	秦集一·二·43·11 左樂丞印
匯考1476 桓段		秦集一·二·41·5 樂府丞印	秦集一·二·41·15 樂府丞印	秦集一·二·41·23 樂府丞印	秦集一·二·43·6 左樂丞印	秦集一·二·43·12 左樂丞印

						樍
秦集一·二·43·13 左樂丞印	秦集二·三·80·1 樂陵	新出 2 外樂	新出 12 左樂丞印	匯考 61 樂府丞印	匯考 89 左樂丞印	問陶 P171 曲橋苑印
秦集一·二·44·1 外樂	秦集二·三·81·1 樂陵丞印	新出 12 樂府	新出 12 左樂丞印	匯考 62 樂府丞印	匯考 90 左樂丞印	
秦集一·二·44·2 外樂	秦集二·三·90·1 樂安丞印	新出 12 樂府丞印	在京中央 圖一 8 左樂	匯考 63 樂府丞印	匯考 105 寺樂左瑟	
秦集二·一·9·1 雝左樂鍾	秦集二·三·90·2 樂安丞印	新出 12 左樂	在京中央 圖一 9 樂官	匯考 86 左樂丞印	匯考 106 寺樂左瑟	
秦集二·三·40·1 樂成	秦集二·三·90·3 樂安丞印	新出 12 左樂	西安新見 1 樂府丞印	匯考 87 左樂丞印	匯考 107 寺樂左瑟	
秦集二·三·41·1 樂成之印	西安 圖十六 3 左樂丞印	新出 12 左樂丞印	匯考 59 樂府	匯考 88 左樂丞印	匯考 108 外樂	

秦集一·二·69·1 採司空印	在京中央 圖四15 隍採金印	秦集二·四·22·1 休鄉之印	秦集一·二·21·1 東苑丞印	秦集二·三·89·1 東安平丞	秦集二·四·7·4 東鄉	秦集二·四·7·10 東鄉
秦集二·一·6·1 西採金印	在京中央 圖四16 隍採金丞	秦集二·四·22·2 休鄉之印	秦集一·二·21·2 東苑丞印	秦集二·三·89·2 東安平丞	秦集二·四·7·5 東鄉	秦集二·四·42·1 東閭鄉印
新見中央 17 採青丞印	寓石7 □採金印	秦集二·四·22·3 休鄉之印	秦集二·二·5·1 東郡司馬	秦集二·三·94·1 東牟丞印	秦集二·四·7·6 東鄉	秦集二·四·42·2 東閭鄉印
新見中央 18 皇□採□	匯考 417 西採金印		秦集二·二·14·1 潦東守印	秦集二·四·7·1 東鄉	秦集二·四·7·7 東鄉	秦集二·四·42·3 東閭鄉印
新出 25 □採金印	匯考 1556 皇□採□		秦集二·三·83·1 東平陵丞	秦集二·四·7·2 東鄉	秦集二·四·7·8 東鄉	秦集二·四·42·4 東閭鄉印
在京中央 圖四12 採銀			秦集二·三·83·2 東平陵丞	秦集二·四·7·3 東鄉	秦集二·四·7·9 東鄉	秦集二·四·42·5 東閭鄉印

				林		
秦集二·四·42·6 東閭鄉印	新見地理17 東阿丞印	匯考873 東苑丞印	匯考1580 東郡司馬	秦集一·二·75·1 上林丞印	新出16 桑林	匯考1046 桑林丞印
秦集二·四·42·7 東閭鄉印	新出32 東□	匯考874 東苑丞印		秦集一·二·75·2 上林丞印	在京中央圖三10 上林禁印	
秦集二·四·51·1 上東陽鄉	于京地理15 東晦都水	匯考1047 東園□□		西安圖十九3 桑林丞印	匯考715 上林丞印	
秦集二·四·51·2 上東陽鄉	在京中央圖二9 東園大匠	匯考1229 東晦□馬		新見中央41 桑林丞印	匯考716 上林丞印	
秦集二·四·51·3 上東陽鄉	匯考871 東苑	匯考1349 東武陽丞		新出16 上林丞印	匯考717 上林丞印	
秦集二·四·51·4 上東陽鄉	匯考872 東苑丞印	匯考1425 新東陽丞		新出16 上林丞印	匯考1044 桑林	

西安 圖十九 3 桑林丞印	秦集一· 二·4·1 御史之印	秦集一· 二·51·2 御府之印	秦集一· 二·92·2 內史之印	秦集一· 四·26·1 白水之苑	秦集一· 五·32·1 吳炊之印	秦集二· 二·11·1 邯鄲之丞
新見中央 41 桑林丞印	秦集一· 二·12·1 謁者之印	秦集一· 二·76·1 寺工之印	秦集一· 二·92·3 內史之印	秦集一· 四·26·2 白水之苑	秦集二· 一·7·1 雕丞之印	秦集二· 二·11·2 邯鄲之丞
新出 16 桑林	秦集一· 二·13·1 衛尉之印	秦集一· 二·81·1 中尉之印	秦集一· 二·92·4 內史之印	秦集一· 五·4·1 特庫之印	秦集二· 一·7·3 雕丞之印	秦集二· 三·7·1 杜丞之印
匯考 1044 桑林	秦集一· 二·13·2 衛尉之印	秦集一· 二·81·2 中尉之印	秦集一· 三·21·1 驪丞之印	秦集一· 五·17·1 左田之印	秦集二· 一·7·4 雕丞之印	秦集二· 三·7·2 杜丞之印
匯考 1046 桑林丞印	秦集一· 二·22·1 廷尉之印	秦集一· 二·81·3 中尉之印	秦集一· 三·21·2 驪丞之印	秦集一· 五·18·1 都田之印	秦集二· 一·7·5 雕丞之印	秦集二· 三·7·3 杜丞之印
	秦集一· 二·51·1 御府之印	秦集一· 二·92·1 內史之印	秦集一· 三·21·3 驪丞之印	秦集一· 五·22·1 奴盧之印	秦集二· 一·7·6 雕丞之印	秦集二· 三·7·4 杜丞之印

秦集二·三·7·5 杜丞之印	秦集二·三·12·4 酆丞之印	秦集二·三·20·2 商丞之印	秦集二·三·34·1 魯丞之印	秦集二·三·49·1 吳丞之印	秦集二·三·64·1 蕢丞之印	秦集二·三·77·3 菁丞之印
秦集二·三·7·6 杜丞之印	秦集二·三·12·5 酆丞之印	秦集二·三·20·3 商丞之印	秦集二·三·35·1 薛丞之印	秦集二·三·50·1 烏呈之印	秦集二·三·65·1 廣成之丞	秦集二·三·84·1 盧丞之印
秦集二·三·7·7 杜丞之印	秦集二·三·16·1 郿丞之印	秦集二·三·26·1 卷丞之印	秦集二·三·35·2 薛丞之印	秦集二·三·52·1 芒丞之印	秦集二·三·69·1 代丞之印	秦集二·三·84·2 盧丞之印
秦集二·三·12·1 酆丞之印	秦集二·三·17·1 衛丞之印	秦集二·三·28·1 懷令之印	秦集二·三·38·1 葉丞之印	秦集二·三·53·1 襄丞之印	秦集二·三·75·1 相丞之印	秦集二·三·88·1 狄城之印
秦集二·三·12·2 酆丞之印	秦集二·三·19·1 戲丞之印	秦集二·三·31·1 承丞之印	秦集二·三·39·2 鄧丞之印	秦集二·三·62·1 白狼之丞	秦集二·三·77·1 菁丞之印	秦集二·三·98·1 黃丞之印
秦集二·三·12·3 酆丞之印	秦集二·三·20·1 商丞之印	秦集二·三·31·2 承丞之印	秦集二·三·41·1 樂成之印	秦集二·三·62·2 白狼之丞	秦集二·三·77·2 菁丞之印	秦集二·三·99·1 腄丞之印

秦集二·三·102·1 夜丞之印	秦集二·四·2·4 都鄉之印	秦集二·四·9·5 西鄉之印	秦集二·四·22·2 休鄉之印	西安圖十六23 屬邦之印	新見地理12 宜陽之丞	新見中央45 旱丞之印
秦集二·三·105·1 岐丞之印	秦集二·四·6·1 右鄉之印	秦集二·四·16·1 安鄉之印	秦集二·四·22·3 休鄉之印	西安圖十七19 雍丞之印	新見地理14 軹丞之印	新出6 厩丞之印
秦集二·三·108·1 秋城之印	秦集二·四·9·1 西鄉之印	秦集二·四·16·2 安鄉之印	秦集二·四·23·1 拔鄉之印	西安圖十八6 厩丞之印	新見地理19 碣丞之印	新出6 厩丞之印
秦集二·四·2·1 都鄉之印	秦集二·四·9·2 西鄉之印	秦集二·四·16·3 安鄉之印	秦集二·四·26·1 請鄉之印	西安圖十八8 西丞之印	新見地理21 酂丞之印	新出8 廷尉之印
秦集二·四·2·2 都鄉之印	秦集二·四·9·3 西鄉之印	秦集二·四·16·4 安鄉之印	西安圖十六11 旱丞之印	西安圖十八14 謁□之□	新見地理24 慎丞之印	新出14 御府之印
秦集二·四·2·3 都鄉之印	秦集二·四·9·4 西鄉之印	秦集二·四·22·1 休鄉之印	西安圖十六13 內史之印	西安圖十九8 魯丞之印	新見地理25 柘丞之印	新出14 御府之印

新出 14 御府之印	新出 27 杜丞之印	于京地理 38 舒丞之印	于京地理 66 宛丞之印	西安新見 16 官臣之印	匯考 356 屬邦之印	匯考 840 御府之印
新出 18 池室之印	新出 27 杜丞之印	于京地理 44 鄐丞之印	于京地理 68 粺陰之印	匯考 47 內史之印	匯考 720 寺工之印	匯考 841 御府之印
新出 18 中尉之印	新出 28 鄧丞之印	于京地理 48 博望之印	在京中央 圖一 1 邦尉之璽	匯考 48 內史之印	匯考 721 寺工之印	匯考 1028 白水之苑
新出 18 中尉之印	新出 28 鄧丞之印	于京地理 51 旱田之印	在京中央 圖三 6 安臺之印	匯考 49 內史之印	匯考 807 狡士之印	匯考 1029 白水之苑
新出 22 白水之苑	于京地理 18 鉅鹿之丞	于京地理 53 沮丞之印	在京中央 圖四 1 大尉之印	匯考 308 廷尉之印	匯考 808 狡士之印	匯考 1049 謁者之印
新出 22 白水之苑	于京地理 36 風丞之印	于京地理 63 字丞之印	在京中央 圖四 10 官臣之印	匯考 309 廷尉之印	匯考 839 御府之印	匯考 1050 謁者之印

匯考 1051 謁者之印	匯考 1261 杜丞之印	匯考 1307 牦丞之印	匯考 1345 溫丞之印	匯考 1400 魯丞之印	匯考齊 盧丞之印	匯考 1561 機之丞印
匯考 1052 謁者之印	匯考 1262 杜丞之印	匯考 1308 牦丞之印	匯考封 葉丞之印	匯考 1408 徐丞之印	匯考 1426 僮丞之印	問陶 P171 晦池之印
匯考 1087 池室之印	匯考 1263 杜丞之印	匯考 1309 牦丞之印	匯考 1382 相丞之印	匯考 1409 徐丞之印	匯考 1446 呂丞之印	問陶 P172 魏文之印
匯考 1088 池室之印	匯考封眞 杜丞之印	匯考 1316 漆丞之印	匯考 1391 陽丞之印	匯考 1411 虹丞之印	匯考 1447 呂丞之印	問陶 P173 雍丞之印
匯考 1092 特庫之印	匯考 1274 莒（？）丞 之印	匯考 1317 漆丞之印	匯考 1392 芒丞之印	匯考 1412 郟丞之印	匯考 1455 蕃丞之印	問陶 P173 商丞之印
匯考 1191 邯鄲之丞	匯考 1291 戲丞之印	匯考 1320 雍丞之印	匯考 1393 芒丞之印	匯考 1421 盧丞之印	匯考 1549 吳炊之印	問陶 P174 鄧丞之印

南						
秦集一·四·7·1 南宮郎丞	秦集一·四·7·7 南宮郎丞	秦集一·四·22·2 杜南苑丞	秦集二·三·58·2 南頓丞印	秦集二·四·47·1 南成鄉印	秦集二·四·49·4 南陽鄉印	新出4 南宮郎丞
秦集一·四·7·2 南宮郎丞	秦集一·四·7·9 南宮郎丞	秦集一·四·22·3 杜南苑丞	秦集二·四·10·1 南鄉	秦集二·四·47·2 南成鄉印	秦集二·四·49·5 南陽鄉印	新出4 南宮郎丞
秦集一·四·7·3 南宮郎丞	秦集一·四·7·10 南宮郎丞	秦集二·二·6·1 南郡司空	秦集二·四·10·2 南鄉	秦集二·四·47·3 南成鄉印	秦集二·四·49·6 南陽鄉印	新出4 南中郎丞
秦集一·四·7·4 南宮郎丞	秦集一·四·7·11 南宮郎丞	秦集二·三·43·1 南鄭丞印	秦集二·四·10·3 南鄉	秦集二·四·49·1 南陽鄉印	西安 圖十七21 南陽郎丞	新出22 杜南苑丞
秦集一·四·7·5 南宮郎丞	秦集一·四·7·12 南宮郎丞	秦集二·三·57·1 南頓	秦集二·四·10·4 南鄉	秦集二·四·49·2 南陽鄉印	新見中央28 南宮郎中	新出24 南郡府丞
秦集一·四·7·6 南宮郎丞	秦集一·四·22·1 杜南苑丞	秦集二·三·58·1 南頓丞印	秦集二·四·10·5 南鄉	秦集二·四·49·3 南陽鄉印	新出4 南宮郎丞	新出24 南郡府丞

		菁				國
于京地理14南陽邸丞	匯考906南宮郎丞	秦集一·四·6·1華陽丞印	秦集一·四·6·7華陽丞印	新出23華陽丞印	匯考887華陽丞印	秦集二·四·28·1安國鄉印
于京地理17南郡府丞	匯考907南宮郎丞	秦集一·四·6·2華陽丞印	秦集一·四·6·8華陽丞印	新出23華陽丞印	匯考888華陽丞印	
于京地理59南陵丞印	匯考908南宮郎丞	秦集一·四·6·3華陽丞印	秦集一·四·6·9華陽丞印	新出23華陽丞印	匯考889華陽丞印	
在京中央圖三9南室府丞	匯考1011杜南苑丞	秦集一·四·6·4華陽丞印	秦集一·四·6·10華陽丞印	匯考884華陽丞印	匯考899華陽禁印	
西安新見18南郡府丞	匯考1012杜南苑丞	秦集一·四·6·5華陽丞印	新見中央35行華官印	匯考885華陽丞印		
匯考905南宮郎丞	匯考1387南鄭丞印	秦集一·四·6·6華陽丞印	新出23華陽丞印	匯考886華陽丞印		

秦集一·四·24·1 壥圈	秦集一·四·23·1 具園	匯考 1017 具園	秦集三·一·1·1 田固	秦集三·一·4·1 呂賀	秦集三·一·26·1 陳贏	在京中央 圖五 3 買
秦集一·四·24·2 壥圈	秦集一·四·23·2 具園	匯考 1018 具園	于京地理 49 成固丞印	秦集三·一·5·1 高賀		
新出 24 壥圈	新見中央 27 康園	匯考 1047 東園□□		秦集三·一·17·1 夏賀		
匯考 1021 壥圈	在京中央 圖二 9 東園大匠			在京中央 圖五 6 賀		
匯考 1022 壥圈	在京中央 圖三 8 霸園					
匯考 1023 壥圈	西安新見 14 杏園					

邑			邦			
秦集二・三・33・1 堂邑丞印	新見地理20 下邑丞印	匯考1460 下邑丞印	秦集一・二・93・1 屬邦工室	秦集一・二・93・10 屬邦工室	秦集一・二・94・6 屬邦工丞	秦集一・二・94・15 屬邦工丞
秦集二・三・33・2 堂邑丞印	新出28 麗邑丞印	匯考1461 下邑丞印	秦集一・二・93・2 屬邦工室	秦集一・二・94・1 屬邦工丞	秦集一・二・94・7 屬邦工丞	秦集一・二・94・17 屬邦工丞
秦集二・三・72・1 安邑丞印	新出28 麗邑丞印	匯考1462 下邑丞印	秦集一・二・93・3 屬邦工室	秦集一・二・94・2 屬邦工丞	秦集一・二・94・9 屬邦工丞	西安圖十六23 屬邦之印
秦集二・三・72・2 安邑丞印	于京地理22 麗邑丞印		秦集一・二・93・5 屬邦工室	秦集一・二・94・3 屬邦工丞	秦集一・二・94・10 屬邦工丞	西安圖十六24 騎邦尉印
秦集二・三・107・1 橘邑丞印	匯考1337 安邑丞印		秦集一・二・93・6 屬邦工室	秦集一・二・94・4 屬邦工丞	秦集一・二・94・12 屬邦工丞	新見中央23 屬邦
新見地理5 麗邑丞印	匯考1338 安邑丞印		秦集一・二・93・7 屬邦工室	秦集一・二・94・5 屬邦工丞	秦集一・二・94・14 屬邦工丞	新出21 屬邦工丞

		郡				
新出22 屬邦工丞	匯考360 屬邦工室	珍秦 郡左邸印	秦集一· 二·61·5 郡左邸印	秦集一· 二·61·11 郡左邸印	秦集一· 二·62·2 郡右邸印	秦集一· 二·62·11 郡右邸印
在京中央 圖一2 騎邦尉印	匯考372 屬邦工丞	珍秦 郡右邸印	秦集一· 二·61·6 郡左邸印	秦集一· 二·61·12 郡左邸印	秦集一· 二·62·3 郡右邸印	秦集一· 二·62·12 郡右邸印
在京中央 圖四19 大□邦□	匯考373 屬邦工丞	秦集一· 二·61·1 郡左邸印	秦集一· 二·61·7 郡左邸印	秦集一· 二·61·13 郡左邸印	秦集一· 二·62·5 郡右邸印	秦集一· 二·62·13 郡右邸印
匯考357 屬邦工室	匯考374 屬邦工丞	秦集一· 二·61·2 郡左邸印	秦集一· 二·61·8 郡左邸印	秦集一· 二·61·14 郡左邸印	秦集一· 二·62·6 郡右邸印	秦集一· 二·62·14 郡右邸印
匯考358 屬邦工室	匯考375 屬邦工丞	秦集一· 二·61·3 郡左邸印	秦集一· 二·61·9 郡左邸印	秦集一· 二·61·15 郡左邸印	秦集一· 二·62·7 郡右邸印	秦集一· 二·62·15 郡右邸印
匯考359 屬邦工室		秦集一· 二·61·4 郡左邸印	秦集一· 二·61·10 郡左邸印	秦集一· 二·62·1 郡右邸印	秦集一· 二·62·9 郡右邸印	秦集一· 二·62·16 郡右邸印

						鄁
秦集一·二·62·17 郡右邸印	秦集一·二·62·23 郡右邸印	秦集一·二·62·30 郡右邸印	新出 8 郡左邸印	新出 24 南郡府丞	匯考 317 郡左邸印	秦集一·二·9·1 都水丞印
秦集一·二·62·18 郡右邸印	秦集一·二·62·24 郡右邸印	秦集二·二·1·1 上郡侯丞	新出 8 郡左邸印	新出 24 南郡府丞	匯考 318 郡左邸印	秦集一·二·9·2 都水丞印
秦集一·二·62·19 郡右邸印	秦集一·二·62·26 郡右邸印	秦集二·二·5·1 東郡司馬	新出 9 郡左邸印	新出 24 南郡府丞	匯考 329 郡右邸印	秦集一·二·9·3 都水丞印
秦集一·二·62·20 郡右邸印	秦集一·二·62·27 郡右邸印	秦集二·二·6·1 南郡司空	新出 9 郡右邸印	于京地理 6 上郡太守	匯考 330 郡右邸印	秦集一·二·34·1 鞣鄶都丞
秦集一·二·62·21 郡右邸印	秦集一·二·62·28 郡右邸印	西安 圖十七 24 郡右邸印	新出 9 郡右邸印	于京地理 17 南郡府丞	匯考 331 郡右邸印	秦集一·二·34·2 鞣鄶都丞
秦集一·二·62·22 郡右邸印	秦集一·二·62·29 郡右邸印	西安 圖十八 11 □□郡印	新出 9 郡右邸印	西安新見 18 南郡府丞	匯考 332 郡右邸印	秦集一·二·34·3 鞣鄶都丞

秦集一·二·84·1 都船丞印	秦集一·二·84·7 都船丞印	秦集二·三·45·2 成都丞印	秦集二·四·2·4 都鄉之印	新出3 都水丞印	新出22 都共丞印	匯考113 都水丞印
秦集一·二·84·2 都船丞印	秦集一·五·18·1 都田之印	秦集二·三·101·1 都昌丞印	西安圖十六12 陽都船印	新出10 幹廥都丞	于京地理15 東晦都水	匯考181 都船丞印
秦集一·二·84·3 都船丞印	秦集二·二·26·1 琅邪都水	秦集二·四·1·1 都鄉	西安圖十七7 陰都船丞	新出19 都船	在京中央圖四3 都共	匯考219 都廄
秦集一·二·84·4 都船丞印	秦集二·三·21·1 洛都	秦集二·四·2·1 都鄉之印	西安圖十七8 都水丞印	新出19 都船丞印	在京中央圖四4 都共丞印	匯考468 幹廥都丞
秦集一·二·84·5 都船丞印	秦集二·三·22·1 洛都丞印	秦集二·四·2·2 都鄉之印	西安圖十七11 陽都船丞	新出19 都船丞印	西安新見2 都船丞印	匯考469 幹廥都丞
秦集一·二·84·6 都船丞印	秦集二·三·45·1 成都丞印	秦集二·四·2·3 都鄉之印	新見中央22 都船	新出19 陰都船丞	西安新見12 都杜廥印	匯考470 幹廥都丞

匯考 471 斡廥都丞	新見地理 21 酂丞之 印	珍秦 郡左邸印	秦集一· 二·61·5 郡左邸印	秦集一· 二·61·11 郡左邸印	秦集一· 二·62·3 郡右邸印	秦集一· 二·62·12 郡右邸印
匯考 472 斡廥都丞		珍秦 郡右邸印	秦集一· 二·61·6 郡左邸印	秦集一· 二·61·12 郡左邸印	秦集一· 二·62·4 郡右邸印	秦集一· 二·62·13 郡右邸印
匯考 1437 洛都丞印		秦集一· 二·61·1 郡左邸印	秦集一· 二·61·7 郡左邸印	秦集一· 二·61·13 郡左邸印	秦集一· 二·62·5 郡右邸印	秦集一· 二·62·14 郡右邸印
		秦集一· 二·61·2 郡左邸印	秦集一· 二·61·8 郡左邸印	秦集一· 二·61·14 郡左邸印	秦集一· 二·62·6 郡右邸印	秦集一· 二·62·15 郡右邸印
		秦集一· 二·61·3 郡左邸印	秦集一· 二·61·9 郡左邸印	秦集一· 二·62·1 郡右邸印	秦集一· 二·62·10 郡右邸印	秦集一· 二·62·16 郡右邸印
		秦集一· 二·61·4 郡左邸印	秦集一· 二·61·10 郡左邸印	秦集一· 二·62·2 郡右邸印	秦集一· 二·62·11 郡右邸印	秦集一· 二·62·17 郡右邸印

秦集一·二·62·18 郡右邸印	秦集一·二·62·26 郡右邸印	新出 8 郡左邸印	于京地理 9 河內邸丞	匯考 330 郡右邸印	秦集二·三·16·1 鄐丞之印	秦集二·四·43·1 郁狼鄉印
秦集一·二·62·19 郡右邸印	秦集一·二·62·27 郡右邸印	新出 8 郡左邸印	于京地理 14 南陽邸丞	匯考 331 郡右邸印		秦集二·四·43·2 郁狼鄉印
秦集一·二·62·20 郡右邸印	秦集一·二·62·28 郡右邸印	新出 9 郡左邸印	于京地理 19 巫黔□邸	匯考 332 郡右邸印		秦集二·四·43·3 郁狼鄉印
秦集一·二·62·21 郡右邸印	秦集一·二·62·29 郡右邸印	新出 9 郡右邸印	匯考 317 郡左邸印			西安新見 20 鬱邘
秦集一·二·62·22 郡右邸印	秦集一·二·62·30 郡右邸印	新出 9 郡右邸印	匯考 318 郡左邸印			
秦集一·二·62·23 郡右邸印	西安 圖十七 24 郡右邸印	新出 9 郡右邸印	匯考 329 郡右邸印			

秦集二·三·18·1 酆丞	秦集二·三·43·1 南鄭丞印	秦集二·三·4·1 下邽丞印	秦集二·四·21·1 祁鄉	秦集二·二·11·1 邯鄲之丞	秦集二·二·12·5 邯鄲造工	秦集二·二·13·5 邯造工丞
秦集二·三·18·2 酆丞	匯考1387 南鄭丞印	于京地理46 下邽	秦集二·四·21·2 祁鄉	秦集二·二·11·2 邯鄲之丞	秦集二·二·12·7 邯鄲造工	秦集二·二·13·6 邯造工丞
	問陶P174 南鄭丞印	問陶P174 下邽右尉	秦集二·四·21·3 祁鄉	秦集二·二·12·1 邯鄲造工	秦集二·二·13·1 邯造工丞	秦集二·二·13·7 邯造工丞
			秦集二·四·21·4 祁鄉	秦集二·二·12·2 邯鄲造工	秦集二·二·13·2 邯造工丞	秦集二·二·13·8 邯造工丞
			秦集二·四·21·5 祁鄉	秦集二·二·12·3 邯鄲造工	秦集二·二·13·3 邯造工丞	秦集二·二·13·9 邯造工丞
				秦集二·二·12·4 邯鄲造工	秦集二·二·13·4 邯造工丞	秦集二·二·13·10 邯造工丞

秦集二・二・13・11 邯造工丞	匯考1192 邯鄲之丞	問陶 P174 邯鄲亭丞	秦集二・二・11・2 邯鄲之丞	秦集二・二・12・7 邯鄲造工	匯考1196 邯鄲造工	于京地理44 鄗丞之印
秦集二・二・13・12 邯造工丞	匯考1195 邯鄲造工		秦集二・二・12・1 邯鄲造工	新出25 邯鄲造工	問陶 P174 邯鄲亭丞	
秦集二・二・13・13 邯造工丞	匯考1196 邯鄲造工		秦集二・二・12・3 邯鄲造工	新出25 邯鄲造工		
新出25 邯鄲造工	匯考1203 邯造工丞		秦集二・二・12・4 邯鄲造工	匯考1191 邯鄲之丞		
新出25 邯鄲造工	匯考1204 邯造工丞		秦集二・二・12・5 邯鄲造工	匯考1192 邯鄲之丞		
匯考1191 邯鄲之丞	匯考1205 邯造工丞		秦集二・二・12・6 邯鄲造工	匯考1195 邯鄲造工		

西安新見20鬱郅	于京地理42新郪丞印	秦集二·三·39·1鄧丞之印	秦集二·三·78·1梁鄒丞印	秦集一·二·10·1郎中丞印	秦集一·二·10·7郎中丞印	秦集一·二·10·13郎中丞印
		秦集二·二·39·2鄧丞之印	秦集二·三·78·2梁鄒丞印	秦集一·二·10·2郎中丞印	秦集一·二·10·8郎中丞印	秦集一·二·10·16郎中丞印
		新見地理16鄧印	秦集二·三·78·3梁鄒丞印	秦集一·二·10·3郎中丞印	秦集一·二·10·9郎中丞印	秦集一·二·10·17郎中丞印
		新出28鄧丞之印		秦集一·二·10·4郎中丞印	秦集一·二·10·10郎中丞印	秦集一·二·10·18郎中丞印
		新出28鄧丞之印		秦集一·二·10·5郎中丞印	秦集一·二·10·11郎中丞印	秦集一·二·10·19郎中丞印
		問陶P174鄧丞之印		秦集一·二·10·6郎中丞印	秦集一·二·10·12郎中丞印	秦集一·二·10·20郎中丞印

秦集一・二・11・1 郎中左田	秦集一・四・7・1 南宮郎丞	秦集一・四・7・9 南宮郎丞	新見中央 28 南宮郎中	新出 4 南中郎丞	匯考 118 郎中丞印	匯考 906 南宮郎丞
秦集一・二・11・2 郎中左田	秦集一・四・7・2 南宮郎丞	秦集一・四・7・10 南宮郎丞	新出 3 郎中丞印	新出 4 郎中左田	匯考 119 郎中丞印	匯考 907 南宮郎丞
秦集一・二・11・3 郎中左田	秦集一・四・7・3 南宮郎丞	秦集一・四・7・11 南宮郎丞	新出 4 郎中丞印	新出 4 郎中左田	匯考 138 郎中左田	匯考 908 南宮郎丞
秦集一・二・11・4 郎中左田	秦集一・四・7・4 南宮郎丞	秦集一・四・7・12 南宮郎丞	新出 4 郎中丞印	新出 5 郎中西田	匯考 139 郎中左田	
秦集一・二・11・5 郎中左田	秦集一・四・7・5 南宮郎丞	西安 圖十七 12 郎中丞印	新出 4 南宮郎丞	在京中央 圖一 5 郎中西田	匯考 140 郎中左田	
秦集一・二・11・6 郎中左田	秦集一・四・7・6 南宮郎丞	西安 圖十七 21 南陽郎丞	新出 4 南宮郎丞	西安新見 15 㡴郎苑丞	匯考 905 南宮郎丞	

秦集二· 五·3·1 邴亭	匯考 1412 郯丞之印	秦集二· 二·23·1 琅邪司馬	秦集二· 二·29·1 琅邪發弩	匯考 1410 邞丞□印	新見中央 18 鄆□採□	秦集二· 四·1·1 都鄉
于京地理 39 下邳丞印		秦集二· 二·24·1 琅邪侯印	秦集二· 三·95·1 琅邪縣丞		在京中央 圖四 15 鄆採金印	秦集二· 四·2·1 都鄉之印
		秦集二· 二·25·1 琅邪司丞			在京中央 圖四 16 鄆採金印	秦集二· 四·2·2 都鄉之印
		秦集二· 二·26·1 琅邪都水			匯考 1556 鄆□採□	秦集二· 四·2·3 都鄉之印
		秦集二· 二·27·1 琅邪水丞				秦集二· 四·2·4 都鄉之印
		秦集二· 二·28·1 琅邪左監				秦集二· 四·3·1 中鄉

秦集二·四·3·2 中鄉	秦集二·四·5·2 右鄉	秦集二·四·7·4 東鄉	秦集二·四·7·10 東鄉	秦集二·四·8·6 西鄉	秦集二·四·9·5 西鄉之印	秦集二·四·11·1 北鄉
秦集二·四·3·3 中鄉	秦集二·四·5·3 右鄉	秦集二·四·7·5 東鄉	秦集二·四·8·1 西鄉	秦集二·四·8·7 西鄉	秦集二·四·10·1 南鄉	秦集二·四·12·1 軹鄉
秦集二·四·4·1 左鄉	秦集二·四·6·1 右鄉之印	秦集二·四·7·6 東鄉	秦集二·四·8·2 西鄉	秦集二·四·9·1 西鄉之印	秦集二·四·10·2 南鄉	秦集二·四·12·2 軹鄉
秦集二·四·4·2 左鄉	秦集二·四·7·1 東鄉	秦集二·四·7·7 東鄉	秦集二·四·8·3 西鄉	秦集二·四·9·2 西鄉之印	秦集二·四·10·3 南鄉	秦集二·四·13·1 良鄉
秦集二·四·4·3 左鄉	秦集二·四·7·2 東鄉	秦集二·四·7·8 東鄉	秦集二·四·8·4 西鄉	秦集二·四·9·3 西鄉之印	秦集二·四·10·4 南鄉	秦集二·四·14·1 畫鄉
秦集二·四·5·1 右鄉	秦集二·四·7·3 東鄉	秦集二·四·7·9 東鄉	秦集二·四·8·5 西鄉	秦集二·四·9·4 西鄉之印	秦集二·四·10·5 南鄉	秦集二·四·15·1 安鄉

秦集二·四·15·2安鄉	秦集二·四·16·2安鄉之印	秦集二·四·18·1路鄉	秦集二·四·20·2廣鄉	秦集二·四·21·4祁鄉	秦集二·四·24·1定鄉	秦集二·四·24·7定鄉
秦集二·四·15·3安鄉	秦集二·四·16·3安鄉之印	秦集二·四·18·2路鄉	秦集二·四·20·3廣鄉	秦集二·四·21·5祁鄉	秦集二·四·24·2定鄉	秦集二·四·25·1建鄉
秦集二·四·15·4安鄉	秦集二·四·16·4安鄉之印	秦集二·四·19·1端鄉	秦集二·四·20·4廣鄉	秦集二·四·22·1休鄉之印	秦集二·四·24·3定鄉	秦集二·四·25·2建鄉
秦集二·四·15·5安鄉	秦集二·四·17·1猶鄉	秦集二·四·19·2端鄉	秦集二·四·21·1祁鄉	秦集二·四·22·2休鄉之印	秦集二·四·24·4定鄉	秦集一·四·26·1請鄉之印
秦集二·四·15·6安鄉	秦集二·四·17·2猶鄉	秦集二·四·19·3端鄉	秦集二·四·21·2祁鄉	秦集二·四·22·3休鄉之印	秦集二·四·24·5定鄉	秦集二·四·27·1臺鄉
秦集二·四·16·1安鄉之印	秦集二·四·17·3猶鄉	秦集二·四·20·1廣鄉	秦集二·四·21·3祁鄉	秦集二·四·23·1拔鄉之印	秦集二·四·24·6定鄉	秦集二·四·27·2臺鄉

秦集二·四·28·1 安國鄉印	秦集二·四·32·1 信安鄉印	秦集二·四·34·1 朝陽鄉印	秦集二·四·35·5 新息鄉印	秦集二·四·37·2 白水鄉印	秦集二·四·39·1 西平鄉印	秦集二·四·41·2 句莫鄉印
秦集二·四·29·1 宜春鄉印	秦集二·四·32·2 信安鄉印	秦集二·四·34·2 朝陽鄉印	秦集二·四·36·1 平望鄉印	秦集二·四·37·3 白水鄉印	秦集二·四·39·2 西平鄉印	秦集二·四·41·3 句莫鄉印
秦集二·四·30·1 廣陵鄉印	秦集二·四·32·3 信安鄉印	秦集二·四·35·1 新息鄉印	秦集二·四·36·2 平望鄉印	秦集二·四·37·4 白水鄉印	秦集二·四·39·3 西平鄉印	秦集二·四·42·1 東閭鄉印
秦集二·四·31·1 勮裏鄉印	秦集二·四·33·1 廣文鄉印	秦集二·四·35·2 新息鄉印	秦集二·四·36·3 平望鄉印	秦集二·四·38·1 西昌鄉印	秦集二·四·40·1 利居鄉印	秦集二·四·42·2 東閭鄉印
秦集二·四·31·2 勮裏鄉印	秦集二·四·33·2 廣文鄉印	秦集二·四·35·3 新息鄉印	秦集二·四·36·4 平望鄉印	秦集二·四·38·2 西昌鄉印	秦集二·四·40·2 利居鄉印	秦集二·四·42·3 東閭鄉印
秦集二·四·31·3 勮裏鄉印	秦集二·四·33·3 廣文鄉印	秦集二·四·35·4 新息鄉印	秦集二·四·37·1 白水鄉印	秦集二·四·38·3 西昌鄉印	秦集二·四·41·1 句莫鄉印	秦集二·四·42·4 東閭鄉印

秦集二·四·42·5 東閭鄉印	秦集二·四·44·1 尚父鄉印	秦集二·四·46·2 滇郭鄉印	秦集二·四·48·4 陽夏鄉印	秦集二·四·49·6 南陽鄉印	秦集二·四·50·6 安平鄉印	秦集二·四·51·3 上東陽鄉
秦集二·四·42·6 東閭鄉印	秦集二·四·44·2 尚父鄉印	秦集二·四·47·1 南成鄉印	秦集二·四·49·1 南陽鄉印	秦集二·四·50·1 安平鄉印	秦集二·四·50·7 安平鄉印	秦集二·四·51·4 上東陽鄉
秦集二·四·42·7 東閭鄉印	秦集二·四·44·3 尚父鄉印	秦集二·四·47·2 南成鄉印	秦集二·四·49·2 南陽鄉印	秦集二·四·50·2 安平鄉印	秦集二·四·50·8 安平鄉印	
秦集二·四·43·1 郁狼鄉印	秦集二·四·45·1 累丘鄉印	秦集二·四·48·1 陽夏鄉印	秦集二·四·49·3 南陽鄉印	秦集一·四·50·3 安平鄉印	秦集一·四·50·9 安平鄉印	
秦集二·四·43·2 郁狼鄉印	秦集二·四·45·2 累丘鄉印	秦集二·四·48·2 陽夏鄉印	秦集二·四·49·4 南陽鄉印	秦集二·四·50·4 安平鄉印	秦集二·四·51·1 上東陽鄉	
秦集二·四·43·3 郁狼鄉印	秦集二·四·46·1 滇郭鄉印	秦集二·四·48·3 陽夏鄉印	秦集二·四·49·5 南陽鄉印	秦集二·四·50·5 安平鄉印	秦集二·四·51·2 上東陽鄉	

秦集一·二·53·1永巷	西安圖十八3永巷丞印	匯考567永巷丞印			
秦集一·二·53·2永巷	新出15永巷丞印	匯考568永巷丞印			
秦集一·二·54·1永巷丞印	新出15永巷丞印	匯考569永巷丞印			
秦集一·二·54·3永巷丞印	匯考563永巷	匯考570永巷丞印			
秦集一·二·54·4永巷丞印	匯考564永巷				
秦集一·二·54·6永巷丞印	匯考566永巷丞印				

晉	晌	曉	旱	昌	
秦集二·三·14·1 臨晉丞印	新見地理 11 昫衍導丞	于京地理 15 東晦都水	西安圖十六 11 旱丞之印	秦集二·三·67·1 昌城丞印	秦集二·四·38·1 西昌鄉印
秦集二·三·14·2 臨晉丞印	匯考 1432 昫衍導丞	匯考 1229 東晦□馬	新見中央 45 旱丞之印	秦集二·三·86·1 博昌	秦集二·四·38·2 西昌鄉印
	匯考 1433 昫衍導丞	匯考 1458 晦陵丞印	于京地理 50 旱上□□	秦集二·三·86·2 博昌	秦集二·四·38·3 西昌鄉印
	匯考 1434 昫衍導丞	匯考 1574 晦□丞□	于京地理 51 旱田之印	秦集二·三·87·1 博昌丞印	
		問陶 P171 晦池之印	問陶 P171 旱上苑印	秦集二·三·101·1 都昌丞印	
				秦集二·三·104·1 昌陽丞印	

秦封泥文字編卷七

朝	廬		旆	游	霸	夕
秦集二·四·34·1 朝陽鄉印	秦集一·五·28·1 廬大夫	匯考 1150 廬大夫	西安新見 15 旆郎苑丞	秦集二·三·32·1 游陽丞印	在京中央圖三 8 霸園	秦集二·三·66·1 夕陽丞印
秦集二·四·34·2 朝陽鄉印	秦集一·五·28·2 廬大夫			匯考 1370 游陽丞印		
	新出 29 廬大夫			匯考 1371 游陽丞印		
	新出 29 廬大夫			匯考 1372 游陽丞印		
	匯考 1148 廬大夫					
	匯考 1149 廬大夫					

夜	外	多	齊	鼎	私	
秦集二·三·102·1 夜丞之印	秦集一·二·44·1 外樂	秦集三·一·34·1 衛多	秦集二·二·19·1 齊中尉印	秦集一·四·25·1 鼎胡苑丞	珍秦 私府	秦集一·四·13·1 北宮私丞
	秦集一·二·44·2 外樂		秦集二·二·20·1 齊左尉印	匯考 1026 鼎胡苑丞	秦集一·二·86·1 私府丞印	秦集一·四·13·2 北宮私丞
	新出 2 外樂		秦集二·二·21·1 齊□尉印		秦集一·二·86·2 私府丞印	秦集一·四·13·3 北宮私丞
	于京地理 8 河外府丞				秦集一·二·89·1 私官丞印	秦集一·四·13·4 北宮私丞
	匯考 108 外樂				秦集一·二·89·2 私官丞印	秦集一·四·13·5 北宮私丞
	匯考 109 外樂				秦集一·四·4·1 長信私丞	秦集一·四·13·6 北宮私丞

西安圖十七 18 私府丞□	新出 20 私府丞印	匯考 640 私官丞印	匯考 945 北宮私丞	秦集二·三·54·1 穎陽丞印	新見中央 26 康泰□寢	秦集二·三·108·1 秋城之印
西安圖十八 7 私官丞印	新出 20 私官丞印	匯考 641 私官丞印	匯考 1551 左般私官	匯考 1353 穎陽丞印	新見中央 27 康園	
西安圖十九 4 北宮私丞	新出 20 私官丞印	匯考 642 私官丞印	匯考 1552 右般私官	匯考 1354 穎陽丞印		
新見中央 24 私官左般	新出 20 私官丞印	匯考 643 私官丞印				
新見中央 25 私官右般	新出 20 私官丞印	匯考 943 北宮私丞				
新出 14 北宮私丞	在京中央圖二 15 私官左般	匯考 944 北宮私丞				

宀	溮	家			室	
秦集二・三・3・1 寧秦丞印	秦集二・三・78・1 梁鄒丞印	秦集一・三・2・1 家馬	秦集二・二・2・5 上家馬丞	匯考 299 上家馬丞	秦集一・二・33・1 少府工室	秦集一・二・46・10 居室丞印
匯考 1241 寧秦丞印	秦集二・三・78・2 梁鄒丞印	秦集一・三・20・1 下家馬丞	秦集二・二・37・1 涇下家馬	匯考 304 下家馬丞	秦集一・二・46・1 居室丞印	秦集一・二・46・12 居室丞印
	秦集二・三・78・3 梁鄒丞印	秦集一・三・20・2 下家馬丞	新出 9 樂□家印		秦集一・二・46・2 居室丞印	秦集一・二・46・13 居室丞印
		秦集二・二・2・1 上家馬丞	在京中央 圖三 19 變氏家印		秦集一・二・46・3 居室丞印	秦集一・二・46・14 居室丞印
		秦集二・二・2・2 上家馬丞	在京中央 圖三 20 寧陽家丞		秦集一・二・46・6 居室丞印	秦集一・二・46・15 居室丞印
		秦集二・二・2・4 上家馬丞	在京中央 圖四 2 高泉家丞		秦集一・二・46・9 居室丞印	秦集一・二・46・16 居室丞印

秦集一·二·46·17 居室丞印	秦集一·二·46·23 居室丞印	秦集一·二·46·30 居室丞印	秦集一·二·46·36 居室丞印	秦集一·二·93·1 屬邦工室	秦集一·五·24·1 弩工室印	新見地理 3 櫟陽左工室丞
秦集一·二·46·18 居室丞印	秦集一·二·46·24 居室丞印	秦集一·二·46·31 居室丞印	秦集一·二·46·37 居室丞印	秦集一·二·93·2 屬邦工室	秦集二·一·3·1 咸陽工室丞	新見中央 11 御府工室
秦集一·二·46·19 居室丞印	秦集一·二·46·25 居室丞印	秦集一·二·46·32 居室丞印	秦集一·二·46·38 居室丞印	秦集一·二·93·3 屬邦工室	秦集二·一·8·1 雒工室丞	新見中央 43 鐵兵工室
秦集一·二·46·20 居室丞印	秦集一·二·46·26 居室丞印	秦集一·二·46·33 居室丞印	秦集一·二·47·1 居室寺從	秦集一·二·93·6 屬邦工室	秦集二·一·10·1 櫟陽右工室丞	新出 12 居室丞印
秦集一·二·46·21 居室丞印	秦集一·二·46·28 居室丞印	秦集一·二·46·34 居室丞印	秦集一·二·47·2 居室寺從	秦集一·二·93·8 屬邦工室	西安 圖十七 1 居室丞印	新出 13 居室丞印
秦集一·二·46·22 居室丞印	秦集一·二·46·29 居室丞印	秦集一·二·46·35 居室丞印	秦集一·二·47·3 居室寺從	秦集一·二·93·10 屬邦工室	西安 圖十七 3 咸陽工室	新出 13 居室丞印

v					宣	宛
新出 18 池室之印	在京中央 圖二 20 北宮工室	匯考 360 屬邦工室	匯考 500 居室丞印	匯考 1185 咸陽工室丞	秦集三・ 一・12・1 宣眛	于京地理 66 宛丞之 印
新出 24 咸陽工室	在京中央 圖三 7 安居室丞	匯考 406 鐵兵工室	匯考 501 居室丞印	匯考 1186 咸陽工室丞		
新出 25 櫟陽左工室	在京中央 圖三 9 南室府丞	匯考 407 弩工室印	匯考 535 居室寺從	匯考 1187 咸陽工室丞		
于京地理 2 櫟陽左工室	匯考 357 屬邦工室	匯考 437 少府工室	匯考 536 居室寺從	匯考 1188 咸陽工室丞		
于京地理 3 櫟陽左工室 丞	匯考 358 屬邦工室	匯考 498 居室丞印	匯考 1087 池室之印	匯考 1325 雍工室印		
于京地理 5 雍工室丞	匯考 359 屬邦工室	匯考 499 居室丞印	匯考 1088 池室之印	匯考 1326 雍工室丞		

宅		宅				
秦集二·二·23·1 定陽市丞	秦集二·四·27·5 定鄉	秦集一·四·18·1 安臺丞印	秦集一·四·18·7 安臺丞印	秦集一·四·18·14 安臺丞印	秦集一·四·18·21 安臺丞印	秦集二·三·89·1 東安平丞
秦集二·二·47·1 定陶丞印	秦集二·四·27·6 定鄉	秦集一·四·18·2 安臺丞印	秦集一·四·18·9 安臺丞印	秦集一·四·18·15 安臺丞印	秦集一·四·18·24 安臺丞印	秦集二·三·89·2 東安平丞
秦集二·四·27·1 定鄉	秦集二·四·27·7 定鄉	秦集一·四·18·3 安臺丞印	秦集一·四·18·10 安臺丞印	秦集一·四·18·16 安臺丞印	秦集一·四·18·25 安臺丞印	秦集二·三·90·1 樂安丞印
秦集二·四·27·2 定鄉		秦集一·四·18·4 安臺丞印	秦集一·四·18·11 安臺丞印	秦集一·四·18·17 安臺丞印	秦集一·四·19·1 安臺左廐	秦集二·三·90·2 樂安丞印
秦集二·四·27·3 定鄉		秦集一·四·18·5 安臺丞印	秦集一·四·18·12 安臺丞印	秦集一·四·18·18 安臺丞印	秦集二·三·27·1 新安丞印	秦集二·三·90·3 樂安丞印
秦集二·四·27·4 定鄉		秦集一·四·18·6 安臺丞印	秦集一·四·18·13 安臺丞印	秦集一·四·18·19 安臺丞印	秦集二·三·60·1 陽安丞印	秦集二·四·15·1 安鄉

秦集二·四·15·2 安鄉	秦集二·四·16·2 安鄉之印	秦集二·四·32·3 信安鄉印	秦集二·四·50·6 安平鄉印	新出 24 安臺丞印	匯考 982 安臺丞印	匯考 1338 安邑丞印
秦集二·四·15·3 安鄉	秦集二·四·16·3 安鄉之印	秦集二·四·50·1 安平鄉印	秦集二·四·50·7 安平鄉印	新出 24 安臺丞印	匯考 983 安臺丞印	匯考 1390 安武丞印
秦集二·四·15·4 安鄉	秦集二·四·16·4 安鄉之印	秦集二·四·50·2 安平鄉印	秦集二·四·50·8 安平鄉印	新出 28 新安丞印	匯考 984 安臺丞印	匯考 1456 安豐丞印
秦集二·四·15·5 安鄉	秦集二·四·28·1 安國鄉印	秦集二·四·50·3 安平鄉印	秦集二·四·50·9 安平鄉印	于京地理 33 新安丞印	匯考 985 安臺丞印	
秦集二·四·15·6 安鄉	秦集二·四·32·1 信安鄉印	秦集二·四·50·4 安平鄉印	西安圖十九 7 安臺丞印	在京中央圖三 6 安臺之印	匯考 986 安臺丞印	
秦集二·四·16·1 安鄉之印	秦集二·四·32·2 信安鄉印	秦集二·四·50·5 安平鄉印	新出 23 安臺丞印	在京中央圖三 7 安居室丞	匯考 1337 安邑丞印	

容		宦				
秦集一・五・31・1 容趨丞印	新出 30 容趨	珍秦 高章宦丞	秦集一・二・59・6 宦者丞印	秦集一・二・59・12 宦者丞印	秦集一・二・59・18 宦者丞印	秦集一・二60・2 宦走丞印
秦集一・五・31・2 容趨丞印	新出 30 容趨丞印	秦集一・二・59・1 宦者丞印	秦集一・二・59・7 宦者丞印	秦集一・二・59・13 宦者丞印	秦集一・二・59・20 宦者丞印	秦集一・四・12・1 北宮宦丞
秦集一・五・31・3 容趨丞印	匯考 1510 容趨丞印	秦集一・二・59・2 宦者丞印	秦集一・二・59・8 宦者丞印	秦集一・二・59・14 宦者丞印	秦集一・二・59・22 宦者丞印	秦集一・四・12・2 北宮宦丞
秦集一・五・31・4 容趨丞印		秦集一・二・59・3 宦者丞印	秦集一・二・59・9 宦者丞印	秦集一・二・59・15 宦者丞印	秦集一・二・59・23 宦者丞印	秦集一・四・12・3 北宮宦丞
新見地理 36 容趨		秦集一・二・59・4 宦者丞印	秦集一・二・59・10 宦者丞印	秦集一・二・59・16 宦者丞印	秦集一・二・59・24 宦者丞印	秦集一・四・12・4 北宮宦丞
新見地理 37 容趨丞印		秦集一・二・59・5 宦者丞印	秦集一・二・59・11 宦者丞印	秦集一・二・59・17 宦者丞印	秦集一・二・60・1 宦走丞印	秦集一・四・12・5 北宮宦丞

秦集一·四·12·6北宮宦丞	秦集一·四·17·3高章宦丞	秦集一·四·17·9高章宦丞	秦集一·四·17·16高章宦丞	秦集一·四·17·22高章宦丞	西安圖十七 23宦者丞印	新出 15高章宦丞
秦集一·四·12·8北宮宦丞	秦集一·四·17·4高章宦丞	秦集一·四·17·10高章宦丞	秦集一·四·17·17高章宦丞	秦集一·四·17·23高章宦丞	新見中央 12 宦者	新出 15高章宦丞
秦集一·四·12·9北宮宦丞	秦集一·四·17·5高章宦丞	秦集一·四·17·11高章宦丞	秦集一·四·17·18高章宦丞	秦集一·四·17·25高章宦丞	新見中央 13 宦走	新出 21北宮宦丞
秦集一·四·16·1高章宦者	秦集一·四·17·6高章宦丞	秦集一·四·17·12高章宦丞	秦集一·四·17·19高章宦丞	秦集一·四·17·26高章宦丞	新出 15宦者丞印	新出 32宦□
秦集一·四·17·1高章宦丞	秦集一·四·17·7高章宦丞	秦集一·四·17·13高章宦丞	秦集一·四·17·20高章宦丞	秦集一·四·17·27高章宦丞	新出 15宦者丞印	匯考 590宦者丞印
秦集一·四·17·2高章宦丞	秦集一·四·17·8高章宦丞	秦集一·四·17·14高章宦丞	秦集一·四·17·21高章宦丞	西安圖十六 17高章宦者	新出 15宦者丞印	匯考 591宦者丞印

		宀	宀		宀	宀
匯考 592 宦者丞印	匯考 615 宦走丞印	秦集一· 五·33·1 宰胥	秦集二· 二·4·1 河間太守	秦集二· 二·31·1 即墨太守	秦集二· 四·29·1 宜春鄉印	秦集三· 一·7·1 宋祿
匯考 593 宦者丞印	匯考 617 宦走丞印	新見中央 3 泰宰	秦集二· 二·9·1 九江守印	秦集二· 二·31·2 即墨太守	新見地理 12 宜陽之 丞	
匯考 594 宦走丞印	匯考 935 北宮宦丞	匯考 54 泰宰	秦集二· 二·14·1 潦東守印	秦集二· 二·33·1 □陽□守	新見中央 34 宜春禁 丞	
匯考 595 宦走丞印	匯考 954 高章宦者	匯考 55 泰宰	秦集二· 二·16·1 太原守印	于京地理 6 上郡太守	于京地理 32 宜陽丞 印	
匯考 596 宦者丞印	匯考 956 高章宦丞	匯考 56 泰宰	秦集二· 二·17·1 四川太守	匯考 1565 □□□守	匯考 1008 宜春禁丞	
匯考 614 宦走丞印	匯考 957 高章宦丞		秦集二· 二·18·1 濟北太守	匯考 1587 清河大守	匯考 1010 宜春禁丞	

秦集一·二·24·1 宗正	珍秦 宮司空丞	秦集一·二·26·1 宮司空丞	秦集一·二·26·9 宮司空丞	秦集一·二·26·15 宮司空丞	秦集一·二·26·21 宮司空丞	秦集一·三·5·2 宮厩丞印
秦集一·二·24·2 宗正	秦集一·二·25·1 宮司空印	秦集一·二·26·4 宮司空丞	秦集一·二·26·10 宮司空丞	秦集一·二·26·16 宮司空丞	秦集一·二·26·23 宮司空丞	秦集一·三·5·3 宮厩丞印
秦集一·二·24·3 宗正	秦集一·二·25·2 宮司空印	秦集一·二·26·5 宮司空丞	秦集一·二·26·11 宮司空丞	秦集一·二·26·17 宮司空丞	秦集一·二·26·24 宮司空丞	秦集一·三·5·4 宮厩丞印
秦集一·二·24·4 宗正	秦集一·二·25·3 宮司空印	秦集一·二·26·6 宮司空丞	秦集一·二·26·12 宮司空丞	秦集一·二·26·18 宮司空丞	秦集一·二·26·25 宮司空丞	秦集一·三·5·5 宮厩丞印
匯考 393 宗正	秦集一·二·25·4 宮司空印	秦集一·二·26·7 宮司空丞	秦集一·二·26·13 宮司空丞	秦集一·二·26·19 宮司空丞	秦集一·三·4·1 宮厩	秦集一·三·5·6 宮厩丞印
	秦集一·二·25·5 宮司空印	秦集一·二·26·8 宮司空丞	秦集一·二·26·14 宮司空丞	秦集一·二·26·20 宮司空丞	秦集一·三·5·1 宮厩丞印	秦集一·三·5·7 宮厩丞印

秦集一·三·5·8 宮厩丞印	秦集一·四·7·1 南宮郎丞	秦集一·四·7·7 南宮郎丞	秦集一·四·9·1 北宮工丞	秦集一·四·10·2 北宮弋丞	秦集一·四·12·4 北宮宦丞	秦集一·四·13·1 北宮私丞
秦集一·三·5·9 宮厩丞印	秦集一·四·7·2 南宮郎丞	秦集一·四·7·8 南宮郎丞	秦集一·四·9·2 北宮工丞	秦集一·四·10·3 北宮弋丞	秦集一·四·12·5 北宮宦丞	秦集一·四·13·2 北宮私丞
秦集一·三·5·10 宮厩丞印	秦集一·四·7·3 南宮郎丞	秦集一·四·7·9 南宮郎丞	秦集一·四·9·3 北宮工丞	秦集一·四·11·1 北宮幹丞	秦集一·四·12·6 北宮宦丞	秦集一·四·13·3 北宮私丞
秦集一·四·1·1 信宮車府	秦集一·四·7·4 南宮郎丞	秦集一·四·7·10 南宮郎丞	秦集一·四·9·5 北宮工丞	秦集一·四·12·1 北宮宦丞	秦集一·四·12·7 北宮宦丞	秦集一·四·13·5 北宮私丞
秦集一·四·3·1 中宮	秦集一·四·7·5 南宮郎丞	秦集一·四·7·11 南宮郎丞	秦集一·四·9·6 北宮工丞	秦集一·四·12·2 北宮宦丞	秦集一·四·12·8 北宮宦丞	秦集一·四·13·6 北宮私丞
秦集一·四·5·1 蕡陽宮印	秦集一·四·7·6 南宮郎丞	秦集一·四·7·12 南宮郎丞	秦集一·四·10·1 北宮弋丞	秦集一·四·12·3 北宮宦丞	秦集一·四·12·9 北宮宦丞	秦集一·四·14·1 北□私□

西安 圖十六 4 宮司空印	新出 4 南宮郎丞	新出 14 北宮私丞	在京中央 圖三 4 北宮御丞	匯考 905 南宮郎丞	匯考 920 北宮工丞	匯考 943 北宮私丞
西安 圖十六 6 宮司空丞	新出 6 宮厩丞印	新出 21 北宮宧丞	西安新見 6 宮司空丞	匯考 906 南宮郎丞	匯考 921 北宮工丞	匯考 944 北宮私丞
西安 圖十七 9 宮厩丞印	新出 13 宮司空印	新出 32 北宮□□	匯考 205 宮厩	匯考 907 南宮郎丞	匯考 927 北宮弋丞	匯考 945 北宮私丞
西安 圖十九 4 北宮私丞	新出 13 宮司空丞	在京中央 圖二 20 北宮工室	匯考 207 宮厩丞印	匯考 908 南宮郎丞	匯考 928 北宮弋丞	匯考 1114 宮司空印
新見中央 28 南宮郎 中	新出 13 宮司空丞	在京中央 圖三 2 北宮幹官	匯考 208 宮厩丞印	匯考 918 北宮工丞	匯考 932 北宮幹丞	匯考 1115 宮司空印
新出 4 南宮郎丞	新出 14 宮司空丞	在京中央 圖三 3 北宮庫丞	匯考 209 宮厩丞印	匯考 919 北宮工丞	匯考 935 北宮宧丞	匯考 1120 宮司空丞

	呂	宮				
匯考 1121 宮司空丞	秦集三·一·4·1 呂係	珍秦 左司空丞	秦集一·二·25·5 宮司空印	秦集一·二·26·11 宮司空丞	秦集一·二·26·18 宮司空丞	秦集一·二·48·1 左司空丞
匯考 1122 宮司空丞	秦集三·一·5·1 呂係	珍秦 宮司空丞	秦集一·二·26·1 宮司空丞	秦集一·二·26·12 宮司空丞	秦集一·二·26·19 宮司空丞	秦集一·二·48·2 左司空丞
匯考 1123 宮司空丞	匯考 1446 呂丞之印	秦集一·二·25·1 宮司空印	秦集一·二·26·3 宮司空丞	秦集一·二·26·13 宮司空丞	秦集一·二·26·20 宮司空丞	秦集一·二·48·3 左司空丞
問陶 P171 西宮苑印	匯考 1447 呂丞之印	秦集一·二·25·2 宮司空印	秦集一·二·26·5 宮司空丞	秦集一·二·26·14 宮司空丞	秦集一·二·26·21 宮司空丞	秦集一·二·48·4 左司空丞
		秦集一·二·25·3 宮司空印	秦集一·二·26·8 宮司空丞	秦集一·二·26·16 宮司空丞	秦集一·二·26·24 宮司空丞	秦集一·二·48·5 左司空丞
		秦集一·二·25·4 宮司空印	秦集一·二·26·9 宮司空丞	秦集一·二·26·17 宮司空丞	秦集一·二·26·25 宮司空丞	秦集一·二·48·6 左司空丞

秦集一· 二·48·7 左司空丞	秦集一· 二·48·13 左司空丞	秦集一· 二·48·19 左司空丞	西安 圖十六 4 宮司空印	新出 13 宮司空丞	匯考 542 左司空丞	匯考 1115 宮司空印
秦集一· 二·48·8 左司空丞	秦集一· 二·48·14 左司空丞	秦集一· 二·49·1 右司空丞	西安 圖十八 9 左司空丞	新出 13 宮司空丞	匯考 543 左司空丞	匯考 1120 宮司空丞
秦集一· 二·48·9 左司空丞	秦集一· 二·48·15 左司空丞	秦集一· 二·49·2 右司空丞	新出 13 左司空丞	新出 14 宮司空丞	匯考 544 左司空丞	匯考 1121 宮司空丞
秦集一· 二·48·10 左司空丞	秦集一· 二·48·16 左司空丞	秦集一· 二·50·1 左司空印	新出 13 左司空丞	于京地理 23 船司空 丞	匯考 545 左司空丞	匯考 1122 宮司空丞
秦集一· 二·48·11 左司空丞	秦集一· 二·48·17 左司空丞	秦集一· 四·28·1 泰山司空	新出 13 左司空丞	西安新見 6 宮司空丞	匯考 546 左司空丞	匯考 1123 宮司空丞
秦集一· 二·48·12 左司空丞	秦集一· 二·48·18 左司空丞	秦集二· 二·6·1 南郡司空	新出 13 宮司空印	匯考 541 左司空印	匯考 1114 宮司空印	匯考 1568 □□司空

新見中央 14 尙冠	秦集三・一・22・1 曹取	秦集三・一・28・1 管羂	新見中央 32 罙原禁丞	匯考 封 奉常丞印	新見中央 29 東苑尙帷	秦集一・四・26・1 白水之苑
匯考 653 尙冠					在京中央 5 工居帷印	秦集一・四・26・2 白水之苑
					匯考 645 尙帷中御	秦集二・三・62・1 白狼之丞
					匯考 1572 □□帷□	秦集二・三・62・2 白狼之丞
						秦集二・四・37・1 白水鄉印
						秦集二・四・37・2 白水鄉印

 秦集二· 四·37·3 白水鄉印	 匯考 1028 白水之苑				
 秦集二· 四·37·4 白水鄉印	 匯考 1029 白水之苑				
 新見中央 31 白水苑丞	 匯考 1034 白水苑丞				
 新出 22 白水之苑	 匯考 1035 白水苑丞				
 新出 22 白水之苑	 匯考 1036 白水苑丞				
 于京地理 62 白檀丞印					

秦封泥文字編卷八	尺		僮	保	傅	假
	西安 圖十八 5 募人丞印	匯考 1110 募人丞印	匯考 1426 僮丞之印	匯考 668 尚佩府印	秦集二・ 三・74・1 傅陽丞印	秦集一・ 二・18・1 軍假司馬
	新見中央 40 募人丞 印	匯考 1112 募人丞印		匯考 669 尚佩府印		新出 33 假□
	新出 29 募人丞印					
	在京中央 圖四 8 募人					
	在京中央 圖四 9 募人府印					
	匯考 1109 募人丞印					

侯	代		任	傳	係	免
秦集二・二・1・1 上郡侯丞	秦集二・二・15・1 代馬丞印	于京地理 7 代馬	秦集二・三・36・1 任城丞印	秦集一・五・26・1 傳舍	秦集三・一・4・1 呂係	秦集三・一・29・1 榮免
秦集二・二・24・1 琅邪侯印	秦集二・二・15・2 代馬丞印	匯考 1220 代馬丞印	新見地理 15 任城	秦集一・五・26・2 傳舍	秦集三・一・11・1 周係	
秦集二・三・48・1 城陽侯印	秦集二・二・15・3 代馬丞印	匯考 1221 代馬丞印	匯考 1403 任城丞印	秦集一・五・26・3 傳舍	秦集三・一・30・1 榮係	
秦集二・三・48・2 城陽侯印	秦集二・二・15・4 代馬丞印		匯考 1469 任寅			
新見中央 37 恒山侯丞	秦集二・三・69・1 代丞之印					
	新出 25 代馬丞印					

佐		訓				
秦集一・二・45・1 佐弋丞印	匯考 491 佐弋丞印	珍秦 寺從丞印	秦集一・二・79・1 寺從丞印	秦集一・二・79・7 寺從丞印	秦集一・二・79・13 寺從丞印	秦集一・二・79・20 寺從丞印
秦集一・二・45・2 佐弋丞印	匯考 492 佐弋丞印	秦集一・二・47・1 居室寺從	秦集一・二・79・2 寺從丞印	秦集一・二・79・8 寺從丞印	秦集一・二・79・14 寺從丞印	秦集一・二・79・21 寺從丞印
秦集一・二・45・4 佐弋丞印		秦集一・二・47・2 居室寺從	秦集一・二・79・3 寺從丞印	秦集一・二・79・9 寺從丞印	秦集一・二・79・15 寺從丞印	秦集一・二・79・22 寺從丞印
秦集一・二・45・5 佐弋丞印		秦集一・二・78・1 寺從	秦集一・二・79・4 寺從丞印	秦集一・二・79・10 寺從丞印	秦集一・二・79・16 寺從丞印	秦集一・二・79・23 寺從丞印
新出 16 佐弋丞印		秦集一・二・78・3 寺從	秦集一・二・79・5 寺從丞印	秦集一・二・79・11 寺從丞印	秦集一・二・79・17 寺從丞印	西安 圖十八 2 寺從丞印
匯考 490 佐弋丞印		秦集一・二・78・4 寺從	秦集一・二・79・6 寺從丞印	秦集一・二・79・12 寺從丞印	秦集一・二・79・18 寺從丞印	新出 19 寺從丞印

		川	丠			
新出 19 寺從丞印	匯考 763 寺從丞印	問陶 P172 比陽丞印	秦集二· 三·10·1 廢丘	秦集二· 三·11·6 廢丘丞印	秦集二· 四·45·2 累丘鄉印	匯考 1295 廢丘丞印
新出 19 寺從丞印	匯考 764 寺從丞印		秦集二· 三·11·1 廢丘丞印	秦集二· 三·11·7 廢丘丞印	西安 圖十九 6 廢丘丞印	匯考 1296 廢丘丞印
匯考 535 居室寺從	匯考 765 寺從丞印		秦集二· 三·11·2 廢丘丞印	秦集二· 三·11·8 廢丘丞印	新出 27 廢丘	匯考 1297 廢丘丞印
匯考 536 居室寺從	匯考 766 寺從丞印		秦集二· 三·11·3 廢丘丞印	秦集一· 三·11·9 廢丘丞印	新出 27 廢丘丞印	問陶 P174 廢丘
匯考 757 寺從	匯考 767 寺從丞印		秦集二· 三·11·4 廢丘丞印	秦集二· 三·106·1 盧丘丞印	匯考 1293 廢丘	
匯考 762 寺從丞印	匯考 768 寺從丞印		秦集二· 三·11·5 廢丘丞印	秦集二· 四·45·1 累丘鄉印	匯考 1294 廢丘	

新見中央38 御弄尙虛	秦集二· 四·36·1 平望鄉印	秦集二· 三·2·1 重泉丞印	秦集一· 二·68·1 尙臥	秦集一· 五·29·1 橘監	秦集二· 二·22·1 臨菑司馬	秦集二· 三·85·4 臨菑丞印
	秦集二· 四·36·2 平望鄉印	匯考 1238 重泉丞印	匯考 426 尙臥倉印	秦集一· 五·29·2 橘監	秦集二· 三·14·1 臨晉丞印	秦集二· 三·85·5 臨菑丞印
	秦集二· 四·36·3 平望鄉印	匯考 1239 重泉丞印		秦集一· 五·29·3 橘監	秦集二· 三·14·2 臨晉丞印	秦集二· 三·93·1 臨朐丞印
	秦集二· 四·36·4 平望鄉印			西安 圖十六 10 禁苑右監	秦集二· 三·85·1 臨菑丞印	秦集二· 三·93·2 臨朐丞印
	于京地理 48 博望之印				秦集二· 三·85·2 臨菑丞印	于京地理 54 臨洮丞 印
					秦集二· 三·85·3 臨菑丞印	于京地理 69 臨□丞印

	衣	褏	襄	壽	寢	居
匯考 1275 臨晉丞印	秦集一· 二·64·1 尚衣府印	秦集二· 三·15·1 襄德丞印	秦集二· 三·53·1 襄丞之印	秦集二· 三·92·1 平壽丞印	新出 2 孝寢	秦集一· 二·46·1 居室丞印
匯考 1277 臨晉丞印			新見中央 1 太尉府襄	秦集二· 三·92·2 平壽丞印	新出 2 孝寢	秦集一· 二·46·2 居室丞印
匯考 上 臨晉丞印			于京地理 56 襄武	西安 圖十九 5 壽陵丞印	在京中央 圖三 5 孝寢	秦集一· 二·46·3 居室丞印
			于京地理 65 新襄城丞	新見地理 10 壽陵丞印		秦集一· 二·46·4 居室丞印
			于京地理 67 新襄陵丞	新見地理 18 壽春丞印		秦集一· 二·46·5 居室丞印
				于京地理 28 壽陵丞印		秦集一· 二·46·6 居室丞印

秦集一·二·46·7 居室丞印	秦集一·二·46·13 居室丞印	秦集一·二·46·20 居室丞印	秦集一·二·46·26 居室丞印	秦集一·二·46·33 居室丞印	秦集一·二·47·1 居室寺從	新出 12 居室丞印
秦集一·二·46·8 居室丞印	秦集一·二·46·14 居室丞印	秦集一·二·46·21 居室丞印	秦集一·二·46·28 居室丞印	秦集一·二·46·34 居室丞印	秦集一·二·47·2 居室寺從	新出 13 居室丞印
秦集一·二·46·9 居室丞印	秦集一·二·46·15 居室丞印	秦集一·二·46·22 居室丞印	秦集一·二·46·29 居室丞印	秦集一·二·46·35 居室丞印	秦集一·二·47·3 居室寺從	新出 13 居室丞印
秦集一·二·46·10 居室丞印	秦集一·二·46·17 居室丞印	秦集一·二·46·23 居室丞印	秦集一·二·46·30 居室丞印	秦集一·二·46·36 居室丞印	秦集二·四·40·1 利居鄉印	在京中央 圖三 7 安居室丞
秦集一·二·46·11 居室丞印	秦集一·二·46·18 居室丞印	秦集一·二·46·24 居室丞印	秦集一·二·46·31 居室丞印	秦集一·二·46·37 居室丞印	秦集二·四·40·2 利居鄉印	在京中央 圖四 5 工居帷印
秦集一·二·46·12 居室丞印	秦集一·二·46·19 居室丞印	秦集一·二·46·25 居室丞印	秦集一·二·46·32 居室丞印	秦集一·二·46·38 居室丞印	西安 圖十七 1 居室丞印	匯考 498 居室丞印

	屬					
匯考 499 居室丞印	秦集一· 二·93·1 屬邦工室	秦集一· 二·93·9 屬邦工室	秦集一· 二·94·5 屬邦工丞	秦集一· 二·94·13 屬邦工丞	新見中央 23 屬邦	匯考 372 屬邦工丞
匯考 500 居室丞印	秦集一· 二·93·2 屬邦工室	秦集一· 二·93·10 屬邦工室	秦集一· 二·94·6 屬邦工丞	秦集一· 二·94·14 屬邦工丞	新出 21 屬邦工丞	匯考 373 屬邦工丞
匯考 501 居室丞印	秦集一· 二·93·3 屬邦工室	秦集一· 二·93·11 屬邦工室	秦集一· 二·94·7 屬邦工丞	秦集一· 二·94·15 屬邦工丞	新出 22 屬邦工丞	匯考 374 屬邦工丞
匯考 535 居室寺從	秦集一· 二·93·5 屬邦工室	秦集一· 二·94·1 屬邦工丞	秦集一· 二·94·8 屬邦工丞	秦集一· 二·94·16 屬邦工丞	匯考 357 屬邦工室	匯考 375 屬邦工丞
匯考 536 居室寺從	秦集一· 二·93·6 屬邦工室	秦集一· 二·94·2 屬邦工丞	秦集一· 二·94·10 屬邦工丞	秦集一· 二·94·17 屬邦工丞	匯考 358 屬邦工室	
	秦集一· 二·93·7 屬邦工室	秦集一· 二·94·4 屬邦工丞	秦集一· 二·94·12 屬邦工丞	西安 圖十六 23 屬邦之印	匯考 359 屬邦工室	

船			般		方	
秦集一・二・84・1 都船丞印	西安 圖十六 12 陽都船印	新出 19 都船丞印	秦集二・三・82・1 般陽丞印	匯考 1416 般陽丞印	秦集一・五・7・1 西方謁者	匯考 1061 西方謁者
秦集一・二・84・2 都船丞印	西安 圖十七 7 陰都船丞	新出 19 陰都船丞	秦集二・三・82・2 般陽丞印	匯考 1551 左般私官	秦集一・五・7・2 西方謁者	匯考 1436 方□除丞
秦集一・二・84・3 都船丞印	西安 圖十七 11 陽都船丞	于京地理 23 船司空丞	新見中央 24 私官左般	匯考 1552 右般私官	秦集一・五・21・1 方輿丞印	
秦集一・二・84・4 都船丞印	新見中央 22 都船	西安新見 2 都船丞印	新見中央 25 私官右般		在京中央 圖四 11 西方中謁	
秦集一・二・84・6 都船丞印	新出 19 都船	匯考 181 都船丞印	在京中央 圖二 14 尙浴寺般		匯考 1059 西方謁者	
秦集一・二・84・7 都船丞印	新出 19 都船丞印		在京中央 圖二 15 私官左般		匯考 1060 西方謁者	

秦集三·一·2·1 弁胡	秦集三·二·3·1 司馬歇	匯考 1503 司馬歇				
秦集三·一·3·1 弁疾	秦集三·二·3·2 司馬歇	匯考 1504 司馬歇				
	秦集三·二·3·3 司馬歇					
	秦集三·二·3·4 司馬歇					
	秦集三·二·3·5 司馬歇					
	匯考 1502 司馬歇					

秦封泥文字編卷九	順	頓	文	司		
	匯考 1472 順	秦集二· 三·57·1 南頓	秦集二· 四·33·1 廣文鄉印	珍秦 左司空丞	秦集一· 二·15·4 公車司馬丞	秦集一· 二·25·1 宮司空印
		秦集二· 三·58·1 南頓丞印	秦集二· 四·33·2 廣文鄉印	珍秦 宮司空丞	秦集一· 二·15·5 公車司馬丞	秦集一· 二·25·2 宮司空印
		匯考 1363 南頓丞印	秦集二· 四·33·3 廣文鄉印	秦集一· 二·14·1 公車司馬	秦集一· 二·15·6 公車司馬丞	秦集一· 二·25·3 宮司空印
			問陶 P172 魏文之印	秦集一· 二·15·1 公車司馬丞	秦集一· 二·15·7 公車司馬丞	秦集一· 二·25·4 宮司空印
				秦集一· 二·15·2 公車司馬丞	秦集一· 二·15·9 公車司馬丞	秦集一· 二·25·5 宮司空印
				秦集一· 二·15·3 公車司馬丞	秦集一· 二·18·1 軍假司馬	秦集一· 二·26·1 宮司空丞

秦集一· 二·26·2 宮司空丞	秦集一· 二·26·9 宮司空丞	秦集一· 二·26·15 宮司空丞	秦集一· 二·26·21 宮司空丞	秦集一· 二·48·4 左司空丞	秦集一· 二·48·11 左司空丞	秦集一· 二·48·19 左司空丞
秦集一· 二·26·4 宮司空丞	秦集一· 二·26·10 宮司空丞	秦集一· 二·26·16 宮司空丞	秦集一· 二·26·22 宮司空丞	秦集一· 二·48·5 左司空丞	秦集一· 二·48·12 左司空丞	秦集一· 二·49·1 右司空丞
秦集一· 二·26·5 宮司空丞	秦集一· 二·26·11 宮司空丞	秦集一· 二·26·17 宮司空丞	秦集一· 二·26·23 宮司空丞	秦集一· 二·48·7 左司空丞	秦集一· 二·48·15 左司空丞	秦集一· 二·50·1 左司空印
秦集一· 二·26·6 宮司空丞	秦集一· 二·26·12 宮司空丞	秦集一· 二·26·18 宮司空丞	秦集一· 二·26·25 宮司空丞	秦集一· 二·48·8 左司空丞	秦集一· 二·48·16 左司空丞	秦集一· 二·69·1 採司空印
秦集一· 二·26·7 宮司空丞	秦集一· 二·26·13 宮司空丞	秦集一· 二·26·19 宮司空丞	秦集一· 二·48·1 左司空丞	秦集一· 二·48·9 左司空丞	秦集一· 二·48·17 左司空丞	秦集一· 四·28·1 泰山司空
秦集一· 二·26·8 宮司空丞	秦集一· 二·26·14 宮司空丞	秦集一· 二·26·20 宮司空丞	秦集一· 二·48·2 左司空丞	秦集一· 二·48·10 左司空丞	秦集一· 二·48·18 左司空丞	秦集二· 二·5·1 東郡司馬

秦集二·二·6·1 南郡司空	秦集三·二·3·2 司馬歇	西安 圖十九 1 公車司馬丞	新出 13 宮司空印	西安新見 6 宮司空丞	匯考 150 公車司馬丞	匯考 1114 宮司空印
秦集二·二·22·1 臨菑司馬	秦集三·二·3·3 司馬歇	新出 5 公車司馬丞	新出 13 宮司空丞	西安新見 13 公車司馬	匯考 541 左司空印	匯考 1115 宮司空印
秦集二·二·23·1 琅邪司馬	秦集三·二·3·5 司馬歇	新出 5 公車司馬丞	新出 13 宮司空丞	匯考 146 公車司馬丞	匯考 542 左司空丞	匯考 1120 宮司空丞
秦集二·二·25·1 琅邪司丞	西安 圖十六 4 宮司空印	新出 13 左司空丞	新出 14 宮司空丞	匯考 147 公車司馬丞	匯考 543 左司空丞	匯考 1121 宮司空丞
秦集三·二·2·1 司馬武	西安 圖十六 6 宮司空丞	新出 13 左司空丞	於京地理 23 船司空丞	匯考 148 公車司馬丞	匯考 544 左司空丞	匯考 1122 宮司空丞
秦集三·二·3·1 司馬歇	西安 圖十八 9 左司空丞	新出 13 左司空丞	在京中央 圖一 6 公車司馬	匯考 149 公車司馬丞	匯考 545 左司空丞	匯考 1123 宮司空丞

匯考 1502 司馬歇	秦集二· 三·28·1 懷令之印	秦集二· 三·26·1 卷丞之印	珍秦 中厩丞印	珍秦 御府丞印	秦集一· 二·3·5 右丞相印	秦集一· 二·6·2 祝印
匯考 1503 司馬歇			珍秦 寺從丞印	秦集一· 二·2·1 左丞相印	秦集一· 二·3·6 右丞相印	秦集一· 二·6·3 祝印
匯考 1568 □□司空			珍秦 郡左邸印	秦集一· 二·3·1 右丞相印	秦集一· 二·3·8 右丞相印	秦集一· 二·7·1 泰醫丞印
			珍秦 郡右邸印	秦集一· 二·3·2 右丞相印	秦集一· 二·3·10 右丞相印	秦集一· 二·7·2 泰醫丞印
			珍秦 咸陽丞印	秦集一· 二·3·3 右丞相印	秦集一· 二·4·2 御史之印	秦集一· 二·7·3 泰醫丞印
			珍秦 內官丞印	秦集一· 二·3·4 右丞相印	秦集一· 二·6·1 祝印	秦集一· 二·7·4 泰醫丞印

秦集一·二·7·5 泰醫丞印	秦集一·二·9·2 都水丞印	秦集一·二·10·5 郎中丞印	秦集一·二·10·12 郎中丞印	秦集一·二·21·1 騎馬丞印	秦集一·二·28·1 泰倉丞印	秦集一·二·38·1 泰官丞印
秦集一·二·7·6 泰醫丞印	秦集一·二·9·4 都水丞印	秦集一·二·10·6 郎中丞印	秦集一·二·10·13 郎中丞印	秦集一·二·22·1 廷尉之印	秦集一·二·28·2 泰倉丞印	秦集一·二·38·2 泰官丞印
秦集一·二·7·8 泰醫丞印	秦集一·二·10·1 郎中丞印	秦集一·二·10·8 郎中丞印	秦集一·二·10·14 郎中丞印	秦集一·二·25·1 宮司空印	秦集一·二·28·3 泰倉丞印	秦集一·二·38·3 泰官丞印
秦集一·二·7·10 泰醫丞印	秦集一·二·10·2 郎中丞印	秦集一·二·10·9 郎中丞印	秦集一·二·10·15 郎中丞印	秦集一·二·25·2 宮司空印	秦集一·二·29·1 泰內丞印	秦集一·二·38·5 泰官丞印
秦集一·二·8·1 太醫丞印	秦集一·二·10·3 郎中丞印	秦集一·二·10·10 郎中丞印	秦集一·二·12·1 謁者之印	秦集一·二·25·3 宮司空印	秦集一·二·30·1 鐵市丞印	秦集一·二·38·7 泰官丞印
秦集一·二·9·1 都水丞印	秦集一·二·10·4 郎中丞印	秦集一·二·10·11 郎中丞印	秦集一·二·12·2 謁者之印	秦集一·二·25·5 宮司空印	秦集一·二·37·1 大官丞印	秦集一·二·38·9 泰官丞印

秦集一·二·38·10 泰官丞印	秦集一·二·41·4 樂府庫印	秦集一·二·41·10 樂府庫印	秦集一·二·41·16 樂府庫印	秦集一·二·43·4 左樂丞印	秦集一·二·43·10 左樂丞印	秦集一·二·45·5 佐弋丞印
秦集一·二·39·1 泰官庫印	秦集一·二·41·5 樂府庫印	秦集一·二·41·11 樂府庫印	秦集一·二·41·17 樂府庫印	秦集一·二·43·5 左樂丞印	秦集一·二·43·11 左樂丞印	秦集一·二·46·1 居室丞印
秦集一·二·39·2 泰官庫印	秦集一·二·41·6 樂府庫印	秦集一·二·41·12 樂府庫印	秦集一·二·41·21 樂府庫印	秦集一·二·43·6 左樂丞印	秦集一·二·45·1 佐弋丞印	秦集一·二·46·2 居室丞印
秦集一·二·41·1 樂府庫印	秦集一·二·41·7 樂府庫印	秦集一·二·41·13 樂府庫印	秦集一·二·41·23 樂府庫印	秦集一·二·43·7 左樂丞印	秦集一·二·45·2 佐弋丞印	秦集一·二·46·3 居室丞印
秦集一·二·41·2 樂府庫印	秦集一·二·41·8 樂府庫印	秦集一·二·41·14 樂府庫印	秦集一·二·43·1 左樂丞印	秦集一·二·43·8 左樂丞印	秦集一·二·45·3 佐弋丞印	秦集一·二·46·4 居室丞印
秦集一·二·41·3 樂府庫印	秦集一·二·41·9 樂府庫印	秦集一·二·41·15 樂府庫印	秦集一·二·43·2 左樂丞印	秦集一·二·43·9 左樂丞印	秦集一·二·45·4 佐弋丞印	秦集一·二·46·5 居室丞印

秦集一· 二·46·6 居室丞印	秦集一· 二·46·14 居室丞印	秦集一· 二·46·22 居室丞印	秦集一· 二·46·28 居室丞印	秦集一· 二·46·38 居室丞印	秦集一· 二·52·5 御府丞印	秦集一· 二·52·12 御府丞印
秦集一· 二·46·7 居室丞印	秦集一· 二·46·15 居室丞印	秦集一· 二·46·23 居室丞印	秦集一· 二·46·29 居室丞印	秦集一· 二·50·1 左司空印	秦集一· 二·52·7 御府丞印	秦集一· 二·52·13 御府丞印
秦集一· 二·46·9 居室丞印	秦集一· 二·46·17 居室丞印	秦集一· 二·46·24 居室丞印	秦集一· 二·46·33 居室丞印	秦集一· 二·51·1 御府之印	秦集一· 二·52·8 御府丞印	秦集一· 二·52·14 御府丞印
秦集一· 二·46·10 居室丞印	秦集一· 二·46·18 居室丞印	秦集一· 二·46·25 居室丞印	秦集一· 二·46·35 居室丞印	秦集一· 二·52·1 御府丞印	秦集一· 二·52·9 御府丞印	秦集一· 二·52·15 御府丞印
秦集一· 二·46·12 居室丞印	秦集一· 二·46·19 居室丞印	秦集一· 二·46·26 居室丞印	秦集一· 二·46·36 居室丞印	秦集一· 二·52·2 御府丞印	秦集一· 二·52·10 御府丞印	秦集一· 二·52·16 御府丞印
秦集一· 二·46·13 居室丞印	秦集一· 二·46·20 居室丞印	秦集一· 二·46·27 居室丞印	秦集一· 二·46·37 居室丞印	秦集一· 二·52·3 御府丞印	秦集一· 二·52·11 御府丞印	秦集一· 二·52·18 御府丞印

秦集一·二·52·19 御府丞印	秦集一·二·54·3 永巷丞印	秦集一·二·59·2 宦者丞印	秦集一·二·59·8 宦者丞印	秦集一·二·59·14 宦者丞印	秦集一·二·59·22 宦者丞印	秦集一·二·61·4 郡左邸印
秦集一·二·52·21 御府丞印	秦集一·二·54·4 永巷丞印	秦集一·二·59·3 宦者丞印	秦集一·二·59·9 宦者丞印	秦集一·二·59·15 宦者丞印	秦集一·二·59·23 宦者丞印	秦集一·二·61·6 郡左邸印
秦集一·二·52·22 御府丞印	秦集一·二·54·5 永巷丞印	秦集一·二·59·4 宦者丞印	秦集一·二·59·10 宦者丞印	秦集一·二·59·17 宦者丞印	秦集一·二·59·24 宦者丞印	秦集一·二·61·8 郡左邸印
秦集一·二·52·23 御府丞印	秦集一·二·54·6 永巷丞印	秦集一·二·59·5 宦者丞印	秦集一·二·59·11 宦者丞印	秦集一·二·59·18 宦者丞印	秦集一·二·60·1 宦走丞印	秦集一·二·61·9 郡左邸印
秦集一·二·54·1 永巷丞印	秦集一·二·56·1 內者府印	秦集一·二·59·6 宦者丞印	秦集一·二·59·12 宦者丞印	秦集一·二·59·19 宦者丞印	秦集一·二·61·1 郡左邸印	秦集一·二·61·10 郡左邸印
秦集一·二·54·2 永巷丞印	秦集一·二·59·1 宦者丞印	秦集一·二·59·7 宦者丞印	秦集一·二·59·13 宦者丞印	秦集一·二·59·21 宦者丞印	秦集一·二·61·2 郡左邸印	秦集一·二·61·11 郡左邸印

秦集一·二·61·12 郡左邸印	秦集一·二·62·3 郡右邸印	秦集一·二·62·10 郡右邸印	秦集一·二·62·16 郡右邸印	秦集一·二·62·22 郡右邸印	秦集一·二·62·28 郡右邸印	秦集一·二·63·4 內官丞印
秦集一·二·61·13 郡左邸印	秦集一·二·62·4 郡右邸印	秦集一·二·62·11 郡右邸印	秦集一·二·62·17 郡右邸印	秦集一·二·62·23 郡右邸印	秦集一·二·62·29 郡右邸印	秦集一·二·63·5 內官丞印
秦集一·二·61·14 郡左邸印	秦集一·二·62·5 郡右邸印	秦集一·二·62·12 郡右邸印	秦集一·二·62·18 郡右邸印	秦集一·二·62·24 郡右邸印	秦集一·二·62·30 郡右邸印	秦集一·二·63·6 內官丞印
秦集一·二·61·15 郡左邸印	秦集一·二·62·6 郡右邸印	秦集一·二·62·13 郡右邸印	秦集一·二·62·19 郡右邸印	秦集一·二·62·25 郡右邸印	秦集一·二·63·1 內官丞印	秦集一·二·63·7 內官丞印
秦集一·二·62·1 郡右邸印	秦集一·二·62·7 郡右邸印	秦集一·二·62·14 郡右邸印	秦集一·二·62·20 郡右邸印	秦集一·二·62·26 郡右邸印	秦集一·二·63·2 內官丞印	秦集一·二·63·8 內官丞印
秦集一·二·62·2 郡右邸印	秦集一·二·62·8 郡右邸印	秦集一·二·62·15 郡右邸印	秦集一·二·62·21 郡右邸印	秦集一·二·62·27 郡右邸印	秦集一·二·63·3 內官丞印	秦集一·二·63·9 內官丞印

秦集一· 二·63·11 內官丞印	秦集一· 二·63·20 內官丞印	秦集一· 二·70·1 御羞丞印	秦集一· 二·70·8 御羞丞印	秦集一· 二·72·7 中羞丞印	秦集一· 二·72·13 中羞丞印	秦集一· 二·72·20 中羞丞印
秦集一· 二·63·13 內官丞印	秦集一· 二·63·21 內官丞印	秦集一· 二·70·3 御羞丞印	秦集一· 二·70·9 御羞丞印	秦集一· 二·72·8 中羞丞印	秦集一· 二·72·15 中羞丞印	秦集一· 二·72·21 中羞丞印
秦集一· 二·63·14 內官丞印	秦集一· 二·64·1 尚衣府印	秦集一· 二·70·4 御羞丞印	秦集一· 二·72·1 中羞丞印	秦集一· 二·72·9 中羞丞印	秦集一· 二·72·16 中羞丞印	秦集一· 二·72·22 中羞丞印
秦集一· 二·63·15 內官丞印	秦集一· 二·66·1 尚浴府印	秦集一· 二·70·5 御羞丞印	秦集一· 二·72·2 中羞丞印	秦集一· 二·72·10 中羞丞印	秦集一· 二·72·17 中羞丞印	秦集一· 二·73·1 中羞府印
秦集一· 二·63·17 內官丞印	秦集一· 二·66·2 尚浴府印	秦集一· 二·70·6 御羞丞印	秦集一· 二·72·4 中羞丞印	秦集一· 二·72·11 中羞丞印	秦集一· 二·72·18 中羞丞印	秦集一· 二·73·2 中羞府印
秦集一· 二·63·18 內官丞印	秦集一· 二·69·1 探司空印	秦集一· 二·70·7 御羞丞印	秦集一· 二·72·6 中羞丞印	秦集一· 二·72·12 中羞丞印	秦集一· 二·72·19 中羞丞印	秦集一· 二·75·1 上林丞印

秦集一·二·76·1 寺工之印	秦集一·二·77·6 寺工丞印	秦集一·二·77·14 寺工丞印	秦集一·二·79·3 寺從丞印	秦集一·二·79·10 寺從丞印	秦集一·二·79·16 寺從丞印	秦集一·二·79·23 寺從丞印
秦集一·二·77·1 寺工丞印	秦集一·二·77·7 寺工丞印	秦集一·二·77·15 寺工丞印	秦集一·二·79·4 寺從丞印	秦集一·二·79·11 寺從丞印	秦集一·二·79·17 寺從丞印	秦集一·二·80·1 寺車丞印
秦集一·二·77·2 寺工丞印	秦集一·二·77·9 寺工丞印	秦集一·二·77·16 寺工丞印	秦集一·二·79·5 寺從丞印	秦集一·二·79·12 寺從丞印	秦集一·二·79·18 寺從丞印	秦集一·二·80·2 寺車丞印
秦集一·二·77·3 寺工丞印	秦集一·二·77·10 寺工丞印	秦集一·二·77·20 寺工丞印	秦集一·二·79·6 寺從丞印	秦集一·二·79·13 寺從丞印	秦集一·二·79·19 寺從丞印	秦集一·二·80·3 寺車丞印
秦集一·二·77·4 寺工丞印	秦集一·二·77·11 寺工丞印	秦集一·二·79·1 寺從丞印	秦集一·二·79·7 寺從丞印	秦集一·二·79·14 寺從丞印	秦集一·二·79·20 寺從丞印	秦集一·二·80·4 寺車丞印
秦集一·二·77·5 寺工丞印	秦集一·二·77·13 寺工丞印	秦集一·二·79·2 寺從丞印	秦集一·二·79·8 寺從丞印	秦集一·二·79·15 寺從丞印	秦集一·二·79·21 寺從丞印	秦集一·二·80·5 寺車丞印

秦集一·二·80·6 寺車丞印	秦集一·二·84·1 都船丞印	秦集一·二·85·2 泰匠丞印	秦集一·二·85·8 泰匠丞印	秦集一·二·85·14 泰匠丞印	秦集一·二·87·4 中府丞印	秦集一·二·88·3 中官丞印
秦集一·二·81·1 中尉之印	秦集一·二·84·2 都船丞印	秦集一·二·85·3 泰匠丞印	秦集一·二·85·9 泰匠丞印	秦集一·二·86·1 私府丞印	秦集一·二·87·5 中府丞印	秦集一·二·88·4 中官丞印
秦集一·二·81·2 中尉之印	秦集一·二·84·3 都船丞印	秦集一·二·85·4 泰匠丞印	秦集一·二·85·10 泰匠丞印	秦集一·二·86·2 私府丞印	秦集一·二·87·8 中府丞印	秦集一·二·88·5 中官丞印
秦集一·二·81·3 中尉之印	秦集一·二·84·6 都船丞印	秦集一·二·85·5 泰匠丞印	秦集一·二·85·11 泰匠丞印	秦集一·二·87·1 中府丞印	秦集一·二·87·9 中府丞印	秦集一·二·88·6 中官丞印
秦集一·二·83·1 武庫丞印	秦集一·二·84·7 都船丞印	秦集一·二·85·6 泰匠丞印	秦集一·二·85·12 泰匠丞印	秦集一·二·87·2 中府丞印	秦集一·二·88·1 中官丞印	秦集一·二·88·7 中官丞印
秦集一·二·83·2 武庫丞印	秦集一·二·85·1 泰匠丞印	秦集一·二·85·7 泰匠丞印	秦集一·二·85·13 泰匠丞印	秦集一·二·87·3 中府丞印	秦集一·二·88·2 中官丞印	秦集一·二·88·8 中官丞印

秦集一·二·88·12 中官丞印	秦集一·二·92·2 內史之印	秦集一·三·3·3 章厩丞印	秦集一·三·3·10 章厩丞印	秦集一·三·5·3 宮厩丞印	秦集一·三·7·1 中厩丞印	秦集一·三·7·7 中厩丞印
秦集一·二·88·14 中官丞印	秦集一·二·92·4 內史之印	秦集一·三·3·4 章厩丞印	秦集一·三·3·11 章厩丞印	秦集一·三·5·5 宮厩丞印	秦集一·三·7·2 中厩丞印	秦集一·三·7·8 中厩丞印
秦集一·二·89·1 私官丞印	秦集一·三·1·1 泰厩丞印	秦集一·三·3·5 章厩丞印	秦集一·三·3·12 章厩丞印	秦集一·三·5·6 宮厩丞印	秦集一·三·7·3 中厩丞印	秦集一·三·7·9 中厩丞印
秦集一·二·89·2 私官丞印	秦集一·三·1·2 泰厩丞印	秦集一·三·3·6 章厩丞印	秦集一·三·3·13 章厩丞印	秦集一·三·5·7 宮厩丞印	秦集一·三·7·4 中厩丞印	秦集一·三·7·10 中厩丞印
秦集一·二·91·1 飤官丞印	秦集一·三·3·1 章厩丞印	秦集一·三·3·7 章厩丞印	秦集一·三·5·1 宮厩丞印	秦集一·三·5·9 宮厩丞印	秦集一·三·7·5 中厩丞印	秦集一·三·7·11 中厩丞印
秦集一·二·92·1 內史之印	秦集一·三·3·2 章厩丞印	秦集一·三·3·9 章厩丞印	秦集一·三·5·2 宮厩丞印	秦集一·三·5·10 宮厩丞印	秦集一·三·7·6 中厩丞印	秦集一·三·7·12 中厩丞印

秦集一・三 ・7・13 中厩丞印	秦集一・三 ・7・19 中厩丞印	秦集一・三 ・7・26 中厩丞印	秦集一・三 ・7・32 中厩丞印	秦集一・三 ・13・2 右厩丞印	秦集一・三 ・14・3 小厩丞印	秦集一・三 ・14・11 小厩丞印
秦集一・三 ・7・14 中厩丞印	秦集一・三 ・7・20 中厩丞印	秦集一・三 ・7・27 中厩丞印	秦集一・三 ・7・33 中厩丞印	秦集一・三 ・13・3 右厩丞印	秦集一・三 ・14・5 小厩丞印	秦集一・三 ・14・12 小厩丞印
秦集一・三 ・7・15 中厩丞印	秦集一・三 ・7・21 中厩丞印	秦集一・三 ・7・28 中厩丞印	秦集一・三 ・7・34 中厩丞印	秦集一・三 ・13・4 右厩丞印	秦集一・三 ・14・6 小厩丞印	秦集一・三 ・14・14 小厩丞印
秦集一・三 ・7・16 中厩丞印	秦集一・三 ・7・22 中厩丞印	秦集一・三 ・7・29 中厩丞印	秦集一・三 ・11・2 左厩丞印	秦集一・三 ・13・5 右厩丞印	秦集一・三 ・14・8 小厩丞印	秦集一・三 ・16・1 御厩丞印
秦集一・三 ・7・17 中厩丞印	秦集一・三 ・7・23 中厩丞印	秦集一・三 ・7・30 中厩丞印	秦集一・三 ・11・3 左厩丞印	秦集一・三 ・14・1 小厩丞印	秦集一・三 ・14・9 小厩丞印	秦集一・三 ・17・1 官厩丞印
秦集一・三 ・7・18 中厩丞印	秦集一・三 ・7・25 中厩丞印	秦集一・三 ・7・31 中厩丞印	秦集一・三 ・13・1 右厩丞印	秦集一・三 ・14・2 小厩丞印	秦集一・三 ・14・10 小厩丞印	秦集一・三 ・19・1 下厩丞印

秦集一·三·21·1 驪丞之印	秦集一·四·6·3 華陽丞印	秦集一·四·6·10 華陽丞印	秦集一·四·18·6 安臺丞印	秦集一·四·18·13 安臺丞印	秦集一·四·18·20 安臺丞印	秦集一·五·1·1 詔事之印
秦集一·三·21·2 驪丞之印	秦集一·四·6·4 華陽丞印	秦集一·四·18·1 安臺丞印	秦集一·四·18·8 安臺丞印	秦集一·四·18·14 安臺丞印	秦集一·四·18·22 安臺丞印	秦集一·五·2·1 詔事丞印
秦集一·三·21·3 驪丞之印	秦集一·四·6·5 華陽丞印	秦集一·四·18·2 安臺丞印	秦集一·四·18·9 安臺丞印	秦集一·四·18·15 安臺丞印	秦集一·四·18·24 安臺丞印	秦集一·五·2·2 詔事丞印
秦集一·四·5·1 蕢陽宮印	秦集一·四·6·6 華陽丞印	秦集一·四·18·3 安臺丞印	秦集一·四·18·10 安臺丞印	秦集一·四·18·16 安臺丞印	秦集一·四·18·25 安臺丞印	秦集一·五·2·4 詔事丞印
秦集一·四·6·1 華陽丞印	秦集一·四·6·7 華陽丞印	秦集一·四·18·4 安臺丞印	秦集一·四·18·11 安臺丞印	秦集一·四·18·17 安臺丞印	秦集一·四·21·1 東苑丞印	秦集一·五·2·6 詔事丞印
秦集一·四·6·2 華陽丞印	秦集一·四·6·9 華陽丞印	秦集一·四·18·5 安臺丞印	秦集一·四·18·12 安臺丞印	秦集一·四·18·19 安臺丞印	秦集一·四·21·2 東苑丞印	秦集一·五·2·10 詔事丞印

秦集一· 五·4·1 特庫之印	秦集一· 五·8·1 官臣丞印	秦集一· 五·10·2 走士丞印	秦集一· 五·15·1 弄陰御印	秦集一· 五·20·2 走翟丞印	秦集一· 五·24·1 弩工室印	秦集一· 五·32·1 吳炊之印
秦集一· 五·4·2 特庫之印	秦集一· 五·8·2 官臣丞印	秦集一· 五·10·3 走士丞印	秦集一· 五·16·1 弄陽御印	秦集一· 五·20·3 走翟丞印	秦集一· 五·30·1 橘印	秦集一· 五·34·1 公印
秦集一· 五·5·1 特庫丞印	秦集一· 五·8·4 官臣丞印	秦集一· 五·10·4 走士丞印	秦集一· 五·17·1 左田之印	秦集一· 五·20·4 走翟丞印	秦集一· 五·31·1 容趨丞印	秦集一· 五·35·1 府印
秦集一· 五·5·2 特庫丞印	秦集·· 五·8·5 官臣丞印	秦集一· 五·10·5 走士丞印	秦集一· 五·17·2 左田之印	秦集一· 五·20·5 走翟丞印	秦集一· 五·31·2 容趨丞印	秦集一· 五·35·2 府印
秦集一· 五·5·6 特庫丞印	秦集一· 五·8·6 官臣丞印	秦集一· 五·10·6 走士丞印	秦集一· 五·18·1 都田之印	秦集一· 五·21·1 方輿丞印	秦集一· 五·31·3 容趨丞印	秦集二· 一·2·1 咸陽丞印
秦集一· 五·5·7 特庫丞印	秦集一· 五·10·1 走士丞印	秦集一· 五·10·7 走士丞印	秦集一· 五·20·1 走翟丞印	秦集一· 五·22·1 奴盧之印	秦集一· 五·31·4 容趨丞印	秦集二· 一·2·2 咸陽丞印

秦集二·一·2·3 咸陽丞印	秦集二·一·2·10 咸陽丞印	秦集二·一·2·23 咸陽丞印	秦集二·一·2·29 咸陽丞印	秦集二·一·7·1 雒丞之印	秦集二·二·14·1 潦東守印	秦集二·二·16·1 太原守印
秦集二·一·2·4 咸陽丞印	秦集二·一·2·11 咸陽丞印	秦集二·一·2·24 咸陽丞印	秦集二·一·2·30 咸陽丞印	秦集二·一·7·2 雒丞之印	秦集二·二·15·1 代馬丞印	秦集二·二·19·1 齊中尉印
秦集二·一·2·6 咸陽丞印	秦集二·一·2·16 咸陽丞印	秦集二·一·2·25 咸陽丞印	秦集二·一·2·31 咸陽丞印	秦集二·一·7·4 雒丞之印	秦集二·二·15·2 代馬丞印	秦集二·二·20·1 齊左尉印
秦集二·一·2·7 咸陽丞印	秦集二·一·2·17 咸陽丞印	秦集二·一·2·26 咸陽丞印	秦集二·一·4·1 西共丞印	秦集二·一·7·5 雒丞之印	秦集二·二·15·3 代馬丞印	秦集二·二·21·1 齊□尉印
秦集二·一·2·8 咸陽丞印	秦集二·一·2·18 咸陽丞印	秦集二·一·2·26 咸陽丞印	秦集二·一·6·1 西探金印	秦集二·二·3·1 三川尉印	秦集二·二·15·4 代馬丞印	秦集二·二·24·1 琅邪侯印
秦集二·一·2·9 咸陽丞印	秦集二·一·2·19 咸陽丞印	秦集二·一·2·28 咸陽丞印	秦集二·一·6·2 西探金印	秦集二·二·9·1 九江守印	秦集二·二·15·5 代馬丞印	秦集二·三·1·1 蘋陽丞印

秦集二· 三·1·2 蘋陽丞印	秦集二· 三·5·1 高陵丞印	秦集二· 三·7·2 杜丞之印	秦集二· 三·8·1 莔陽丞印	秦集二· 三·9·3 雲陽丞印	秦集二· 三·11·6 廢丘丞印	秦集二· 三·12·4 羣丞之印
秦集二· 三·1·7 蘋陽丞印	秦集二· 三·5·2 高陵丞印	秦集二· 三·7·3 杜丞之印	秦集二· 三·8·2 莔陽丞印	秦集二· 三·11·1 廢丘丞印	秦集二· 三·11·7 廢丘丞印	秦集二· 三·12·5 羣丞之印
秦集二· 三·2·1 重泉丞印	秦集二· 三·5·3 高陵丞印	秦集二· 三·7·4 杜丞之印	秦集二· 三·8·3 莔陽丞印	秦集二· 三·11·2 廢丘丞印	秦集二· 三·11·8 廢丘丞印	秦集二· 三·13·1 美陽丞印
秦集二· 三·3·1 寧秦丞印	秦集二· 三·5·6 高陵丞印	秦集二· 三·7·5 杜丞之印	秦集二· 三·8·4 莔陽丞印	秦集二· 三·11·3 廢丘丞印	秦集二· 三·12·1 羣丞之印	秦集二· 三·14·1 臨晉丞印
秦集二· 三·4·1 下邽丞印	秦集二· 三·6·1 藍田丞印	秦集二· 三·7·6 杜丞之印	秦集二· 三·9·1 雲陽丞印	秦集二· 三·11·4 廢丘丞印	秦集二· 三·12·2 羣丞之印	秦集二· 三·14·2 臨晉丞印
秦集二· 三·4·2 下邽丞印	秦集二· 三·7·1 杜丞之印	秦集二· 三·7·7 杜丞之印	秦集二· 三·9·2 雲陽丞印	秦集二· 三·11·5 廢丘丞印	秦集二· 三·12·3 羣丞之印	秦集二· 三·15·1 襄德丞印

秦集二· 三·16·1 酈丞之印	秦集二· 三·24·1 翟導丞印	秦集二· 三·30·1 蘭陵丞印	秦集二· 三·34·1 魯丞之印	秦集二· 三·39·1 鄧丞之印	秦集二· 三·45·1 成都丞印	秦集二· 三·48·2 城陽侯印
秦集二· 三·17·1 衛丞之印	秦集二· 三·25·1 蘭幹丞印	秦集二· 三·31·1 承丞之印	秦集二· 三·35·1 薛丞之印	秦集二· 三·39·2 鄧丞之印	秦集二· 三·46·1 濟陰丞印	秦集二· 三·49·1 吳丞之印
秦集二· 三·19·1 戲丞之印	秦集二· 三·26·1 卷丞之印	秦集二· 三·31·2 承丞之印	秦集二· 三·35·2 薛丞之印	秦集二· 三·41·1 樂成之印	秦集二· 三·46·2 濟陰丞印	秦集二· 三·50·1 烏呈之印
秦集二· 三·20·2 商丞之印	秦集二· 三·27·1 新安丞印	秦集二· 三·32·1 游陽丞印	秦集二· 三·36·1 任城丞印	秦集二· 三·42·1 蔡陽丞印	秦集二· 三·46·3 濟陰丞印	秦集二· 三·51·1 新淦丞印
秦集二· 三·20·3 商丞之印	秦集二· 三·28·1 懷令之印	秦集二· 三·33·1 堂邑丞印	秦集二· 三·37·1 無鹽丞印	秦集二· 三·43·1 南鄭丞印	秦集二· 三·47·1 定陶丞印	秦集二· 三·52·1 芒丞之印
秦集二· 三·22·1 洛都丞印	秦集二· 三·29·1 建陵丞印	秦集二· 三·33·2 堂邑丞印	秦集二· 三·38·1 葉丞之印	秦集二· 三·44·1 西成丞印	秦集二· 三·48·1 城陽侯印	秦集二· 三·53·1 襄丞之印

秦集二·三·54·1 穎陽丞印	秦集二·三·59·1 女陽丞印	秦集二·三·68·1 泉州丞印	秦集二·三·74·1 傅陽丞印	秦集二·三·78·1 梁鄒丞印	秦集二·三·85·2 臨菑丞印	秦集二·三·90·1 樂安丞印
秦集二·三·55·1 長平丞印	秦集二·三·59·2 女陽丞印	秦集二·三·69·1 代丞之印	秦集二·三·75·1 相丞之印	秦集二·三·81·1 樂陵丞印	秦集二·三·85·3 臨菑丞印	秦集二·三·90·2 樂安丞印
秦集二·三·56·1 女陰丞印	秦集二·三·60·1 陽安丞印	秦集二·三·70·1 當城丞印	秦集二·三·76·1 於陵丞印	秦集二·三·82·1 般陽丞印	秦集二·三·85·4 臨菑丞印	秦集二·三·90·3 樂安丞印
秦集二·三·56·2 女陰丞印	秦集二·三·63·1 廷陵丞印	秦集二·三·72·1 安邑丞印	秦集二·三·77·1 著丞之印	秦集二·三·82·2 般陽丞印	秦集二·三·85·5 臨菑丞印	秦集二·三·91·1 簝城丞印
秦集二·三·58·1 南頓丞印	秦集二·三·64·1 蕢丞之印	秦集二·三·72·2 安邑丞印	秦集二·三·77·2 著丞之印	秦集二·三·84·1 盧丞之印	秦集二·三·87·1 博昌丞印	秦集二·三·92·1 平壽丞印
秦集二·三·58·2 南頓丞印	秦集二·三·67·1 昌城丞印	秦集二·三·73·1 蒲反丞印	秦集二·三·77·3 著丞之印	秦集二·三·85·1 臨菑丞印	秦集二·三·88·1 狄城之印	秦集二·三·92·2 平壽丞印

秦集二·三·93·1 臨朐丞印	秦集二·三·97·3 即墨丞印	秦集二·三·101·1 都昌丞印	秦集二·三·107·1 橘邑丞印	秦集二·四·6·1 右鄉之印	秦集二·四·16·1 安鄉之印	秦集二·四·22·3 休鄉之印
秦集二·三·93·2 臨朐丞印	秦集二·三·97·4 即墨丞印	秦集二·三·102·1 夜丞之印	秦集二·三·108·1 秋城之印	秦集二·四·9·1 西鄉之印	秦集二·四·16·2 安鄉之印	秦集二·四·23·1 拔鄉之印
秦集二·三·94·1 東牟丞印	秦集二·三·97·5 即墨丞印	秦集二·三·103·1 下密丞印	秦集二·四·2·1 都鄉之印	秦集二·四·9·2 西鄉之印	秦集二·四·16·3 安鄉之印	秦集二·四·26·1 請鄉之印
秦集二·三·96·1 高陽丞印	秦集二·三·98·1 黃丞之印	秦集二·三·104·1 昌陽丞印	秦集二·四·2·2 都鄉之印	秦集二·四·9·3 西鄉之印	秦集二·四·16·4 安鄉之印	秦集二·四·28·1 安國鄉印
秦集二·三·97·1 即墨丞印	秦集二·三·99·1 腄丞之印	秦集二·三·105·1 岐丞之印	秦集二·四·2·3 都鄉之印	秦集二·四·9·4 西鄉之印	秦集二·四·22·1 休鄉之印	秦集二·四·29·1 宜春鄉印
秦集二·三·97·2 即墨丞印	秦集二·三·100·1 高密丞印	秦集二·三·106·1 盧丘丞印	秦集二·四·2·4 都鄉之印	秦集二·四·9·5 西鄉之印	秦集二·四·22·2 休鄉之印	秦集二·四·30·1 廣陵鄉印

秦集二·四·30·2 廣陵鄉印	秦集二·四·32·3 信安鄉印	秦集二·四·35·1 新息鄉印	秦集二·四·36·2 平望鄉印	秦集二·四·37·4 白水鄉印	秦集二·四·39·3 西平鄉印	秦集二·四·42·1 東閭鄉印
秦集二·四·31·1 勮裏鄉印	秦集二·四·33·1 廣文鄉印	秦集二·四·35·2 新息鄉印	秦集二·四·36·3 平望鄉印	秦集二·四·38·1 西昌鄉印	秦集二·四·40·1 利居鄉印	秦集二·四·42·2 東閭鄉印
秦集二·四·31·2 勮裏鄉印	秦集二·四·33·2 廣文鄉印	秦集二·四·35·3 新息鄉印	秦集二·四·36·4 平望鄉印	秦集二·四·38·2 西昌鄉印	秦集二·四·40·2 利居鄉印	秦集二·四·42·3 東閭鄉印
秦集二·四·31·3 勮裏鄉印	秦集二·四·33·3 廣文鄉印	秦集二·四·35·4 新息鄉印	秦集二·四·37·1 白水鄉印	秦集二·四·38·3 西昌鄉印	秦集二·四·41·1 句莫鄉印	秦集二·四·42·4 東閭鄉印
秦集二·四·32·1 信安鄉印	秦集二·四·34·1 朝陽鄉印	秦集二·四·35·5 新息鄉印	秦集二·四·37·2 白水鄉印	秦集二·四·39·1 西平鄉印	秦集二·四·41·2 句莫鄉印	秦集二·四·42·5 東閭鄉印
秦集二·四·32·2 信安鄉印	秦集二·四·34·2 朝陽鄉印	秦集二·四·36·1 平望鄉印	秦集二·四·37·3 白水鄉印	秦集二·四·39·2 西平鄉印	秦集二·四·41·3 句莫鄉印	秦集二·四·42·6 東閭鄉印

秦集二·四·42·7 東閭鄉印	秦集二·四·44·3 尙父鄉印	秦集二·四·47·3 南成鄉印	秦集二·四·49·2 南陽鄉印	秦集二·四·50·2 安平鄉印	秦集二·四·50·8 安平鄉印	西安 圖十六 3 左樂丞印
秦集二·四·43·1 郁狼鄉印	秦集二·四·45·1 累丘鄉印	秦集二·四·48·1 陽夏鄉印	秦集二·四·49·3 南陽鄉印	秦集二·四·50·3 安平鄉印	秦集二·四·50·9 安平鄉印	西安 圖十六 4 宮司空印
秦集二·四·43·2 郁狼鄉印	秦集二·四·45·2 累丘鄉印	秦集二·四·48·2 陽夏鄉印	秦集二·四·49·4 南陽鄉印	秦集二·四·50·4 安平鄉印	秦集二·五·1·1 咸陽亭印	西安 圖十六 5 中官丞印
秦集二·四·43·3 郁狼鄉印	秦集二·四·46·1 滇郭鄉印	秦集二·四·48·3 陽夏鄉印	秦集二·四·49·5 南陽鄉印	秦集二·四·50·5 安平鄉印	秦集二·五·1·2 咸陽亭印	西安 圖十六 11 旱丞之印
秦集二·四·44·1 尙父鄉印	秦集二·四·47·1 南成鄉印	秦集二·四·48·4 陽夏鄉印	秦集二·四·49·6 南陽鄉印	秦集二·四·50·6 安平鄉印	西安 圖十六 1 □陽丞印	西安 圖十六 12 陽都船印
秦集二·四·44·2 尙父鄉印	秦集二·四·47·2 南成鄉印	秦集二·四·49·1 南陽鄉印	秦集二·四·50·1 安平鄉印	秦集二·四·50·7 安平鄉印	西安 圖十六 2 御府丞印	西安 圖十六 13 內史之印

西安 圖十六 16 西□丞印	西安 圖十七 1 居室丞印	西安 圖十七 12 郎中丞印	西安 圖十七 23 宦者丞印	西安 圖十八 5 募人丞印	西安 圖十九 3 桑林丞印	新見地理 4 河間尉印
西安 圖十六 20 大匠丞印	西安 圖十七 2 章厩丞印	西安 圖十七 13 大官丞印	西安 圖十七 24 郡右邸印	西安 圖十八 6 厩丞之印	西安 圖十九 5 壽陵丞印	新見地理 5 麗邑丞印
西安 圖十六 22 大倉丞印	西安 圖十七 4 中府丞印	西安 圖十七 14 御府丞印	西安 圖十七 25 咸陽丞印	西安 圖十八 7 私官丞印	西安 圖十九 6 廢丘丞印	新見地理 13 盧氏丞印
西安 圖十六 23 屬邦之印	西安 圖十七 8 都水丞印	西安 圖十七 16 寺車府印	西安 圖十八 2 寺從丞印	西安 圖十八 8 西丞之印	西安 圖十九 7 安臺丞印	新見地理 14 軹丞之印
西安 圖十六 24 騎邦尉印	西安 圖十七 9 宮厩丞印	西安 圖十七 19 雍丞之印	西安 圖十八 3 永巷丞印	西安 圖十八 11 □□郡印	西安 圖十九 8 魯丞之印	新見地理 16 鄧印
西安 圖十六 25 走翟丞印	西安 圖十七 10 祝印	西安 圖十七 20 寺車丞印	西安 圖十八 4 陽御弄印	西安 圖十九 2 右厩丞印	新見地理 2 櫟陽丞印	新見地理 17 東阿丞印

新見地理 18 壽春丞印	新見地理 25 柘丞之印	新見地理 33 浮陽丞印	新見中央 17 探青丞印	新見中央 41 桑林丞印	新出 3 泰醫丞印	新出 6 右厩丞印
新見地理 19 碭丞之印	新見地理 26 夷輿丞印	新見地理 34 長武丞印	新見中央 19 大府丞印	新見中央 42 底柱丞印	新出 3 泰醫丞印	新出 6 厩丞之印
新見地理 20 下邑丞印	新見地理 27 徐無丞印	新見地理 37 容趨丞印	新見中央 33 □禁丞印	新見中央 45 (從網從 幹)丞之印	新出 3 太□丞印	新出 6 厩丞之印
新見地理 21 酂丞之印	新見地理 29 取慮丞印	新見中央 2 奉印	新見中央 35 行華官印	新出 2 左丞相印	新出 3 都水丞印	新出 6 宮厩丞印
新見地理 22 新蔡丞印	新見地理 30 下相丞印	新見中央 15 尙冠府印	新見中央 39 奴盧府印	新出 2 右丞相印	新出 3 郎中丞印	新出 6 章厩丞印
新見地理 24 愼丞之印	新見地理 32 呑猶丞印	新見中央 16 尙劍府印	新見中央 40 募人丞印	新出 2 祝印	新出 4 郎中丞印	新出 6 章厩丞印

新出 6 章厩丞印	新出 7 寺車丞印	新出 8 郡左邸印	新出 9 內官丞印	新出 10 少府丞印	新出 12 左樂丞印	新出 14 御府之印
新出 6 小厩丞印	新出 7 行車官印	新出 8 郡左邸印	新出 9 內官丞印	新出 11 太官丞印	新出 12 左樂丞印	新出 14 御府之印
新出 7 小厩丞印	新出 7 中厩丞印	新出 9 郡左邸印	新出 9 樂□家印	新出 11 太官丞印	新出 12 居室丞印	新出 14 御府之印
新出 7 騎馬丞印	新出 7 中厩丞印	新出 9 郡右邸印	新出 10 泰倉丞印	新出 11 太官丞印	新出 13 居室丞印	新出 14 御府丞印
新出 7 寺車丞印	新出 8 中厩丞印	新出 9 郡右邸印	新出 10 泰倉丞印	新出 12 樂府丞印	新出 13 居室丞印	新出 14 御府丞印
新出 7 寺車丞印	新出 8 廷尉之印	新出 9 郡右邸印	新出 10 泰倉丞印	新出 12 左樂丞印	新出 13 宮司空印	新出 14 御府丞印

新出 15 永巷丞印	新出 16 佐弋丞印	新出 17 泰匠丞印	新出 18 寺工丞印	新出 19 武庫丞印	新出 20 私官丞印	新出 23 華陽丞印
新出 15 永巷丞印	新出 16 尚浴府印	新出 17 泰匠丞印	新出 19 寺從丞印	新出 20 武庫丞印	新出 20 私官丞印	新出 23 華陽丞印
新出 15 宦者丞印	新出 16 上林丞印	新出 17 特庫丞印	新出 19 寺從丞印	新出 20 大匠丞印	新出 21 中府丞印	新出 23 華陽丞印
新出 15 宦者丞印	新出 16 上林丞印	新出 18 池室之印	新出 19 寺從丞印	新出 20 大匠丞印	新出 21 中羞丞印	新出 23 華陽丞印
新出 16 御羞丞印	新出 17 中羞府印	新出 18 中尉之印	新出 19 都船丞印	新出 20 私府丞印	新出 21 中羞丞印	新出 23 安臺丞印
新出 16 御羞丞印	新出 17 泰匠丞印	新出 18 中尉之印	新出 19 都船丞印	新出 20 私官丞印	新出 22 都共丞印	新出 24 安臺丞印

新出 24 安臺丞印	新出 26 頻陽丞印	新出 28 彭城丞印	新出 28 陽御弄印	新出 30 大府丞印	於京地理 22 麗邑丞印	於京地理 29 永陵丞印
新出 25 採金印	新出 27 杜丞之印	新出 28 新安丞印	新出 28 陽御弄印	新出 31 泰□丞印	於京地理 24 懷德丞印	於京地理 30 商印
新出 25 代馬丞印	新出 27 杜丞之印	新出 28 鄧丞之印	新出 29 募人丞印	新出 32 □□丞印	於京地理 25 牦印	於京地理 31 雒陽丞印
新出 26 咸陽丞印	新出 27 廢丘丞印	新出 28 鄧丞之印	新山 30 容趨丞印	新山 32 永□丞印	於京地理 26 桃林丞印	於京地理 32 宜陽丞印
新出 26 咸陽丞印	新出 27 牦印	新出 28 麗邑丞印	新出 30 官臣丞印	新出 32 □□丞印	於京地理 27 杜陽丞印	於京地理 33 新安丞印
新出 26 頻陽丞印	新出 27 彭城丞印	新出 28 麗邑丞印	新出 30 大府丞印	於京地理 1 櫟陽丞印	於京地理 28 壽陵丞印	於京地理 34 新城丞印

於京地理 36 風丞之印	於京地理 45 西陵丞印	於京地理 53 沮丞之印	於京地理 60 烏氏丞印	於京地理 69 臨□丞印	在京中央 圖一 19 行車官印	在京中央 圖三 10 上林禁印
於京地理 38 舒丞之印	於京地理 47 瀺澤丞印	於京地理 54 臨洮丞印	於京地理 61 歸德丞印	在京中央 圖一 2 騎邦尉印	在京中央 圖一 20 御廷府印	在京中央 圖三 12 平原禁印
於京地理 39 下邳丞印	於京地理 48 博望之印	於京地理 55 綿諸丞印	於京地理 62 白檀丞印	在京中央 圖一 10 大匠丞印	在京中央 圖二 4 大府丞印	在京中央 圖三 13 阿陽禁印
於京地理 41 汶陽丞印	於京地理 49 成固丞印	於京地理 57 獂道丞印	於京地理 63 字丞之印	在京中央 圖一 13 中車丞印	在京中央 圖二 7 大內丞印	在京中央 圖三 14 青莪禁印
於京地理 42 新郪丞印	於京地理 51 旱田之印	於京地理 58 下辨丞印	於京地理 66 宛丞之印	在京中央 圖一 16 車府丞印	在京中央 圖二 12 尚臥倉印	在京中央 圖三 18 浴禁丞印
於京地理 44 鄗丞之印	於京地理 52 故道丞印	於京地理 59 南陵丞印	於京地理 68 粀陰之印	在京中央 圖一 17 寺車府印	在京中央 圖三 6 安臺之印	在京中央 圖三 19 欒氏家印

在京中央 圖四 1 大尉之印	在京中央 圖四 10 官臣之印	西安新見 2 都船丞印	西安新見 10 太匠丞印	里耶 圖一四○ 3 印	匯考 8 右丞相印	匯考 25 祝印
在京中央 圖四 4 都共丞印	在京中央 圖四 13 未印	西安新見 3 寺車丞印	西安新見 11 杜印	里耶 圖一四○ 4	匯考 9 右丞相印	匯考 26 祝印
在京中央 圖四 5 工居帷印	在京中央 圖四 15 隍採金印	西安新見 4 內官丞印	西安新見 12 都杜匒 印	里耶 圖一四○ 8	匯考 封 奉常丞印	匯考 30 泰醫丞印
在京中央 圖四 6 鐵官丞印	仕京中央 圖四 20 礐桃支印	西安新見 5 太倉丞印	西安新見 16 官臣之印	匯考 2 左丞相印	匯考 22 祝印	匯考 47 內史之印
在京中央 圖四 7 行印	在京中央 圖五 2 騎印	西安新見 7 少府丞印	西安新見 17 枳桃丞印	匯考 6 右丞相印	匯考 23 祝印	匯考 48 內史之印
在京中央 圖四 9 募人府印	西安新見 1 樂府丞印	西安新見 8 車府丞印	西安新見 19 太官丞印	匯考 7 右丞相印	匯考 24 祝印	匯考 49 內史之印

匯考 53 雍祠丞印	匯考 88 左樂丞印	匯考 159 衛士丞印	匯考 191 章厩丞印	匯考 229 中厩丞印	匯考 309 廷尉之印	匯考 332 郡右邸印
匯考 61 樂府丞印	匯考 89 左樂丞印	匯考 161 衛士丞印	匯考 192 章厩丞印	匯考 230 中厩丞印	匯考 317 郡左邸印	匯考 356 屬邦之印
匯考 62 樂府丞印	匯考 90 左樂丞印	匯考 162 衛士丞印	匯考 207 宮厩丞印	匯考 231 中厩丞印	匯考 318 郡左邸印	匯考 398 泰內丞印
匯考 63 樂府丞印	匯考 113 都水丞印	匯考 177 騎馬丞印	匯考 208 宮厩丞印	匯考 269 右厩丞印	匯考 329 郡右邸印	匯考 407 弩工室印
匯考 86 左樂丞印	匯考 118 郎中丞印	匯考 181 都船丞印	匯考 209 宮厩丞印	匯考 276 小厩丞印	匯考 330 郡右邸印	匯考 417 西採金印
匯考 87 左樂丞印	匯考 119 郎中丞印	匯考 190 章厩丞印	匯考 228 中厩丞印	匯考 308 廷尉之印	匯考 331 郡右邸印	匯考 421 泰倉丞印

匯考 422 泰倉丞印	匯考 491 佐弋丞印	匯考 541 左司空印	匯考 581 內者府印	匯考 593 宦者丞印	匯考 617 宦走丞印	匯考 643 私官丞印
匯考 426 尙臥倉印	匯考 492 佐弋丞印	匯考 566 永巷丞印	匯考 582 內者府印	匯考 594 宦走丞印	匯考 620 內官丞印	匯考 650
匯考 478 泰官丞印	匯考 498 居室丞印	匯考 567 永巷丞印	匯考 583 內者府印	匯考 595 宦走丞印	匯考 621 內官丞印	匯考 663 尙浴府印
匯考 487 泰官庫印	匯考 499 居室丞印	匯考 568 永巷丞印	匯考 590 宦者丞印	匯考 596 宦者丞印	匯考 640 私官丞印	匯考 664 尙浴府印
匯考 488 泰官庫印	匯考 500 居室丞印	匯考 569 永巷丞印	匯考 591 宦者丞印	匯考 614 宦走丞印	匯考 641 私官丞印	匯考 668 尙佩府印
匯考 490 佐弋丞印	匯考 501 居室丞印	匯考 570 永巷丞印	匯考 592 宦者丞印	匯考 615 宦走丞印	匯考 642 私官丞印	匯考 669 尙佩府印

匯考 672 御羞丞印	匯考 711 中羞丞印	匯考 721 寺工之印	匯考 763 寺從丞印	匯考 784 寺車丞印	匯考 807 狡士之印	匯考 840 御府之印
匯考 673 御羞丞印	匯考 712 中羞府印	匯考 723 寺工丞印	匯考 764 寺從丞印	匯考 785 寺車丞印	匯考 808 狡士之印	匯考 841 御府之印
匯考 687 中羞丞印	匯考 715 上林丞印	匯考 743 泰匠丞印	匯考 765 寺從丞印	匯考 786 寺車丞印	匯考 810 中府丞印	匯考 842 御府之印
匯考 688 中羞丞印	匯考 716 上林丞印	匯考 744 泰匠丞印	匯考 766 寺從丞印	匯考 798 詔事丞印	匯考 821 中官丞印	匯考 845 御府丞印
匯考 709 中羞府印	匯考 717 上林丞印	匯考 745 泰匠丞印	匯考 767 寺從丞印	匯考 799 詔事丞印	匯考 822 中官丞印	匯考 846 御府丞印
匯考 710 中羞府印	匯考 720 寺工之印	匯考 762 寺從丞印	匯考 768 寺從丞印	匯考 801 詔事丞印	匯考 839 御府之印	匯考 847 御府丞印

匯考 848 御府丞印	匯考 885 華陽丞印	匯考 900 坼禁丞印	匯考 986 安臺丞印	匯考 1052 謁者之印	匯考 1083 陽御弄印	匯考 1092 特庫之印
匯考 872 東苑丞印	匯考 886 華陽丞印	匯考 901 坼禁丞印	匯考 1042 平阿禁印	匯考 1064 官臣丞印	匯考 1084 陽御弄印	匯考 1094 特庫丞印
匯考 873 東苑丞印	匯考 887 華陽丞印	匯考 982 安臺丞印	匯考 1043 平阿禁印	匯考 1065 官臣丞印	匯考 1085 陽御弄印	
匯考 874 東苑丞印	匯考 888 華陽丞印	匯考 983 安臺丞印	匯考 1049 謁者之印	匯考 1072 走士丞印	匯考 1087 池室之印	匯考 1106 武庫丞印
匯考 882 泰上寢印	匯考 889 華陽丞印	匯考 984 安臺丞印	匯考 1050 謁者之印	匯考 1079 陰御弄印	匯考 1088 池室之印	匯考 1107 武庫丞印
匯考 884 華陽丞印	匯考 899 華陽禁印	匯考 985 安臺丞印	匯考 1051 謁者之印	匯考 1082 陽御弄印	匯考 再 府印	匯考 1109 募人丞印

匯考 1110 募人丞印	匯考 1153 咸陽亭印	匯考 1232 蘋陽丞印	匯考 上 櫟陽丞印	匯考 封眞 杜丞之印	匯考 1281 翟導丞印	匯考 1297 廢丘丞印
匯考 1112 募人丞印	匯考 1163 咸陽丞印	匯考 1238 重泉丞印	匯考 1255 藍田丞印	匯考 1270 苣陽丞印	匯考 1282 翟導丞印	匯考 1307 牦丞之印
匯考 1113 □劍府印	匯考 1164 咸陽丞印	匯考 1241 寧秦丞印	匯考 1256 藍田丞印	匯考 1274 苣丞之印	匯考 1283 翟導丞印	匯考 1308 牦丞之印
匯考 1114 宮司空印	匯考 1220 代馬丞印	匯考 1245 高陵丞印	匯考 1261 杜丞之印	匯考 1275 臨晋丞印	匯考 1287 雲陽丞印	匯考 1309 牦丞之印
匯考 1115 宮司空印	匯考 1221 代馬丞印	匯考 封 高陵丞印	匯考 1262 杜丞之印	匯考 1277 臨晋丞印	匯考 1295 廢丘丞印	匯考 1315 美陽丞印
匯考 1147 □盧丞印	匯考 1231 蘋陽丞印	匯考 1253 櫟陽丞印	匯考 1263 杜丞之印	匯考 上 臨晋丞印	匯考 1296 廢丘丞印	匯考 澄 美陽丞印

匯考 1316 漆丞之印	匯考 1333 上雒丞印	匯考 1344 洛陽丞印	匯考 1353 穎陽丞印	匯考 1372 游陽丞印	匯考 1386 歷陽丞印	匯考 1394 西共丞印
匯考 1317 漆丞之印	匯考 1337 安邑丞印	匯考 上 洛陽丞印	匯考 1354 穎陽丞印	匯考 封 葉丞之印	匯考 1387 南鄭丞印	匯考 1395 西共丞印
匯考 1320 雍丞之印	匯考 1338 安邑丞印	匯考 1345 溫丞之印	匯考 1355 女陽丞印	匯考 1379 西陵丞印	匯考 1389 略陽丞印	匯考 1403 任城丞印
匯考 1325 雍工室印	匯考 1339 蒲反丞印	匯考 1347 浮陽丞印	匯考 1363 南頓丞印	匯考 1380 㢁婁丞印	匯考 1390 安武丞印	匯考 1408 徐丞之印
匯考 1328 長武丞印	匯考 1340 蒲反丞印	匯考 1348 緱氏丞印	匯考 1370 游陽丞印	匯考 1381 承印	匯考 1392 芒丞之印	匯考 1409 徐丞之印
匯考 1329 好畤丞印	匯考 1343 洛陽丞印	匯考 1352 長社丞印	匯考 1371 游陽丞印	匯考 1382 相丞之印	匯考 1393 芒丞之印	匯考 1410 郏丞□印

匯考 1411 虹丞之印	匯考 1430 閬中丞印	匯考 1449 陽夏丞印	匯考 1460 下邑丞印	匯考 1543 走翟丞印	匯考 1582 大官丞印	問陶 P171 御史府印
匯考 1412 郯丞之印	匯考 1435 陰密丞印	匯考 1450 陽夏丞印	匯考 1461 下邑丞印	匯考 1549 吳炊之印	匯考 1596 衙丞之印	問陶 P171 西宮苑印
匯考 1414 溥導丞印	匯考 1444 平城丞印	匯考 1456 安豐丞印	匯考 1462 下邑丞印	匯考 1555 右猷丞印	問陶 P170 御府丞印	問陶 P171 太倉丞印
匯考 1416 般陽丞印	匯考 1445 平城丞印	匯考 1457 彭城丞印	匯考 1468 陽印	匯考 1561 機之丞印	問陶 P171 尙浴倉印	問陶 P171 旱上苑印
匯考 1418 濟陰丞印	匯考 1446 呂丞之印	匯考 1458 晦陵丞印	匯考 1510 容趨丞印	匯考 1571 □鉛□印	問陶 P171 晦池之印	問陶 P172 魏文之印
匯考 1421 盧丞之印	匯考 1447 呂丞之印	匯考 1459 彭陽丞印	匯考 1541 走翟丞印	匯考 1573 □茜□印	問陶 P171 曲橋苑印	問陶 P172 比陽丞印

	魏	山		窗	府	
問陶 P173 雍丞之印	問陶 P172 魏文之印	秦集二· 二·8·1 衡山發弩	匯考 58 麗山飼官	秦集二· 三·100·1 高密丞印	珍秦 少府工丞	秦集一· 二·20·3 中車府丞
問陶 P173 襄城丞印		新見中央 36 廬山禁 丞		秦集二· 三·103·1 下密丞印	珍秦 私府	秦集一· 二·20·4 中車府丞
問陶 P173 商丞之印		新見中央 37 恒山侯 丞		匯考 1435 陰密丞印	珍秦 御府丞印	秦集一· 二·20·5 中車府丞
問陶 P173 蔡陽丞印		於京地理 73 陘山			珍秦 中車府丞	秦集一· 二·20·9 中車府丞
		在京中央 圖三 16 廬山禁印			秦集一· 二·19·1 車府	秦集一· 二·31·1 少府
		匯考 57 麗山飼官			秦集一· 二·20·2 中車府丞	秦集一· 二·31·2 少府

秦集一·二·31·3 少府	秦集一·二·32·4 少府工丞	秦集一·二·32·10 少府工丞	秦集一·二·32·16 少府工丞	秦集一·二·32·23 少府工丞	秦集一·二·41·2 樂府丞印	秦集一·二·41·8 樂府丞印
秦集一·二·31·4 少府	秦集一·二·32·5 少府工丞	秦集一·二·32·11 少府工丞	秦集一·二·32·17 少府工丞	秦集一·二·32·24 少府工丞	秦集一·二·41·3 樂府丞印	秦集一·二·41·9 樂府丞印
秦集一·二·31·10 少府	秦集一·二·32·6 少府工丞	秦集一·二·32·12 少府工丞	秦集一·二·32·19 少府工丞	秦集一·二·32·25 少府工丞	秦集一·二·41·4 樂府丞印	秦集一·二·41·11 樂府丞印
秦集一·二·32·1 少府工丞	秦集一·二·32·7 少府工丞	秦集一·二·32·13 少府工丞	秦集一·二·32·20 少府工丞	秦集一·二·33·1 少府工室	秦集一·二·41·5 樂府丞印	秦集一·二·41·13 樂府丞印
秦集一·二·32·2 少府工丞	秦集一·二·32·8 少府工丞	秦集一·二·32·14 少府工丞	秦集一·二·32·21 少府工丞	秦集一·二·35·1 少府觠丞	秦集一·二·41·6 樂府丞印	秦集一·二·41·15 樂府丞印
秦集一·二·32·3 少府工丞	秦集一·二·32·9 少府工丞	秦集一·二·32·15 少府工丞	秦集一·二·32·22 少府工丞	秦集一·二·41·1 樂府丞印	秦集一·二·41·7 樂府丞印	秦集一·二·41·16 樂府丞印

秦集一·二·41·17 樂府丞印	秦集一·二·42·1 樂府鍾官	秦集一·二·52·8 御府丞印	秦集一·二·52·14 御府丞印	秦集一·二·52·20 御府丞印	秦集一·二·66·1 尚浴府印	秦集一·二·86·1 私府丞印
秦集一·二·41·18 樂府丞印	秦集一·二·51·1 御府之印	秦集一·二·52·9 御府丞印	秦集一·二·52·15 御府丞印	秦集一·二·52·21 御府丞印	秦集一·二·66·2 尚浴府印	秦集一·二·86·2 私府丞印
秦集一·二·41·19 樂府丞印	秦集一·二·52·1 御府丞印	秦集一·二·52·10 御府丞印	秦集一·二·52·16 御府丞印	秦集一·二·52·22 御府丞印	秦集一·二·66·3 尚浴府印	秦集一·二·87·1 中府丞印
秦集一·二·41·21 樂府丞印	秦集一·二·52·2 御府丞印	秦集一·二·52·11 御府丞印	秦集一·二·52·17 御府丞印	秦集一·二·52·23 御府丞印	秦集一·二·73·1 中羞府印	秦集一·二·87·2 中府丞印
秦集一·二·41·22 樂府丞印	秦集一·二·52·3 御府丞印	秦集一·二·52·12 御府丞印	秦集一·二·52·18 御府丞印	秦集一·二·56·1 內者府印	秦集一·二·73·2 中羞府印	秦集一·二·87·3 中府丞印
秦集一·二·41·23 樂府丞印	秦集一·二·52·5 御府丞印	秦集一·二·52·13 御府丞印	秦集一·二·52·19 御府丞印	秦集一·二·64·1 尚衣府印	秦集一·二·74·1 中行羞府	秦集一·二·87·4 中府丞印

秦集一·二·87·9 中府丞印	秦集一·五·35·1 府印	西安圖十七6 少府	新見中央7 少府幹官	新出5 西中謁府	新出10 少府	新出14 御府之印
秦集一·三·9·1 中厩馬府	秦集一·五·35·2 府印	西安圖十七14 御府丞印	新見中央11 御府工室	新出8 中車府丞	新出10 少府工丞	新出14 御府之印
秦集一·三·9·2 中厩馬府	西安圖十六2 御府丞印	西安圖十七16 寺車府印	新見中央15 尚冠府印	新出8 中車府丞	新出11 少府工丞	新出14 御府之印
秦集一·三·9·3 中厩馬府	西安圖十六14 少府工官	西安圖十七18 私府丞□	新見中央16 尚劍府印	新出8 中車府丞	新出11 少府幹丞	新出14 御府丞印
秦集一·三·9·4 中厩馬府	西安圖十六18 少府工丞	新見中央4 泰醫左府	新見中央19 大府丞印	新出8 中車府丞	新出12 樂府	新出14 御府丞印
秦集一·四·1·1 信宮車府	西安圖十七4 中府丞印	新見中央5 泰醫右府	新見中央39 奴盧府印	新出10 少府	新出12 樂府丞印	新出14 御府丞印

新出 16 尚浴府印	新出 24 南郡府丞	新出 30 大府丞印	在京中央 圖一 16 車府丞印	在京中央 圖三 1 馬府	西安新見 1 樂府丞印	匯考 61 樂府丞印
新出 17 中羞府印	新出 24 南郡府丞	新出 30 大府丞印	在京中央 圖一 17 寺車府印	在京中央 圖三 9 南室府丞	西安新見 7 少府丞印	匯考 62 樂府丞印
新出 20 私府丞印	新出 24 蜀大府丞	於京地理 8 河外府丞	在京中央 圖一 20 御廷府印	在京中央 圖四 9 募人府印	西安新見 8 車府丞印	匯考 63 樂府丞印
新出 21 中府丞印	新出 25 橘府	於京地理 12 蜀太府丞	在京中央 圖二 4 大府丞印	在京中央 圖四 14 上□府丞	西安新見 18 南郡府丞	匯考 165 中車府丞
新出 21 中府丞印	新出 25 書府	於京地理 17 南郡府丞	在京中央 圖二 5 大府□丞	在京中央 圖四 17 橘府	匯考 41 泰醫右府	匯考 166 中車府丞
新出 24 南郡府丞	新出 25 書府	於京地理 21 汾□府□	在京中央 圖二 18 中厩廷府	在京中央 圖五 1 書府	匯考 59 樂府	匯考 167 中車府丞

匯考 168 中車府丞	匯考 437 少府工室	匯考 582 內者府印	匯考 709 中羞府印	匯考 841 御府之印	匯考 1054 中謁者府	匯考 再 府印
匯考 170 中車府丞	匯考 438 少府工丞	匯考 583 內者府印	匯考 710 中羞府印	匯考 842 御府之印	匯考 1055 中謁者府	匯考 1113 □劍府印
匯考 261 中廐馬府	匯考 439 少府工丞	匯考 663 尚浴府印	匯考 712 中羞府印	匯考 845 御府丞印	匯考 1056 中謁者府	匯考 1590 □川府丞
匯考 262 中廐馬府	匯考 464 少府幹丞	匯考 664 尚浴府印	匯考 810 中府丞印	匯考 846 御府丞印	匯考 1057 西中謁府	問陶 P170 御府金府
匯考 429 少府	匯考 465 少府幹丞	匯考 668 尚佩府印	匯考 839 御府之印	匯考 847 御府丞印	匯考 1058 西中謁府	問陶 P170 御府金府
匯考 430 少府	匯考 581 內者府印	匯考 669 尚佩府印	匯考 840 御府之印	匯考 848 御府丞印	匯考 1089 府印	問陶 P170 御府寢府

	庭	庫				廐
問陶 P170 御府寢府	里耶 圖一四〇 1 洞庭司馬	秦集一・ 二・39・1 泰官庫印	秦集一・ 五・5・1 特庫丞印	新見中央 21 武庫	匯考 488 泰官庫印	珍秦 中廐丞印
問陶 P170 御府丞印		秦集一・ 二・39・2 泰官庫印	秦集一・ 五・5・2 特庫丞印	新出 17 特庫丞印	匯考 1092 特庫之印	秦集一・三 ・1・1 泰廐丞印
問陶 P171 御史府印		秦集一・ 二・83・1 武庫丞印	秦集一・ 五・5・3 特庫丞印	新出 20 武庫丞印	匯考 1094 特庫丞印	秦集一・三 ・1・2 泰廐丞印
問陶 P173 蜀太府丞		秦集一・ 二・83・2 武庫丞印	秦集一・ 五・5・5 特庫丞印	於京地埋 16 恒山武庫	匯考 1095 特庫丞印	秦集一・三 ・1・3 泰廐丞印
		秦集一・ 五・4・1 特庫之印	秦集一・ 五・5・6 特庫丞印	在京中央 圖三 3 北宮庫丞	匯考 1106 武庫丞印	秦集一・三 ・3・1 章廐丞印
		秦集一・ 五・4・2 特庫之印	秦集一・ 五・5・7 特庫丞印	匯考 487 泰官庫印	匯考 1107 武庫丞印	秦集一・三 ・3・2 章廐丞印

秦集一·三·3·3 章厩丞印	秦集一·三·3·9 章厩丞印	秦集一·三·5·1 宫厩丞印	秦集一·三·5·7 宫厩丞印	秦集一·三·6·3 中厩	秦集一·三·7·1 中厩丞印	秦集一·三·7·7 中厩丞印
秦集一·三·3·4 章厩丞印	秦集一·三·3·10 章厩丞印	秦集一·三·5·2 宫厩丞印	秦集一·三·5·8 宫厩丞印	秦集一·三·6·4 中厩	秦集一·三·7·2 中厩丞印	秦集一·三·7·8 中厩丞印
秦集一·三·3·5 章厩丞印	秦集一·三·3·11 章厩丞印	秦集一·三·5·3 宫厩丞印	秦集一·三·5·9 宫厩丞印	秦集一·三·6·5 中厩	秦集一·三·7·3 中厩丞印	秦集一·三·7·9 中厩丞印
秦集一·三·3·6 章厩丞印	秦集一·三·3·12 章厩丞印	秦集一·三·5·4 宫厩丞印	秦集一·三·5·10 宫厩丞印	秦集一·三·6·6 中厩	秦集一·三·7·4 中厩丞印	秦集一·三·7·10 中厩丞印
秦集一·三·3·7 章厩丞印	秦集一·三·3·13 章厩丞印	秦集一·三·5·5 宫厩丞印	秦集一·三·6·1 中厩	秦集一·三·6·7 中厩	秦集一·三·7·5 中厩丞印	秦集一·三·7·11 中厩丞印
秦集一·三·3·8 章厩丞印	秦集一·三·4·1 宫厩	秦集一·三·5·6 宫厩丞印	秦集一·三·6·2 中厩	秦集一·三·6·8 中厩	秦集一·三·7·6 中厩丞印	秦集一·三·7·12 中厩丞印

秦集一・三 ・7・13 中厩丞印	秦集一・三 ・7・19 中厩丞印	秦集一・三 ・7・26 中厩丞印	秦集一・三 ・7・34 中厩丞印	秦集一・ 三・9・3 中厩馬府	秦集一・ 三・12・1 右厩	秦集一・三 ・14・1 小厩丞印
秦集一・三 ・7・14 中厩丞印	秦集一・三 ・7・20 中厩丞印	秦集一・三 ・7・27 中厩丞印	秦集一・ 三・8・1 中厩將馬	秦集一・ 三・9・4 中厩馬府	秦集一・三 ・13・1 右厩丞印	秦集一・三 ・14・2 小厩丞印
秦集一・三 ・7・15 中厩丞印	秦集一・三 ・7・21 中厩丞印	秦集一・三 ・7・28 中厩丞印	秦集一・ 三・8・2 中厩將馬	秦集一・ 三・10・1 左厩	秦集一・三 ・13・2 右厩丞印	秦集一・三 ・14・3 小厩丞印
秦集一・三 ・7・16 中厩丞印	秦集一・三 ・7・22 中厩丞印	秦集一・三 ・7・29 中厩丞印	秦集一・ 三・8・3 中厩將馬	秦集一・三 ・11・1 左厩丞印	秦集　・三 ・13・3 右厩丞印	秦集一・三 ・14・4 小厩丞印
秦集一・三 ・7・17 中厩丞印	秦集一・三 ・7・23 中厩丞印	秦集一・三 ・7・30 中厩丞印	秦集一・ 三・9・1 中厩馬府	秦集一・三 ・11・2 左厩丞印	秦集一・三 ・13・4 右厩丞印	秦集一・三 ・14・6 小厩丞印
秦集一・三 ・7・18 中厩丞印	秦集一・三 ・7・24 中厩丞印	秦集一・三 ・7・31 中厩丞印	秦集一・ 三・9・2 中厩馬府	秦集一・三 ・11・3 左厩丞印	秦集一・三 ・13・5 右厩丞印	秦集一・三 ・14・9 小厩丞印

秦集一·三·14·10 小厩丞印	秦集一·三·17·1 官厩丞印	西安 圖十七 9 宮厩丞印	新出 6 厩丞之印	新出 7 小厩丞印	匯考 190 章厩丞印	匯考 209 宮厩丞印
秦集一·三·14·11 小厩丞印	秦集一·三·18·1 下厩	西安 圖十八 6 厩丞之印	新出 6 宮厩丞印	新出 7 中厩丞印	匯考 191 章厩丞印	匯考 219 都厩
秦集一·三·14·14 小厩丞印	秦集一·三·19·1 下厩丞印	西安 圖十九 2 右厩丞印	新出 6 章厩丞印	新出 8 中厩丞印	匯考 192 章厩丞印	匯考 221 中厩
秦集一·三·15·1 小厩將馬	秦集一·三·19·2 下厩丞印	新出 5 右厩丞印	新出 6 章厩丞印	在京中央 圖二 17 厩璽	匯考 205 宮厩	匯考 228 中厩丞印
秦集一·三·15·2 小厩將馬	西安 圖十六 9 左厩	新出 6 右厩丞印	新出 6 章厩丞印	在京中央 圖二 18 中厩廷府	匯考 207 宮厩丞印	匯考 229 中厩丞印
秦集一·三·16·1 御厩丞印	西安 圖十七 2 章厩丞印	新出 6 厩丞之印	新出 6 小厩丞印	在京中央 圖二 19 厩吏□□	匯考 208 宮厩丞印	匯考 230 中厩丞印

		廣		廥		庭
匯考 231 中厩丞印	匯考 290 小厩將□	秦集二・三・65・1 廣成之丞	秦集二・四・30・2 廣陵鄉印	秦集一・二・34・1 鞅廥都丞	西安新見 12 都杜廥印	新見中央 42 底柱丞印
匯考 257 中厩將馬	匯考 1567 □厩	秦集二・四・20・1 廣鄉	秦集二・四・33・1 廣文鄉印	秦集一・二・34・2 鞅廥都丞	匯考 468 幹廥都丞	於京地理 11 漢中底印
匯考 261 中厩馬府		秦集二・四・20・2 廣鄉	秦集二・四・33・2 廣文鄉印	秦集一・二・34・3 鞅廥都丞	匯考 469 幹廥都丞	
匯考 262 中厩馬府		秦集二・四・20・3 廣鄉	秦集二・四・33・3 廣文鄉印	秦集一・五・19・1 田廥	匯考 470 幹廥都丞	
匯考 269 右厩丞印		秦集二・四・20・4 廣鄉		新見中央 8 □中材廥	匯考 471 幹廥都丞	
匯考 276 小厩丞印		秦集二・四・30・1 廣陵鄉印		新出 10 幹廥都丞	匯考 472 幹廥都丞	

			陽			
秦集二・三・10・1 廢丘	秦集二・三・11・6 廢丘丞印	匯考 1295 廢丘丞印	新見地理 19 碭丞之印	秦集一・五・11・1 左礜桃支	秦集一・五・13・4 左礜桃丞	秦集一・五・13・10 左礜桃丞
秦集二・三・11・1 廢丘丞印	秦集二・三・11・7 廢丘丞印	匯考 1296 廢丘丞印		秦集一・五・11・2 左礜桃支	秦集一・五・13・5 左礜桃丞	秦集一・五・13・11 左礜桃丞
秦集二・三・11・2 廢丘丞印	西安 圖十九 6 廢丘丞印	匯考 1297 廢丘丞印		秦集一・五・12・1 右礜桃支	秦集一・五・13・6 左礜桃丞	秦集一・五・13・12 左礜桃丞
秦集二・三・11・3 廢丘丞印	新出 27 廢丘丞印			秦集一・五・13・1 左礜桃丞	秦集一・五・13・7 左礜桃丞	秦集一・五・14・1 右礜桃丞
秦集二・三・11・4 廢丘丞印	匯考 1293 廢丘			秦集一・五・13・2 左礜桃丞	秦集一・五・13・8 左礜桃丞	秦集一・五・14・3 右礜桃丞
秦集二・三・11・5 廢丘丞印	匯考 1294 廢丘			秦集一・五・13・3 左礜桃丞	秦集一・五・13・9 左礜桃丞	秦集一・五・14・4 右礜桃丞

		丞	獙	秦	豸	
秦集一・五・14・5 右礜桃丞	匯考 1518 左礜桃丞	秦集一・四・4・1 長信私丞	於京地理 57 獂道丞印	於京地理 35 獇丞之印	秦集三・一・21・1 荼豸	
新出 29 左礜桃丞	匯考 1519 左礜桃丞	秦集二・三・55・1 長平丞印			秦集三・一・21・2 荼豸	
新出 29 左礜桃丞	匯考 1530 右礜桃丞	新見地理 34 長武丞印				
新出 29 左礜桃丞	匯考 1531 右礜桃丞	匯考 1328 長武丞印				
在京中央 圖四 20 礜桃支印		匯考 1352 長社丞印				
匯考 1516 右礜桃支						

秦封泥文字編卷十						
	 秦集一・ 二・14・1 公車司馬	 秦集一・ 二・15・6 公車司馬丞	 秦集一・ 三・8・2 中厩將馬	 秦集一・ 三・15・1 小厩將馬	 秦集二・ 二・2・5 上家馬丞	 秦集二・ 二・15・5 代馬丞印
	 秦集一・ 二・15・1 公車司馬丞	 秦集一・ 二・18・1 軍假司馬	 秦集一・ 三・8・3 中厩將馬	 秦集一・ 三・20・1 下家馬丞	 秦集二・ 二・5・1 東郡司馬	 秦集二・ 二・22・1 臨菑司馬
	 秦集一・ 二・15・2 公車司馬丞	 秦集一・ 二・21・1 騎馬丞印	 秦集一・ 三・9・1 中厩馬府	 秦集二・ 二・2・1 上家馬丞	 秦集二・ 二・15・1 代馬丞印	 秦集二・ 二・23・1 琅邪司馬
	 秦集一・ 二・15・3 公車司馬丞	 秦集一・ 二・82・1 右中馬丞	 秦集一・ 三・9・2 中厩馬府	 秦集二・ 二・2・2 上家馬丞	 秦集二・ 二・15・2 代馬丞印	 秦集二・ 二・37・1 涇下家馬
	 秦集一・ 二・15・4 公車司馬丞	 秦集一・ 三・2・1 家馬	 秦集一・ 三・9・3 中厩馬府	 秦集二・ 二・2・3 上家馬丞	 秦集二・ 二・15・3 代馬丞印	 秦集三・ 一・13・1 馬迮
	 秦集一・ 二・15・5 公車司馬丞	 秦集一・ 三・8・1 中厩將馬	 秦集一・ 三・9・4 中厩馬府	 秦集二・ 二・2・4 上家馬丞	 秦集二・ 二・15・4 代馬丞印	 秦集三・ 二・2・1 司馬武

						騎
秦集三·二·3·1 司馬歇	新出 5 公車司馬丞	在京中央 圖一 12 騎馬	匯考 148 公車司馬丞	匯考 262 中厩馬府	匯考 1229 東晦□馬	秦集三·一·31·1 駱忌
秦集三·二·2·2 司馬武	新出 5 公車司馬丞	在京中央 圖三 1 馬府	匯考 149 公車司馬丞	匯考 298 上家馬丞	匯考 1502 司馬歇	
秦集三·二·2·3 司馬武	新出 7 騎馬丞印	西安新見 13 公車司馬	匯考 150 公車司馬丞	匯考 299 上家馬丞	匯考 1503 司馬歇	
秦集三·二·2·4 司馬武	新出 25 代馬丞印	里耶 圖一四 01 洞庭司馬	匯考 177 騎馬丞印	匯考 303 下家馬丞	匯考 1504 司馬歇	
秦集三·二·2·5 司馬武	於京地理 7 代馬	匯考 146 公車司馬丞	匯考 257 中厩將馬	匯考 1220 代馬丞印		
西安 圖十九 1 公車司馬丞	在京中央 圖一 6 公車司馬	匯考 147 公車司馬丞	匯考 261 中厩馬府	匯考 1221 代馬丞印		

騎		驪	鹿	麀	麗	犬
秦集一·二·21·1 騎馬丞印	匯考 178 騎馬丞印	秦集一·三·21·1 驪丞之印	於京地理 18 鉅鹿之丞	秦集一·四·24·1 麀圈	新見地理 5 麗邑丞印	在京中央 圖二 16 尚犬
西安 圖十六 24 騎邦尉印		秦集一·三·21·2 驪丞之印		秦集一·四·24·2 麀圈	新出 28 麗邑丞印	
新出 7 騎馬丞印		秦集一·三·21·3 驪丞之印		新出 24 麀圈	新出 28 麗邑丞印	
在京中央 圖一 2 騎邦尉印				匯考 1021 麀圈	於京地理 22 麗邑丞印	
在京中央 圖一 12 騎馬				匯考 1022 麀圈	匯考 57 麗山飼官	
匯考 177 騎馬丞印				匯考 1023 麀圈	匯考 58 麗山飼官	

狡	狀	狄	獻	狼	炊	尉
匯考 807 狡士之印	秦集三· 一·24·1 鉤狀	秦集二· 三·88·1 狄城之印	匯考 1555 右獻丞印	秦集二· 三·62·1 白狼之丞	秦集一· 五·32·1 吳炊之印	秦集一· 二·13·1 衛尉之印
匯考 808 狡士之印				秦集二· 三·62·2 白狼之丞	匯考 1549 吳炊之印	秦集一· 二·22·1 廷尉之印
				秦集二· 四·43·1 郁狼鄉印		秦集一· 二·81·1 中尉之印
				秦集二· 四·43·2 郁狼鄉印		秦集一· 二·22·2 廷尉之印
				秦集二· 四·43·3 郁狼鄉印		秦集一· 二·22·3 廷尉之印
						秦集二· 二·3·1 三川尉印

秦集二·二·19·1 齊中尉印	新見中央 1 太尉府襄	在京中央 圖一 2 騎邦尉印	問陶 P174 下邽右尉	秦集三·一·20·1 商光	於京地理 19 巫黔□邸	秦集三·一·14·1 胥赤
秦集二·二·20·1 齊左尉印	新見中央 20 中尉	在京中央 圖四 1 大尉之印			於京地理 20 巫黔右工	
秦集二·二·21·1 齊□尉印	新出 8 廷尉之印	匯考 308 廷尉之印				
西安 圖十六 24 騎邦尉印	新出 18 中尉之印	匯考 309 廷尉之印				
西安 圖十八 13 □尉□□	新出 18 中尉之印	匯考 1228 四□尉□				
新見地理 4 河間尉印	在京中央 圖一 1 邦尉之璽	問陶 P171 左尉				

秦集三·一·35·1 薛赫	秦集一·二·8·1 大（太）醫丞印	秦集二·二·31·1 即墨大（太）守	新見中央19 大（太）府丞印	新出11 大（太）官丞印	新出30 大（太）府丞印	在京中央圖二3 大（太）官幹丞
	秦集一·二·37·1 大（太）官丞印	秦集二·二·31·2 即墨大（太）守	新出3 大（太）□丞印	新出11 大（太）官丞印	於京地理6 大（太）郡太守	在京中央圖二4 大（太）府丞印
	秦集二·二·4·1 河間大（太）守	西安圖十六8 大（太）內丞印	新出11 大（太）官	新出20 大（太）匠丞印	於京地理12 蜀大（太）府丞	在京中央圖二6 大（太）內
	秦集二·二·16·1 大（太）原守印	西安圖十六20 大（太）匠丞印	新出11 大（太）官	新出20 大（太）匠丞印	在京中央圖一4 大（太）醫	在京中央圖二7 大（太）內丞印
	秦集二·二·17·1 四川大（太）守	西安圖十六22 大（太）倉丞印	新出11 大（太）官	新出24 蜀大（太）府丞	在京中央圖一10 大（太）匠丞印	在京中央圖二9 東園大（太）匠
	秦集二·二·18·1 四川大（太）守	西安圖十七13 大（太）官丞印	新出11 大（太）官丞印	新出30 大（太）府丞印	在京中央圖二2 大（太）官	在京中央圖四1 大（太）尉之印

·285·

		夷	吳	端	盧	息
在京中央圖四 19 大（太）□邦□	匯考 1587 清河大（太）守	新見地理 26 夷輿丞印	秦集一·五·32·1 吳炊之印	秦集二·四·19·1 端鄉	新見地理 29 取盧丞印	秦集二·四·35·1 新息鄉印
西安新見 5 大（太）倉丞印	問陶 P171 大（太）倉丞印		秦集一·五·32·2 吳炊之印	秦集二·四·19·2 端鄉		秦集二·四·35·2 新息鄉印
西安新見 9 大（太）匠	問陶 P173 蜀大（太）府丞		秦集三·一·8·1 吳應	秦集二·四·19·3 端鄉		秦集二·四·35·3 新息鄉印
西安新見 10 大（太）匠丞印			匯考 1549 吳炊之印			秦集二·四·35·4 新息鄉印
西安新見 19 大（太）官丞印						秦集二·四·35·5 新息鄉印
匯考 1582 大（太）官丞印						

志	應	愼	慶	懷	忌	
秦集三·一·9·1 谷志	秦集三·一·8·1 吳應	新見地理24 愼丞之印	在京中央圖五 7 慶	秦集二·三·28·1 懷令之印	秦集三·一·31·1 駱忌	

秦封泥文字編卷十一	泥				河	江
	秦集一・二・9・1 都水丞印	秦集二・二・27・1 琅邪水丞	西安圖十七 8 都水丞印	匯考 1028 白水之苑	秦集二・二・4・1 河間太守	秦集二・二・9・1 九江守印
	秦集一・二・9・2 都水丞印	秦集二・四・37・1 白水鄉印	新見中央 31 白水苑丞	匯考 1029 白水之苑	新見地理 4 河間尉印	秦集二・二・35・1 江左鹽丞
	秦集一・二・9・3 都水丞印	秦集二・四・37・2 白水鄉印	新出 3 都水丞印	匯考 1034 白水苑丞	於京地理 8 河外府丞	秦集二・二・36・1 江右鹽丞
	秦集一・四・26・1 白水之苑	秦集二・四・37・3 白水鄉印	新出 22 白水之苑	匯考 1035 白水苑丞	於京地理 9 河內邸丞	匯考 412 江左鹽丞
	秦集一・四・26・3 白水之苑	秦集二・四・37・4 白水鄉印	於京地理 15 東晦都水	匯考 1036 白水苑丞	於京地理 10 河內左工	匯考 413 江右鹽丞
	秦集二・二・26・1 琅邪都水	秦集三・一・37・1 鍾水	匯考 113 都水丞印		匯考 1587 清河大守	

新出 18 池室之印	匯考 1345 溫丞之印	於京地理 53 沮丞之 印	於京地理 54 臨洮丞 印	秦集二· 二·37·1 涇下家馬	匯考 1316 漆丞之印	秦集一· 三·21·1 洛都
匯考 1087 池室之印					匯考 1317 漆丞之印	秦集一· 三·22·1 洛都丞印
匯考 1088 池室之印					匯考 1318 漆丞之印	匯考 1437 洛都丞印
問陶 P171 晦池之印						

於京地理 21 汾□府□	秦集二·二·34·1 淮陽弩丞	秦集二·四·46·1 湏郭鄉印	於京地理 41 汶陽丞印	秦集一·四·2·1 上寖	新見中央 26 康泰□寖	秦集二·二·18·1 濟北太守
	於京地理 72 淮□丞□	秦集二·四·46·2 湏郭鄉印		秦集一·四·2·2 上寖	在京中央 圖三 5 孝寖	秦集二·三·46·1 濟陰丞印
				秦集一·四·2·3 上寖	匯考 875 上寖	秦集二·三·46·2 濟陰丞印
				秦集一·四·2·4 上寖	匯考 882 泰上寖印	秦集二·三·46·3 濟陰丞印
				秦集一·四·2·5 上寖		匯考 1418 濟陰丞印
				秦集一·四·2·6 上寖		

溥	沭	浮	清	澤	淦	遼
於京地理 71 溥□丞□	新見地理 11 朐衍導丞	新見地理 33 浮陽丞印	匯考 1587 清河大守	於京地理 47 濩澤丞印	秦集二· 三·51·1 新淦丞印	秦集二· 二·14·1 潦東守印
匯考 1413 溥導	匯考 1432 朐衍道丞	匯考 1347 浮陽丞印				
匯考 1414 溥導丞印	匯考 1433 朐衍道丞					
	匯考 1434 朐衍道丞					

 於京地理 47 濩澤丞印	 於京地理 40 潘旌	 秦集一· 二·65·1 尚浴	 秦集一· 二·66·2 尚浴府印	 在京中央 圖三 18 浴禁丞印	 問陶 P171 尚浴倉印	 秦集一· 二·7·1 泰醫丞印
	 匯考 1492 潘□	 秦集一· 二·65·2 尚浴	 秦集一· 二·66·3 尚浴府印	 匯考 655 尚浴		 秦集一· 二·7·2 泰醫丞印
		 秦集一· 二·65·3 尚浴	 新出 16 尚浴府印	 匯考 656 尚浴		 秦集一· 二·7·3 泰醫丞印
		 秦集一· 二·65·4 尚浴	 新出 16 尚浴	 匯考 657 尚浴		 秦集一· 二·7·4 泰醫丞印
		 秦集一· 二·65·5 尚浴	 在京中央 圖二 13 尚浴右般	 匯考 663 尚浴府印		 秦集一· 二·7·5 泰醫丞印
		 秦集一· 二·66·1 尚浴府印	 在京中央 圖二 14 尚浴寺般	 匯考 664 尚浴府印		 秦集一· 二·7·6 泰醫丞印

秦集一·二·7·7 泰醫丞印	秦集一·二·23·4 泰行	秦集一·二·38·2 泰官丞印	秦集一·二·38·8 泰官丞印	秦集一·二·85·4 泰匠丞印	秦集一·二·85·13 泰匠丞印	新見中央 3 泰宰
秦集一·二·7·8 泰醫丞印	秦集一·二·27·1 泰倉	秦集一·二·38·3 泰官丞印	秦集一·二·38·10 泰官丞印	秦集一·二·85·5 泰匠丞印	秦集一·二·85·14 泰匠丞印	新見中央 4 泰醫左府
秦集一·二·7·9 泰醫丞印	秦集一·二·28·1 泰倉丞印	秦集一·二·38·4 泰官丞印	秦集一·二·39·1 泰官庫印	秦集一·二·85·6 泰匠丞印	秦集一·三·1·1 泰廐丞印	新見中央 5 泰醫右府
秦集一·二·7·10 泰醫丞印	秦集一·二·28·2 泰倉丞印	秦集一·二·38·5 泰官丞印	秦集一·二·85·1 泰匠丞印	秦集一·二·85·8 泰匠丞印	秦集一·三·1·2 泰廐丞印	新見中央 6 泰內
秦集一·二·23·1 泰行	秦集一·二·29·1 泰內丞印	秦集一·二·38·6 泰官丞印	秦集一·二·85·2 泰匠丞印	秦集一·二·85·9 泰匠丞印	秦集一·三·1·3 泰廐丞印	新見中央 10 泰官
秦集一·二·23·3 泰行	秦集一·二·38·1 泰官丞印	秦集一·二·38·7 泰官丞印	秦集一·二·85·3 泰匠丞印	秦集一·二·85·12 泰匠丞印	秦集一·四·28·1 泰山司空	新見中央 26 康泰□寢

新出 2 泰史	新出 9 泰內	新出 17 泰匠丞印	匯考 30 泰醫丞印	匯考 398 泰內丞印	匯考 419 泰倉	匯考 745 泰匠丞印
新出 3 泰	新出 10 泰倉丞印	新出 17 泰官	匯考 41 泰醫右府	匯考 399 泰內丞印	匯考 421 泰倉丞印	匯考 882 泰上寢印
新出 3 泰史	新出 10 泰倉丞印	新出 31 泰□丞印	匯考 55 泰宰	匯考 487 泰官庫印	匯考 422 泰倉丞印	
新出 3 泰醫丞印	新出 10 泰倉丞印	新出 31 泰史□□	匯考 56 泰宰	匯考 488 泰官庫印	匯考 476 泰官	
新出 3 泰醫丞印	新出 17 泰匠丞印	在京中央 圖一 3 泰史	匯考 313 泰行	匯考 743 泰匠丞印	匯考 477 泰官	
新出 3 泰醫	新出 17 泰匠丞印	在京中央 圖二 8 泰內	匯考 397 泰內	匯考 744 泰匠丞印	匯考 478 泰官丞印	

秦集一·五·27·1涷布之丞	秦集二·三·1·1瀕陽丞印	匯考 1231瀕陽丞印	秦集二·二·3·1三川尉印	秦集二·三·68·1泉州丞印	秦集二·三·2·1重泉丞印	
	秦集二·三·1·2瀕陽丞印	匯考 1232瀕陽丞印	秦集二·二·17·1四川太守		秦集二·三·2·2重泉丞印	
	秦集二·三·1·4瀕陽丞印	問陶 P174瀕陽丞印	匯考 1590□川府丞		秦集二·三·68·1泉州丞印	
	秦集二·三·1·6瀕陽丞印				在京中央圖四 2高泉家丞	
	新出 26瀕陽丞印				匯考 1238重泉丞印	
	新出 26瀕陽丞印				匯考 1239重泉丞印	

			尚	雲		
秦集一・二・53・1 永巷	新出 15 永巷丞印	匯考 566 永巷丞印	秦集三・一・9・1 谷志	秦集一・四・27・1 左雲夢丞	新見地理 6 雲陽	匯考 1038 左雲夢丞
秦集一・二・54・1 永巷丞印	新出 15 永巷丞印	匯考 567 永巷丞印		秦集一・四・27・2 左雲夢丞	新出 22 左雲夢丞	匯考 1040 右雲夢丞
秦集一・二・54・4 永巷丞印	新出 32 永□丞印	匯考 568 永巷丞印		秦集二・三・9・1 雲陽丞印	新出 22 左雲夢丞	匯考 1041 右雲夢丞
秦集一・二・54・5 永巷丞印	於京地理 29 永陵丞印	匯考 569 永巷丞印		秦集二・三・9・2 雲陽丞印	新出 22 右雲夢丞	匯考 1287 雲陽丞印
秦集一・二・54・6 永巷丞印	匯考 563 永巷	匯考 570 永巷丞印		秦集二・三・9・3 雲陽丞印	在京中央 圖三 17 右雲夢丞	
西安 圖十八 3 永巷丞印	匯考 564 永巷			秦集二・三・9・4 雲陽丞印	匯考 1037 左雲夢丞	

秦封泥文字編卷十二					
	秦集三·一·33·1 盧孔	秦集一·四·15·1 章臺	秦集一·四·18·5 安臺丞印	秦集一·四·18·12 安臺丞印	秦集一·四·18·18 安臺丞印	秦集一·四·18·25 安臺丞印
		秦集一·四·15·2 章臺	秦集一·四·18·6 安臺丞印	秦集一·四·18·13 安臺丞印	秦集一·四·18·20 安臺丞印	秦集一·四·19·1 安臺左厩
		秦集一·四·18·1 安臺丞印	秦集一·四·18·8 安臺丞印	秦集一·四·18·14 安臺丞印	秦集一·四·18·21 安臺丞印	秦集二·四·27·1 臺鄉
		秦集一·四·18·2 安臺丞印	秦集一·四·18·9 安臺丞印	秦集一·四·18·15 安臺丞印	秦集一·四·18·22 安臺丞印	秦集二·四·27·2 臺鄉
		秦集一·四·18·3 安臺丞印	秦集一·四·18·10 安臺丞印	秦集一·四·18·16 安臺丞印	秦集一·四·18·23 安臺丞印	西安圖十九 7 安臺丞印
		秦集一·四·18·4 安臺丞印	秦集一·四·18·11 安臺丞印	秦集一·四·18·17 安臺丞印	秦集一·四·18·24 安臺丞印	新出 23 章臺

		圖				
新出 23 章臺	匯考 952 章臺	秦集一・ 五・7・1 西方謁者	秦集二・ 一・4・5 西共丞印	秦集二・ 四・8・3 西鄉	秦集二・ 四・9・2 西鄉之印	秦集二・ 四・39・1 西平鄉印
新出 23 安臺丞印	匯考 982 安臺丞印	秦集一・ 五・7・2 西方謁者	秦集二・ 一・5・1 西共丞印	秦集二・ 四・8・4 西鄉	秦集二・ 四・9・3 西鄉之印	秦集二・ 四・39・2 西平鄉印
新出 24 安臺丞印	匯考 983 安臺丞印	秦集二・ 一・4・1 西共丞印	秦集二・ 一・6・1 西採金印	秦集二・ 四・8・5 西鄉	秦集二・ 四・9・5 西鄉之印	秦集二・ 四・39・3 西平鄉印
新出 24 安臺丞印	匯考 984 安臺丞印	秦集二・ 一・4・2 西共丞印	秦集二・ 三・44・1 西成丞印	秦集二・ 四・8・6 西鄉	秦集二・ 四・38・1 西昌鄉印	西安 圖十六 16 西□丞印
在京中央 圖三 6 安臺之印	匯考 985 安臺丞印	秦集二・ 一・4・3 西共丞印	秦集二・ 四・8・1 西鄉	秦集二・ 四・8・7 西鄉	秦集二・ 四・38・2 西昌鄉印	西安 圖十六 21 西共
匯考 951 章臺	匯考 986 安臺丞印	秦集二・ 一・4・4 西共丞印	秦集二・ 四・8・2 西鄉	秦集二・ 四・9・1 西鄉之印	秦集二・ 四・38・3 西昌鄉印	西安 圖十七 15 西方謁者

				鹽	閻
西安 圖十八 8 西丞之印	於京地理 4 西鹽丞印	匯考 417 西採金印	匯考 1379 西陵丞印	秦集二・一・5・1 西鹽	匯考 409 西鹽	秦集二・四・42・1 東閻鄉印
新見地理 1 西田	於京地理 13 蜀西工丞	匯考 1057 西中謁府	匯考 1394 西共丞印	秦集二・二・28・1 琅邪左鹽	匯考 412 江左鹽丞	秦集二・四・42・2 東閻鄉印
類編 卷十二 P381 西平	於京地理 45 西陵丞印	匯考 1058 西中謁府	匯考 1395 西共丞印	秦集二・二・35・1 江左鹽丞	匯考 413 江右鹽丞	秦集二・四・42・3 東閻鄉印
新出 5 郎中西田	在京中央 圖一 5 郎中西田	匯考 1059 西方謁者	問陶 P171 西宮苑印	秦集二・二・36・1 江右鹽丞		秦集二・四・42・4 東閻鄉印
新出 5 西方謁者	在京中央 圖四 11 西方中謁	匯考 1060 西方謁者		秦集二・三・37・1 無鹽丞印		秦集二・四・42・5 東閻鄉印
新出 5 西中謁府	匯考 409 西鹽	匯考 1061 西方謁者		於京地理 4 西鹽丞印		秦集二・四・42・6 東閻鄉印

閭	閬	閒	承	拔	擥	女
秦集二・四・42・7 東閭鄉印	匯考 1430 閬中丞印	秦集二・二・4・1 河間太守	秦集二・三・31・1 承丞之印	秦集二・四・23・1 拔鄉之印	秦集三・二・1・1 擥上官	秦集二・三・56・1 女陰丞印
		新見地理 4 河間尉印	秦集二・三・31・2 承丞之印		匯考 1498 擥上官	秦集二・三・56・2 女陰丞印
			匯考 1381 承印		匯考 1499 擥上官	秦集二・三・59・1 女陰丞印
					匯考 1500 擥上官	秦集二・三・59・2 女陰丞印
						新見地理 23 女陰
						匯考 1355 女陽丞印

秦集一・五・22・1 奴盧之印	問陶 P174 始	新見地理 7 好畤	匯考 1471 步嬰	匯考 1380 庤嬰丞印	秦集一・二・45・1 佐弋丞印	新出 16 佐弋丞印
新見中央 39 奴盧府印		匯考 1329 好畤丞印			秦集一・二・45・3 佐弋丞印	匯考 490 佐弋丞印
		問陶 P173 好畤丞印			秦集一・二・45・4 佐弋丞印	匯考 491 佐弋丞印
					秦集一・二・45・5 佐弋丞印	匯考 492 佐弋丞印
					秦集一・四・10・1 北宮弋丞	匯考 927 北宮弋丞
					秦集一・四・10・2 北宮弋丞	匯考 928 北宮弋丞

氏	戲	武			樂	無
新見地理 13 盧氏丞印	秦集二·三·19·1 戲丞之印	秦集一·二·83·1 武庫丞印	於京地理 16 恒山武庫	匯考 1390 安武丞印	匯考 105 左樂寺瑟	秦集二·三·37·1 無鹽丞印
於京地理 60 烏氏丞印	匯考 1291 戲丞之印	秦集一·二·83·2 武庫丞印	於京地理 56 襄武		匯考 106 左樂寺瑟	秦集二·三·61·1 無終□□
匯考 1348 緱氏丞印		秦集三·二·2·1 司馬武	匯考 1106 武庫丞印			新見地理 27 徐無丞印
		新見地理 34 長武丞印	匯考 1107 武庫丞印			匯考 1569 無□丞印
		新見中央 21 武庫	匯考 1328 長武丞印			
		新出 19 武庫丞印	匯考 1349 東武陽丞			

匠					屮	涂
秦集一·二·85·1 泰匠丞印	秦集一·二·85·7 泰匠丞印	秦集一·二·85·13 泰匠丞印	新出 20 大匠丞印	西安新見 10 大（太）匠丞印	問陶 P171 曲橋苑印	匯考 1489 張□
秦集一·二·85·2 泰匠丞印	秦集一·二·85·8 泰匠丞印	秦集一·二·85·14 泰匠丞印	新出 20 大（太）匠丞印	匯考 743 泰匠丞印		
秦集一·二·85·3 泰匠丞印	秦集一·二·85·9 泰匠丞印	西安圖十六 20 大匠丞印	在京中央圖一 10 大（太）匠丞印	匯考 744 泰匠丞印		
秦集一·二·85·4 泰匠丞印	秦集一·二·85·10 泰匠丞印	新出 17 泰匠丞印	在京中央圖一 11 泰匠	匯考 745 泰匠丞印		
秦集一·二·85·5 泰匠丞印	秦集一·二·85·11 泰匠丞印	新出 17 泰匠丞印	在京中央圖二 9 東園大匠			
秦集一·二·85·6 泰匠丞印	秦集一·二·85·12 泰匠丞印	新出 17 泰匠丞印	西安新見 9 大（太）匠			

弩		孫	綿		
秦集一·五·24·1 弩工室印	秦集二·二·29·1 琅邪發弩	秦集三·一·19·1 孫平	於京地理 55 綿諸丞印		
秦集一·五·25·1 發弩	秦集二·二·34·1 淮陽弩丞				
秦集一·五·25·2 發弩	匯考 407 弩工室印				
秦集一·五·25·3 發弩					
秦集一·五·25·4 發弩					
秦集二·二·8·1 衡山發弩					

繹	織		絞	緄	絫
在京中央 圖五 4 繹	秦集一· 二·57·1 右織	匯考 588 蜀左織官	秦集二· 三·61·1 無終□□	秦集一· 二·58·1 左織緄丞	秦集二· 四·45·1 累丘鄉印
	秦集一· 二·58·1 左織緄丞			匯考 586 左織緄丞	秦集二· 四·45·2 累丘鄉印
	秦集二· 二·7·1 蜀左織官			匯考 587 左織緄丞	
	匯考 585 右織				
	匯考 586 左織緄丞				
	匯考 587 左織緄丞				

秦封泥文字編卷十三

縱	緩	蜀	虹	恆	恆	堂
匯考 1348 緱氏丞印	匯考 1490 緩	秦集二・二・7・1 蜀左織官	匯考 1411 虹丞之印	於京地理 36 風丞之印	新見中央 37 恒山侯丞	秦集二・三・33・1 堂邑丞印
		新出 24 蜀大府丞			於京地理 16 恒山武庫	秦集二・三・33・2 堂邑丞印
		於京地理 12 蜀太府丞				
		於京地理 13 蜀西工丞				
		匯考 588 蜀左織官				
		問陶 P173 蜀太府丞				

壄	璽		墨		城	
秦集一·四·19·1 安臺左壄	秦集一·一·1·1 皇帝信璽	新出 18 寺工丞璽	秦集二·二·30·1 即墨	秦集二·三·97·3 即墨丞印	秦集二·三·36·1 任城丞印	秦集二·三·88·1 狄城之印
	西安 圖十六 15 □□丞璽	在京中央 圖一 1 邦尉之璽	秦集二·二·31·1 即墨太守	秦集二·三·97·5 即墨丞印	秦集二·三·48·1 城陽侯印	秦集二·三·91·1 參城丞印
	西安 圖十六 19 豐璽	在京中央 圖一 15 寺工丞璽	秦集二·二·31·2 即墨太守		秦集二·三·48·2 城陽侯印	秦集二·三·108·1 秋城之印
	西安 圖十八 12 寺工丞璽	在京中央 圖二 17 厩璽	秦集二·二·32·1 即墨□□		秦集二·三·67·1 昌城丞印	新見地理 15 任城
	新出 18 寺工丞璽	西安新見 21 請璽	秦集二·三·97·1 即墨丞印		秦集二·三·70·1 當城丞印	新出 27 彭城丞印
	新出 18 寺工丞璽		秦集二·三·97·2 即墨丞印		秦集二·三·79·1 博城	新出 28 彭城丞印

		壞	埒	里	田	
於京地理 34 新城丞印	匯考 1444 平城丞印	新見地理 9 壞德	匯考 900 埒禁丞印	秦集二・四・31・1 勮裏鄉印	秦集一・二・1・1 郎中左田	秦集一・五・17・1 左田之印
於京地理 64 寧城	匯考 1445 平城丞印		匯考 901 埒禁丞印	秦集二・四・31・2 勮裏鄉印	秦集一・二・1・2 郎中左田	秦集一・五・17・2 左田之印
於京地理 65 新襄城丞	匯考 1457 彭城丞印		匯考 902 埒禁丞印	秦集二・四・31・3 勮裏鄉印	秦集一・二・1・3 郎中左田	秦集一・五・18・1 都田之印
匯考 1383 新陽城丞	問陶 P173 襄城丞印				秦集一・二・1・4 郎中左田	秦集一・五・19・1 田厴
匯考 1385 新城父丞					秦集一・二・1・5 郎中左田	秦集二・二・10・1 趙郡左田
匯考 1403 任城丞印					秦集一・二・1・6 郎中左田	秦集二・三・6・1 藍田丞印

			時	略	當	畱
秦集二·三·6·2 藍田丞印	新出 5 郎中西田	匯考 140 郎中左田	新見地理 7 好時	匯考 1389 略陽丞印	秦集二·三·70·1 當城丞印	秦集二·三·71·1 屯留
秦集二·三·6·3 藍田丞印	新出 5 郎中西田	匯考 1255 藍田丞印	匯考 1329 好時丞印			問陶 P174 屯留丞印
秦集三·一·1·1 田固	於京地理 51 旱田之印	匯考 1256 藍田丞印	問陶 P173 好時丞印			
新見地理 1 西田	仕京中央 圖一 5 郎中西田					
新出 4 郎中左田	匯考 138 郎中左田					
新出 4 郎中左田	匯考 139 郎中左田					

黃	勵	劾	募			
秦集二·三·98·1 黃丞之印	秦集二·四·31·1 勵裏鄉印	在京中央 圖五 8 劾	西安 圖十八 5 募人丞印			
	秦集二·四·31·2 勵裏鄉印		新見中央 40 募人丞印			
	秦集二·四·31·3 勵裏鄉印		新出 29 募人丞印			
			在京中央 圖四 9 募人府印			
			匯考 1109 募人丞印			
			匯考 1110 募人丞印			

金		銀	鐵		鍾
秦集二· 一·6·1 西採金印	匯考 417 西採金印	在京中央 圖四 12 採銀	秦集一· 二·30·1 鐵市丞印	在京中央 圖四 6 鐵官丞印	秦集一· 二·42·1 樂府鍾官
秦集二· 一·6·2 西採金印	問陶 P170 御府金府		秦集一· 五·23·1 鐵兵工丞	匯考 403 鐵兵工丞	秦集二· 一·9·1 雝左樂鍾
新出 25 採金印			秦集一· 五·23·2 鐵兵工丞		秦集三· 一·37·1 鍾水
在京中央 圖四 15 隄採金印			秦集一· 五·23·3 鐵兵工丞		
在京中央 圖四 16 隄採金丞			新見中央 43 鐵兵工 室		
寓石 7 □採金丞			新出 18 鐵兵工丞		

秦封泥文字編卷十四

鉅	新				車	
於京地理 18 鉅鹿之丞	秦集二· 三·27·1 新安丞印	秦集二· 四·35·5 新息鄉印	於京地理 42 新郪丞印	匯考 1491 新□	珍秦 中車府丞	秦集一· 二·15·7 公車司馬丞
	秦集二· 三·51·1 新淦丞印	新見地理 22 新蔡丞印	於京地理 65 新襄城丞		秦集一· 二·15·1 公車司馬丞	秦集一· 二·15·9 公車司馬丞
	秦集二· 四·35·1 新息鄉印	新見地理 35 新陰	於京地理 67 新襄陵丞		秦集一· 二·15·2 公車司馬丞	秦集一· 二·16·1 公車右馬
	秦集二· 四·35·2 新息鄉印	新出 28 新安丞印	匯考 1383 新陽城丞		秦集一· 二·15·3 公車司馬丞	秦集一· 二·19·1 車府
	秦集二· 四·35·3 新息鄉印	於京地理 33 新安丞印	匯考 1385 新城父丞		秦集一· 二·15·4 公車司馬丞	秦集一· 二·20·1 中車府丞
	秦集二· 四·35·4 新息鄉印	於京地理 34 新城丞印	匯考 1425 新東陽丞		秦集一· 二·15·5 公車司馬丞	秦集一· 二·20·2 中車府丞

秦集一·二·20·3 中車府丞	秦集一·二·80·1 寺車丞印	秦集一·二·80·7 寺車丞印	新出 5 公車司馬丞	新出 8 中車府丞	在京中央 19 行車官印	匯考 148 公車司馬丞
秦集一·二·20·4 中車府丞	秦集一·二·80·2 寺車丞印	秦集一·四·1·1 信宮車府	新出 7 寺車丞印	在京中央 圖一 6 公車司馬	西安新見 3 寺車丞印	匯考 149 公車司馬丞
秦集一·二·20·5 中車府丞	秦集一·二·80·3 寺車丞印	西安 圖十七 16 寺車府印	新出 7 寺車丞印	在京中央 圖一 13 中車丞印	西安新見 8 車府丞印	匯考 150 公車司馬丞
秦集一·二·20·7 中車府丞	秦集一·二·80·4 寺車丞印	西安 圖十七 20 寺車丞印	新出 7 寺車丞印	在京中央 16 車府丞印	西安新見 13 公車司馬	匯考 165 中車府丞
秦集一·二·20·8 中車府丞	秦集一·二·80·5 寺車丞印	西安 圖十九 1 公車司馬丞	新出 7 行車官印	在京中央 17 寺車府印	匯考 146 公車司馬丞	匯考 166 中車府丞
秦集一·二·20·9 中車府丞	秦集一·二·80·6 寺車丞印	新出 5 公車司馬丞	新出 8 中車府丞	在京中央 18 車官	匯考 147 公車司馬丞	匯考 167 中車府丞

	輿	軹	車	宮		
匯考 168 中車府丞	秦集一· 五·21·1 方輿丞印	秦集二· 四·12·1 軹鄉	秦集一· 二·18·1 軍假司馬	珍秦 內官丞印	秦集一· 二·38·5 泰官丞印	秦集一· 二·39·1 泰官庫印
匯考 170 中車府丞	新見地理 26 夷輿丞印	秦集二· 四·12·2 軹鄉		秦集一· 二·37·1 大官丞印	秦集一· 二·38·6 泰官丞印	秦集一· 二·42·1 樂府鍾官
匯考 784 寺車丞印		新見地理 14 軹丞之印		秦集一· 二·38·1 泰官丞印	秦集一· 二·38·7 泰官丞印	秦集一· 二·63·1 內官丞印
匯考 785 寺車丞印				秦集一· 二·38·2 泰官丞印	秦集一· 二·38·8 泰官丞印	秦集一· 二·63·2 內官丞印
匯考 786 寺車丞印				秦集一· 二·38·3 泰官丞印	秦集一· 二·38·9 泰官丞印	秦集一· 二·63·3 內官丞印
匯考 1553 行車				秦集一· 二·38·4 泰官丞印	秦集一· 二·38·10 泰官丞印	秦集一· 二·63·4 內官丞印

秦集一・ 二・63・5 內官丞印	秦集一・ 二・63・11 內官丞印	秦集一・ 二・63・18 內官丞印	秦集一・ 二・88・4 中官丞印	秦集一・ 二・88・11 中官丞印	秦集一・三 ・17・1 官厩丞印	秦集二・ 二・7・1 蜀左織官
秦集一・ 二・63・6 內官丞印	秦集一・ 二・63・13 內官丞印	秦集一・ 二・63・20 內官丞印	秦集一・ 二・88・5 中官丞印	秦集一・ 二・88・12 中官丞印	秦集一・ 五・8・1 官臣丞印	秦集三・ 二・1・1 檻上官
秦集一・ 二・63・7 內官丞印	秦集一・ 二・63・14 內官丞印	秦集一・ 二・63・21 內官丞印	秦集一・ 二・88・6 中官丞印	秦集一・ 二・88・13 中官丞印	秦集一・ 五・8・2 官臣丞印	秦集三・ 二・1・2 檻上官
秦集一・ 二・63・8 內官丞印	秦集一・ 二・63・15 內官丞印	秦集一・ 二・88・1 中官丞印	秦集一・ 二・88・7 中官丞印	秦集一・ 二・88・14 中官丞印	秦集一・ 五・8・3 官臣丞印	西安 圖十六　5 中官丞印
秦集一・ 二・63・9 內官丞印	秦集一・ 二・63・16 內官丞印	秦集一・ 二・88・2 中官丞印	秦集一・ 二・88・8 中官丞印	秦集一・ 二・89・1 私官丞印	秦集一・ 五・8・5 官臣丞印	西安 圖十六　14 少府工官
秦集一・ 二・63・10 內官丞印	秦集一・ 二・63・17 內官丞印	秦集一・ 二・88・3 中官丞印	秦集一・ 二・88・9 中官丞印	秦集一・ 二・89・2 私官丞印	秦集一・ 五・8・6 官臣丞印	西安 圖十七　13 大官丞印

西安圖十八 7 私官丞印	新見中央 44 橘官	新出 11 太官	新出 21 中官丞印	在京中央圖二 2 大官	在京中央圖四 10 官臣之印	匯考 476 泰官
新見中央 7 少府幹官	新出 7 行車官印	新出 11 太官丞印	新出 30 官臣丞印	在京中央圖二 3 大官幹丞	西安新見 4 內官丞印	匯考 477 泰官
新見中央 10 泰官	新出 9 內官丞印	新出 11 太官丞印	在京中央圖一 9 樂官	在京中央圖二 10 村官	西安新見 16 官臣之印	匯考 478 泰官丞印
新見中央 24 私官左般	新出 9 內官丞印	新出 17 泰官	在京中央圖一 18 車官	在京中央圖二 15 私官左般	西安新見 19 太官丞印	匯考 487 泰官庫印
新見中央 25 私官右般	新出 11 太官	新出 20 私官丞印	在京中央圖一 19 行車官印	在京中央圖三 2 北宮幹官	匯考 57 麗山飼官	匯考 488 泰官庫印
新見中央 35 行華官印	新出 11 太官	新出 20 私官丞印	在京中央圖二 1 幹官	在京中央圖四 6 鐵官丞印	匯考 58 麗山飼官	匯考 588 蜀左織官

			陵			
匯考 620 內官丞印	匯考 819 中官幹丞	匯考 1091 橘官	秦集一・ 四・20・1 陽陵禁丞	秦集二・ 三・5・6 高陵丞印	秦集二・ 三・81・1 樂陵丞印	新見地理 10 壽陵丞 印
匯考 621 內官丞印	匯考 820 中官	匯考 1498 檻上官	秦集一・ 四・20・2 陽陵禁丞	秦集二・ 三・29・1 建陵丞印	秦集二・ 三・83・1 東平陵丞	於京地理 28 壽陵丞 印
匯考 640 私官丞印	匯考 821 中官丞印	匯考 1500 檻上官	秦集二・ 三・5・1 高陵丞印	秦集二・ 三・30・1 蘭陵丞印	秦集二・ 三・83・2 東平陵丞	於京地理 29 永陵丞 印
匯考 641 私官丞印	匯考 822 中官丞印	匯考 1551 左般私官	秦集二・ 三・5・2 高陵丞印	秦集二・ 三・63・1 廷陵丞印	秦集二・ 四・30・1 廣陵鄉印	於京地理 45 西陵丞 印
匯考 642 私官丞印	匯考 1064 官臣丞印	匯考 1552 右般私官	秦集二・ 三・5・3 高陵丞印	秦集二・ 三・76・1 於陵丞印	秦集二・ 四・30・2 廣陵鄉印	於京地理 59 南陵丞 印
匯考 643 私官丞印	匯考 1065 官臣丞印	匯考 1582 大官丞印	秦集二・ 三・5・4 高陵丞印	秦集二・ 三・80・1 樂陵	西安 圖十九 5 壽陵丞印	於京地理 67 新襄陵 丞

	陰			陽		
匯考 1015 陽陵禁丞	秦集一・ 五・15・1 弄陰御印	西安 圖十七 7 陰都船丞	匯考 1435 陰密丞印	珍秦 咸陽丞印	秦集一・ 四・6・5 華陽丞印	秦集一・ 四・20・1 陽陵禁丞
匯考 1245 高陵丞印	秦集一・ 五・15・2 弄陰御印	新見地理 23 女陰		秦集一・ 四・5・1 蕢陽宮印	秦集一・ 四・6・6 華陽丞印	秦集一・ 四・20・2 陽陵禁丞
匯考 封 高陵丞印	秦集一・ 五・15・3 弄陰御印	新見地理 35 新陰		秦集一・ 四・6・1 華陽丞印	秦集一・ 四・6・7 華陽丞印	秦集一・ 五・16・1 陽陵禁丞
匯考 1379 西陵丞印	秦集二・ 三・46・1 濟陰丞印	新出 19 陰都船丞		秦集一・ 四・6・2 華陽丞印	秦集一・ 四・6・8 華陽丞印	秦集二・ 一・1・1 咸陽
匯考 1458 晦陵丞印	秦集二・ 三・46・2 濟陰丞印	於京地理 68 粖陰之 印		秦集一・ 四・6・3 華陽丞印	秦集一・ 四・6・9 華陽丞印	秦集二・ 一・1・2 咸陽
	秦集二・ 三・56・1 女陰丞印	匯考 1418 濟陰丞印		秦集一・ 四・6・4 華陽丞印	秦集一・ 四・6・10 華陽丞印	秦集二・ 一・2・1 咸陽丞印

秦集二· 一·2·2 咸陽丞印	秦集二· 一·2·10 咸陽丞印	秦集二· 一·2·16 咸陽丞印	秦集二· 一·2·22 咸陽丞印	秦集二· 一·2·28 咸陽丞印	秦集二· 二·33·1 □陽□守	秦集二· 三·1·7 蘋陽丞印
秦集二· 一·2·3 咸陽丞印	秦集二· 一·2·11 咸陽丞印	秦集二· 一·2·17 咸陽丞印	秦集二· 一·2·23 咸陽丞印	秦集二· 一·2·29 咸陽丞印	秦集二· 二·34·1 淮陽弩丞	秦集二· 三·8·1 蘋陽丞印
秦集二· 一·2·6 咸陽丞印	秦集二· 一·2·12 咸陽丞印	秦集二· 一·2·18 咸陽丞印	秦集二· 一·2·24 咸陽丞印	秦集二· 一·2·30 咸陽丞印	秦集二· 三·1·1 蘋陽丞印	秦集二· 三·8·2 蘋陽丞印
秦集二· 一·2·7 咸陽丞印	秦集二· 一·2·13 咸陽丞印	秦集二· 一·2·19 咸陽丞印	秦集二· 一·2·25 咸陽丞印	秦集二· 一·2·31 咸陽丞印	秦集二· 三·1·2 蘋陽丞印	秦集二· 三·8·3 蘋陽丞印
秦集二· 一·2·8 咸陽丞印	秦集二· 一·2·14 咸陽丞印	秦集二· 一·2·20 咸陽丞印	秦集二· 一·2·26 咸陽丞印	秦集二· 一·3·1 咸陽工室丞	秦集二· 三·1·4 蘋陽丞印	秦集二· 三·8·4 蘋陽丞印
秦集二· 一·2·9 咸陽丞印	秦集二· 一·2·15 咸陽丞印	秦集二· 一·2·21 咸陽丞印	秦集二· 一·2·27 咸陽丞印	秦集二· 一·10·1 櫟陽右工室丞	秦集二· 三·1·6 蘋陽丞印	秦集二· 三·9·1 雲陽丞印

秦集二·三·9·2 雲陽丞印	秦集二·三·48·1 城陽侯印	秦集二·三·66·1 夕陽丞印	秦集二·四·34·1 朝陽鄉印	秦集二·四·49·1 南陽鄉印	秦集二·四·51·1 上東陽鄉	秦集二·五·2·1 咸陽亭丞
秦集二·三·9·3 雲陽丞印	秦集二·三·48·2 城陽侯印	秦集二·三·74·1 傅陽丞印	秦集二·四·34·2 朝陽鄉印	秦集二·四·49·2 南陽鄉印	秦集二·四·51·2 上東陽鄉	秦集二·五·2·2 咸陽亭丞
秦集二·三·13·1 美陽丞印	秦集二·三·54·1 潁陽丞印	秦集二·三·82·1 般陽丞印	秦集二·四·48·1 陽夏鄉印	秦集二·四·49·3 南陽鄉印	秦集二·四·51·3 上東陽鄉	西安 圖十六 1 □陽丞印
秦集二·三·23·1 定陽市丞	秦集二·三·59·1 女陽丞印	秦集二·三·82·2 般陽丞印	秦集二·四·48·2 陽夏鄉印	秦集二·四·49·4 南陽鄉印	秦集二·四·51·4 上東陽鄉	西安 圖十六 12 陽都船印
秦集二·三·32·1 游陽丞印	秦集二·三·59·2 女陽丞印	秦集二·三·96·1 高陽丞印	秦集二·四·48·3 陽夏鄉印	秦集二·四·49·5 南陽鄉印	秦集二·五·1·1 咸陽亭印	西安 圖十七 3 咸陽工室
秦集二·三·42·1 蔡陽丞印	秦集二·三·60·1 陽安丞印	秦集二·三·104·1 昌陽丞印	秦集二·四·48·4 陽夏鄉印	秦集二·四·49·6 南陽鄉印	秦集二·五·1·2 咸陽亭印	西安 圖十七 11 陽都船丞

西安 圖十七 21 南陽郎丞	新見地理 8 美陽	新出 23 華陽丞印	新出 26 咸陽丞印	新出 32 □丞□陽	於京地理 31 雒陽丞印	匯考 884 華陽丞印
西安 圖十七 25 咸陽丞印	新見地理 12 宜陽之丞	新出 24 咸陽工室	新出 26 咸陽丞印	於京地理 1 櫟陽丞印	於京地理 32 宜陽丞印	匯考 885 華陽丞印
西安 圖十八 4 陽御弄印	新見地理 33 浮陽丞印	新出 25 櫟陽左工室	新出 26 頻陽丞印	於京地理 2 櫟陽左工室	於京地理 41 汶陽丞印	匯考 886 華陽丞印
新見地理 2 櫟陽丞印	新出 23 華陽丞印	新出 26 咸陽亭丞	新出 28 陽御弄印	於京地理 3 櫟陽左工室 丞	於京地理 43　陽夏	匯考 887 華陽丞印
新見地理 3 櫟陽左工室 丞	新出 23 華陽丞印	新出 26 咸陽亭丞	新出 28 陽御弄印	於京地理 14 南陽邸丞	在京中央 圖三 13 阿陽禁印	匯考 888 華陽丞印
新見地理 6 雲陽	新出 23 華陽丞印	新出 26 咸陽丞印	新出 29 陽御弄印	於京地理 27 杜陽丞印	在京中央 圖三 20 寧陽家丞	匯考 889 華陽丞印

匯考 899 華陽禁印	匯考 1153 咸陽亭印	匯考 1188 咸陽工室丞	匯考 1287 雲陽丞印	匯考 1347 浮陽丞印	匯考 1371 游陽丞印	匯考 1415 魯陽丞印
匯考 1015 陽陵禁丞	匯考 1163 咸陽丞印	匯考 1231 蘋陽丞印	匯考 1315 美陽丞印	匯考 1349 東武陽丞	匯考 1372 游陽丞印	匯考 1416 般陽丞印
匯考 1082 陽御弄印	匯考 1164 咸陽丞印	匯考 1232 蘋陽丞印	匯考 澄 美陽丞印	匯考 1353 穎陽丞印	匯考 1383 新陽城丞	匯考 1425 新東陽丞
匯考 1083 陽御弄印	匯考 1185 咸陽工室丞	匯考 1253 櫟陽丞印	匯考 1343 洛陽丞印	匯考 1354 穎陽丞印	匯考 1386 歷陽丞印	匯考 1449 陽夏丞印
匯考 1084 陽御弄印	匯考 1186 咸陽工室丞	匯考 上 櫟陽丞印	匯考 1344 洛陽丞印	匯考 1355 女陽丞印	匯考 1389 略陽丞印	匯考 1459 彭陽丞印
匯考 1085 陽御弄印	匯考 1187 咸陽工室丞	匯考 1270 苢陽丞印	匯考 上 洛陽丞印	匯考 1370 游陽丞印	匯考 1391 陽丞之印	匯考 1468 陽印

	阿	阿	陘	陳	陶	餘
匯考 1562 □陽苑丞	新見地理 17 東阿丞印	於京地理 37 降丞之印	於京地理 73　陘山	秦集三· 一·25·1 陳舍	秦集二· 三·47·1 定陶丞印	匯考 1436 方□除丞
匯考 1564 弋？陽	在京中央 圖三 13 阿陽禁印			秦集三· 一·26·1 陳贏		
問陶 P172 比陽丞印	匯考 1042 平阿禁印					
問陶 P173 蔡陽丞印	匯考 1043 平阿禁印					
問陶 P174 頻陽丞印						

四	九	成		宋	羞	
秦集二·二·17·1 四川太守	秦集二·二·9·1 九江守印	秦集二·三·40·1 樂成	秦集二·四·47·1 南成鄉印	於京地理63 字丞之印	秦集一·二·70·1 御羞丞印	秦集一·二·70·7 御羞丞印
匯考 1228 四□尉□		秦集二·三·41·1 樂成之印	秦集二·四·47·2 南成鄉印		秦集一·二·70·2 御羞丞印	秦集一·二·70·9 御羞丞印
		秦集二·三·44·1 西成丞印	秦集二·四·47·3 南成鄉印		秦集一·二·70·3 御羞丞印	秦集一·二·70·10 御羞丞印
		秦集二·三·45·1 成都丞印	於京地理49 成固丞印		秦集一·二·70·4 御羞丞印	秦集一·二·70·11 御羞丞印
		秦集二·三·45·2 成都丞印			秦集一·二·70·5 御羞丞印	秦集一·二·70·12 御羞丞印
		秦集二·三·65·1 廣成之丞			秦集一·二·70·6 御羞丞印	秦集一·二·71·1 中羞

秦集一· 二·72·1 中羞丞印	秦集一· 二·72·8 中羞丞印	秦集一· 二·72·15 中羞丞印	秦集一· 二·73·1 中羞府印	新出 16 御羞丞印	匯考 672 御羞丞印	匯考 710 中羞府印
秦集一· 二·72·2 中羞丞印	秦集一· 二·72·9 中羞丞印	秦集一· 二·72·17 中羞丞印	秦集一· 二·73·2 中羞府印	新出 17 中羞府印	匯考 673 御羞丞印	匯考 711 中羞丞印
秦集一· 二·72·3 中羞丞印	秦集一· 二·72·10 中羞丞印	秦集一· 二·72·18 中羞丞印	秦集一· 二·74·1 中行羞府	新出 21 中羞	匯考 674 御羞丞印	匯考 712 中羞府印
秦集一· 二·72·4 中羞丞印	秦集一· 二·72·11 中羞丞印	秦集一· 二·72·19 中羞丞印	西安 圖十七 22 中羞	新出 21 中羞丞印	匯考 687 中羞丞印	
秦集一· 二·72·6 中羞丞印	秦集一· 二·72·12 中羞丞印	秦集一· 二·72·21 中羞丞印	西安 圖十八 1 御羞	新出 21 中羞丞印	匯考 688 中羞丞印	
秦集一· 二·72·7 中羞丞印	秦集一· 二·72·13 中羞丞印	秦集一· 二·72·22 中羞丞印	新出 16 御羞丞印	在京中央 圖二 11 御羞	匯考 709 中羞府印	

寅	未	酉	醫			
匯考 1469 壬寅	在京中央 圖四 13 未印	里耶 圖一四 0 5 酉陽丞印	秦集一· 二·7·1 泰醫丞印	秦集一· 二·7·7 泰醫丞印	新見中央 5 泰醫右府	匯考 41 泰醫右府
			秦集一· 二·7·2 泰醫丞印	秦集一· 二·7·8 泰醫丞印	新出 3 泰醫丞印	
			秦集一· 二·7·3 泰醫丞印	秦集一· 二·7·9 泰醫丞印	新出 3 泰醫丞印	
			秦集一· 二·7·4 泰醫丞印	秦集一· 二·7·10 泰醫丞印	新出 3 泰醫	
			秦集一· 二·7·5 泰醫丞印	秦集一· 二·8·1 太醫丞印	在京中央 圖一 4 太醫	
			秦集一· 二·7·6 泰醫丞印	新見中央 4 泰醫左府	匯考 30 泰醫丞印	

髯	髯				
匯考 1573 □茜□印	在京中央 圖五 5 尊				

秦封泥文字編合文	大夫					
	秦集一·五·28·1 廬大夫					
	秦集一·五·28·2 廬大夫					
	新出 29 廬大夫					
	匯考 1148 廬大夫					
	匯考 1149 廬大夫					
	匯考 1150 廬大夫					

秦封泥文字編待考					
	西安新見 17 枳（？）桃丞印	於京地理 40 播旌（？）	秦集三・一・3・1 弁疾（？）	問陶 P170 御府寢（？）府	匯考 1571 □鉊（？）□印

參考文獻

一、著作類

1. 周明泰：《續封泥考略》，民國十七年建德周氏影印本，1928 年。

2. 周明泰：《再續封泥考略》，民國十七年建德周氏影印本，1928 年。

3. 周明泰：《建德周氏藏古封泥拓影》，文嵐簃印書局。

4. 國立北京大學研究院文史部輯：《封泥存眞》，民國二十三年商務印書館影印本，1934 年。

5. 山東省立圖書館輯：《臨淄封泥文字》，民國二十五年影印本，1936 年。

6. 佚名：《齊魯封泥考存》，拓本。

7. 佚名：《封泥拓本》，拓本。

8. 高明：《古文字類編》，中華書局，1980 年。

9. 唐蘭：《古文字學導論》，齊魯書社，1981 年。

10. 臧勵龢：《中國古今地名大辭典》，商務印書館香港分館，1982 年。11. 林澐：《古文字研究簡論》，吉林大學出版社，1986 年 9 月。

12. 裘錫圭：《文字學概要》，59 頁，商務印書館，1988 年。

13. 吳式芬、陳介祺：《封泥考略》，中國書店影印本，1990 年。

14. 陳寶琛：《澂秋館藏古封泥》，上海書店出版社影印本，1991 年。

15. 袁仲一、劉鈺：《秦文字類編》，陝西人民教育出版社，1993 年。

16. 張守中：《睡虎地秦簡文字編》，文物出版社，1994 年。

17. 曹錦炎：《古璽通論》，上海書畫出版社，1996 年。

18. 孫慰祖：《古封泥集成》，上海書店出版社，1996 年。

19. 高明：《中國古文字學通論》，北京大學出版社，1996 年。

20. 劉鶚：《鐵雲藏陶・鐵雲藏封泥》，江蘇廣陵古籍刻印社影印本，1998 年。

21. 【日】東京國立博物館編：《中國の封泥》，日本二玄社，1998 年。

22. 【日】篆刻美術館編：《封じる》，平成十年出版，1998 年。

23. 王輝：《秦文字集證》，臺灣藝文印書館，1999 年。

24. 楊廣泰：《秦官印封泥聚》，文雅堂輯拓，2000 年。

25. 周曉陸、路東之：《秦封泥集》，三秦出版社，2000 年。

26. 馬承源：《珍秦齋藏印》（秦印篇），臨時澳門市政局，2000 年。

27. 許雄志：《秦印文字彙編》，河南美術出版社，2001 年。

28. 傅嘉儀：《新出土秦代封泥印集》，西泠印社，2002 年 10 月。

29. 孫慰祖：《中國古代封泥》（上海博物館藏品研究大系），上海人民出版社，2002 年。

30. 孫慰祖：《可齋論印新稿》，上海辭書出版社，2003 年。

31. 路東之：《古陶文明博物館藏戰國封泥》，北京古陶文明博物館，2003 年。

32. 何琳儀：《戰國文字通論（訂補）》，江蘇教育出版社，2003 年。

33. 中國社會科學院考古研究所編：《甲骨文編》，中華書局，2004 年。

34. 【日】小林斗盦：《中國璽印類編》（卷十二），天津人民美術出版社，2004 年。

35. 【日】平出秀俊：《新出相家巷秦封泥》，藝文書院，2004 年。

36. 張桂光：《漢字學簡論》，廣東高等教育出版社，2004 年。

37. 黃德寬、陳秉新：《漢語文字學史》，安徽教育出版社，2006 年。

38. 黃德寬：《漢字理論叢稿》，商務印書館，2006 年。

39. 黃德寬：《古文字譜系疏證》商務印書館，2007 年。

40. 何琳儀：《戰國古文字典》，中華書局，2007 年。

41. 安作璋、熊鐵基：《秦漢官制史稿》，齊魯書社，2007 年。

42. 傅嘉儀：《秦封泥彙考》，上海書店出版社，2007 年。

43. 湖南省文物考古研究所：《里耶發掘報告》，嶽麓書社，2007 年。

44. 容庚：《金文編》，中華書局，2007 年。

45. 黃文傑：《秦至漢初簡帛文字研究》，商務印書館，2008 年。

46. 路東之：《問陶之旅——古陶文明博物館藏品擷英》，紫禁城出版社，2008 年。

47. 季旭升：《說文新證》，福建人民出版社，2010 年。

二、論文類

1. 趙超：《試談幾方秦代的田字格官印》，《考古與文物》1982 年第 6 期 65～72 頁。

2. 湯餘惠：《略論戰國文字形體研究中的幾個問題》，《古文字研究》第十五輯 3～100 頁，1986 年 6 月。

3. 張桂光：《古文字中的形體訛變》，《古文字研究》第十五輯 153～184 頁，1986 年 6 月。

4. 黃德寬：《形聲結構的動態分析》，《淮北煤炭師範學院學報》1987 年第 1 期 12 頁。

5. 王輝：《秦印探述》，《文博》1990 年第 5 期 236～251 頁。

6. 王之厚：《山東省博物館藏封泥零拾》，《文物》1990 年第 10 期 79～81 頁。

7. 吳鎮烽：《陝西歷史博物館館藏封泥考（上）》，《考古與文物》1996 年第 4 期 49～59 頁。

8. 吳鎮烽：《陝西歷史博物館館藏封泥考（下）》，《考古與文物》1996 年第 6 期 53～61 頁。

9. 周曉陸、路東之、龐睿：《夢齋藏秦封泥的初步研究》，《考古與文物》1997 年第 1 期 35～49 頁。

10. 李學勤：《秦封泥與秦印》，《西北大學學報》（哲社版）1997 年第 1 期 1～2 頁。

11. 周曉陸、路東之：《空前的收穫重大的課題——古陶文明博物館藏秦封泥綜述》，《西北大學學報》（哲社版）1997 年第 1 期 3～14 頁。

12. 張懋鎔：《試論西安北郊出土封泥的年代與意義》，《西北大學學報》（哲社版）1997 年第 1 期 15～20 頁。

13. 黃留珠：《秦封泥窺管》，《西北大學學報》（哲社版）1997 年第 1 期 21～29 頁。

14. 周偉洲：《新發現的秦封泥與秦代郡縣志》，《西北大學學報》（哲社版）1997 年第 1 期 30～37 頁。

15. 余華青：《新發現的封泥資料與秦漢宦官制度研究》，《西北大學學報》（哲社版）1997 年第 1 期 38～42 頁。

16. 周天遊：《秦樂府新議》，《西北大學學報》（哲社版）1997 年第 1 期 43～45 頁。

17. 周曉陸、陳小潔：《秦漢封泥對讀》，《西北大學學報》（哲社版）1997 年第 1 期 46～51 頁。

18. 路東之：《秦封泥圖例》，《西北大學學報》（哲社版）1997 年第 1 期 52～57 頁。

19. 蘇文：《陝西發現成批秦封泥》，《秦陵秦俑研究動態》1997 年第 1 期 4～9 頁。

20. 倪志俊：《空前的考古發現，豐富的瑰寶收藏》，《書法報》1997 年 4 月 9 日 4 版。

21. 倪志俊：《西安北郊新出土封泥選拓》，《書法報》1997 年 4 月 9 日 4 版。

22. 傅嘉儀、羅小紅：《漢長安城新出土秦封泥——西安中國書法藝術博物館藏封泥初探》，《收藏》1997 年第 6 期。

23. 任隆：《秦章臺封泥官印考——再論秦官印及其藝術特色（上）》，《篆刻》1997 年第 2 期。

24. 任隆：《秦章臺封泥官印考——再論秦官印及其藝術特色（下）》，《篆刻》1997 年第 4 期。

25. 任隆：《秦章臺封泥官印考——再論秦官印及其藝術特色》又續，《篆刻》1998 年第 1 期。

26. 傅嘉儀、羅小紅：《秦封泥欣賞》，《收藏》1997 年第 6 期。

27. 史黨社：《新發現秦封泥叢考》，《秦陵秦俑研究動態》1997 年第 3 期 7～16。

28. 任隆：《秦封泥官印考》，《秦陵秦俑研究動態》1997 年第 3 期 17～33 頁。

29. 田靜、史黨社：《新發現秦封泥中的「上寖」及「南宮」、「北宮」問題》，《人文雜誌》1997 年第 6 期 74～76 頁。

30. 任隆：《秦代文書封緘制度的結晶——西安北郊新出土秦封泥概述》，《西安檔案》1997 年第 6 期。

31. 陳根遠：《西安秦封泥出土地在秦地望芻議》，《秦陵秦俑研究動態》1998 年第 1 期 21～22 頁。

32. 周曉陸、劉瑞：《90 年代之前所獲秦式封泥》，《西北大學學報》（哲社版）1998 年第 1 期 3～12 頁。

33. 周雪東：《秦漢內官、造工考》，《西北大學學報》（哲社版）1998 年第 2 期 112～114 頁。

34. 任隆：《秦封泥官印續考》，《秦陵秦俑研究動態》1998 年第 3 期 22～24 頁。

35. 劉瑞：《秦信宮考——試論秦封泥出土地的性質》，《陝西歷史博物館館刊（5）》，西北大學出版社，1998 年，37～44 頁。

36. 王輝：《新出秦封泥選釋（二十則）》，《秦文化論叢（六）》，西北大學出版社，1998 年。

37. 田靜、史黨社：《新發現秦封泥叢考》，《秦文化論叢（六）》，西北大學出版社，1998 年。

38. 劉瑞：《「左田」新釋》，《周秦漢唐研究（1）》，三秦出版社，1998 年。

39. 陳曉捷：《「走士」考》，《周秦漢唐研究（1）》，三秦出版社，1998 年。

40. 周曉陸、路東之、龐睿：《西安出土秦封泥補讀》，《考古與文物》1998 年第 2 期 50～59 頁。

41. 劉瑞：《秦漢時期的將作大匠》，《中國史研究》1998 年第 4 期 168～170 頁。

42. 任隆：《西安北郊新出土的秦封泥的印學意義》，《中國書法》1998 年第 6 期。

43. 任隆：《秦封泥文字的書法價值》，第三屆全國「書法學」暨書法發展戰略研討會論文，1998 年。

44. 趙平安：《釋包山楚簡中的「衛」和「遞」》，《考古》1998 年第 5 期，81 頁。

45. 趙平安：《秦西漢誤讀未釋官印考》，《歷史研究》1999 年第 1 期 50～63 頁。

46. 彭衛：《秦漢時期的洗沐習俗考察》，《中華醫史雜誌》1999 年第 4 期 211～214 頁。

47. 孫慰祖：《新見秦官印封泥考略》，《孫慰祖論印文稿》，上海書店出版社，1999 年 67～70 頁。

48. 孫慰祖：《新發現的秦漢官印、封泥資料彙釋》，《孫慰祖論印文稿》，上海書店出版社，1999 年 71～77 頁。

49. 張東煜：《秦印與秦陶文》，《西北大學學報》（哲社版），1999 年第 2 期 118～120 頁。

50. 任隆：《陝西秦封泥的出土給當代文書檔案的啟示》，《陝西檔案》1999 年第 3 期 28
～29 頁。

51. 任隆：《略論西安北郊新出土的秦封泥的文化價值》，《秦陵秦俑研究動態》1999 年第
2 期。

52. 王輝：《秦印考釋三則》，《中國古璽印國際研討會論文集》，香港中文大學文物館，2000
年 49～57 頁。

53. 任隆：《從秦封泥的發現看秦手工業的發展》，《秦俑親文化研究》，陝西人民出版社，
2000 年。

54. 斯路：《秦式封泥的斷代與辨偽》，《秦俑秦文化研究》，陝西人民出版社，2000 年。

55. 任隆：《秦代的「封泥」》，《中國檔案》2000 年第 9 期 56 頁。

56. 李學勤：《秦封泥與齊陶文中的「巷」字》，《陝西歷史博物館館刊》第 8 輯，25 頁，
三秦出版社，2001 年。

57. 王輝：《出土文字所見之秦苑囿》，《考古與文物》之《古文字論集（二）》，2001 年 180
～192 頁。

58. 劉瑞：《秦工室略考》，《考古與文物》之《古文字論集（二）》，2001 年 193～196 頁。

59. 陳曉捷：《學金小箚》，《考古與文物》之《古文字論集（二）》，2001 年 197～200 頁。

60. 任隆：《「封泥」，一個由遺棄物組成的地下「秦代中央檔案館」》，《檔案》2001 年第 1
期 4～5 頁。

61. 趙平安：《秦西漢官印論要》，《考古與文物》2001 年第 3 期 59～63 頁。

62. 劉慶柱、李毓芳：《西安相家巷遺址秦封泥考略》，《考古學報》2001 年第 4 期 427～
452 頁。

63. 樊如霞：《「封泥」檔案與秦政文化》，《檔案與建設》2001 年第 4 期 57 頁。

64. 周曉陸、劉瑞：《新見秦封泥的地理內容》，《秦陵秦俑研究動態》2001 年第 4 期 24
～27 頁。

65. 王輝：《西安中國書法藝術博物館藏秦封泥選釋續》，《陝西歷史博物館館刊（8）》，2001
年 42～54 頁。

66. 李學勤：《秦封泥與齊陶文中的「巷」字》，《陝西歷史博物館館刊（8）》，2001 年 24
～26 頁。

67. 王輝：《西安中國書法藝術博物館藏秦封泥選釋》，《文物》2001 年第 12 期 66～70
頁。

68. 王輝：《秦印封泥考釋（五十則）》，《四川大學考古專業創建四十週年暨馮漢驥教授百
年誕辰紀念文集》，2001 年 3 月。

69. 徐在國：《古文字考釋四則》，《隸定古文疏證》，309 頁，安徽大學出版社，2002 年。

70. 周曉陸、陳曉捷：《新見秦封泥中的中央職官印》，《秦文化論叢（九）》，西北大學出
版社，2002 年。

71. 王輝：《秦封泥的發現及其研究》，《文物世界》2002 年第 2 期 26～28 頁。

72. 周曉陸、路東之、劉瑞、陳曉捷：《秦封泥再讀》，《考古與文物》2002 年第 5 期 68～75 頁。

73. 劉瑞：《1997～2001 年間秦封泥研究概況》，《中國史研究動態》2002 年第 9 期 16～20 頁。

74. 周曉陸：《秦封泥的考古發現與初步研究》，《史學論衡》（下）340～341 頁，北京師範大學出版社 2002 年 8 月。

75. 周曉陸：《秦封泥所見江蘇史料考》，《江蘇社會科學》2003 年第 2 期 192～196 頁。

76. 周曉陸：《秦封泥所見安徽史料考》，《安徽大學學報》（哲社版）2003 年第 3 期 89～95 頁。

77. 周曉陸：《秦封泥與中原古史》，《中州學刊》2003 年第 6 期 110～115 頁。

78. 陳四海：《從秦樂府鍾秦封泥的出土談秦始皇建立樂府的音樂思想》，《中國音樂學》（季刊）2004 年第 1 期 52～57 頁。

79. 徐衛民：《秦內史置縣研究》，《中國歷史地理論叢》，2005 年第 1 期 42～48 頁。

80. 周曉陸、陳曉捷、湯超、李凱：《于京新見秦封泥中的地理內容》，《西北大學學報（哲社版）》2005 年第 4 期 116～125 頁。

81. 陳瑞泉：《秦「樂府」小考》，《天津音樂學院學報》2005 年第 4 期 26～32 頁。

82. 周曉陸、劉瑞、李凱、湯超：《在京新見秦封泥中的中央職官內容》，《考古與文物》，2005 年第 5 期 3～15 頁。

83. 周曉陸，孫聞博：《秦封泥與河北古史研究》，《文物春秋》，2005 年第 5 期 44～48 頁。

82. 周曉陸，孫聞博：《秦封泥與甘肅古史研究》，《甘肅社會科學》，2005 年第 6 期 117～118 頁。

84. 后曉榮：《秦統一初年置三十六郡考》，《殷都學刊》，2006 年第 1 期 19～25 頁。

85. 陳曉捷、周曉陸：《新見秦封泥五十例考略——為秦封泥發現十週年而作》，《秦陵秦俑研究動態》2006 年第 2 期。

86. 趙平安：《秦西漢印的文字學考察》，《康樂集——曾憲通教授七十壽慶論文集》，中山大學出版社，2006 年 84～91 頁。

87. 李曉峰、楊冬梅：《濟南市博物館藏界格封泥考釋》，《中國書畫》，2007 年第 4 期 56～60 頁。

88. 后曉榮：《秦薛郡置縣考》，《中國歷史文物》，2007 年第 5 期 84～88 頁。

89. 后曉榮：《秦河東郡置縣考》，《晉陽學刊》，2008 年第 4 期 26～30 頁。

90. 王月兵：《封泥研究與篆刻創作》，《三峽大學學報》（人文社科版），2009 年第 1 期 106～07 頁。

91. 后曉榮：《秦代燕地五郡置縣考》，《古代文明》，2009 年第 2 期 71～77 頁。

92. 葉玉英：《論程度副詞（太）出現的時代及其與「太」、「大」、「泰」的關係》，《福建師範大學學報》（哲社版），2009 年第 3 期 127～131 頁。

93. 趙立偉：《出土秦文獻文字研究綜述》，《華夏考古》2009 年第 3 期 108～119 頁。

三、碩博士論文

1. 張靜：《郭店楚簡文字研究》，安徽大學博士論文，2002 年。

2. 吳國升：《春秋文字研究》，2005 年。

3. 徐海斌：《秦漢璽印封泥字體研究》，南昌大學碩士論文，2005 年。

4. 徐冬梅：《秦封泥文字字形研究》，河北大學碩士論文，2010 年。

5. 王偉：《秦璽印封泥職官地理研究》，陝西師範大學博士論文，2010 年。

6. 單曉偉：《秦文字疏證》，安徽大學博士論文，2010 年。